Get **more** out of libraries

Please return or renew this item by the last date shown.
You can renew online at www.hants.gov.uk/library
Or by phoning 0845 603 5631

Hampshire
County Council

Илья Штемлер

НЮМА, САМВЕЛ И СОБАЧКА ТОЧКА

Илья Штемлер

НЮМА, САМВЕЛ И СОБАЧКА ТОЧКА

Роман

ООО ТД «СОВРЕМЕННАЯ ИНТЕЛЛЕКТУАЛЬНАЯ КНИГА»
Санкт-Петербург

УДК 882
ББК 84 (2Рос-Рус)6
КТК 610
Ш 88

Издано при финансовой поддержке Федерального агентства
по печати и массовым коммуникациям в рамках
Федеральной целевой программы «Культура России»

Штемлер И.

Ш 88   Нюма, Самвел и собачка Точка: Роман. — СПб.:
ООО ТД «Современная интеллектуальная книга», 2012. —
300 с.

Как и в предыдущих романах «Коммерсанты» и «Сезон дождей», Илья Штемлер на страницах новой книги возвращается к событиям рубежа 90-х годов прошлого века... В коммуналке на Петроградской стороне судьба свела двух одиноких пенсионеров. Бежавшего от кровавого межэтнического конфликта в Закавказье завхоза музучилища Самвела Акопяна и старожила квартиры Нюмы – Наума Бершадского – бывшего экспедитора Торгового порта.

Жизнь пожилых соседей не сулила радостей, не появись в квартире приблудная «смышленая» собачонка по имени Точка, с которой неожиданно связываются главные сюжетные повороты романа. Отношения отцов и детей, суждения и споры на острые «национальные» темы, так будоражившие распавшуюся страну, тенденции общественно-политической жизни начала девяностых, явившиеся тем зерном, из которого проросла масштабная коррупция – раковая опухоль нашего времени... При всех взаимных недопониманиях, личных обидах и вечном безденежье, чудаковатые герои романа близки друг другу и не теряют чувства юмора.

ISBN 978-5-904744-06-9

011
ормление, 2011

Образумь нас всех, Господи,
если еще не поздно!

Простая просьба

ЧАСТЬ ПЕРВАЯ

– Это похороны?! Это карнавал! Это свадьба, клянусь честью! – возмущался плотный старик с широким лицом, взрытым морщинами, подобно треснувшему блюдцу.

Старика звали Нюма... Наум. Наум Маркович Бершадский. Но он как-то отвык от своего имени. Все последние годы к нему обращались исключительно как к Нюме. И дворник Галина, и участковый уполномоченный Митрофанов, и председатель жилконторы Маргарита Витальевна, и почтальонша Люся, не говоря уж о соседях по площадке.

Что там соседи? Его звали Нюмой даже в ближайшей сберкассе, где он получал свою пенсию. Оформят, как положено, все бланки, вручат сопроводительный жетон и подскажут, как маленькому: «А теперь, Нюма, в кассу»... А все началось после того, как умерла мадам Бершадская – Роза Ильинична. Обычно она часами сидела на скамейке у подъезда дома и трубным голосом – у нее была какая-то болезнь горла – невольно посвящала окружающих в семейное имя мужа. Старик Бершадский так свыкся с этим, что при любом новом знакомстве представлялся как Нюма. Чем, в свое время, озадачил квартиранта Самвела Рубеновича Акопяна.

Тот довольно долго обращался к Нюме по имени-отчеству, пока не произошел казус. Надо было вызвать «скорую» для соседа-гипертоника, и Самвел Рубенович назвал фамилию и адрес больного. На что диспетчер уточнила: «Это Нюма, что ли? Сейчас приедем!» И приехали. Буквально через десять минут... С тех пор Самвел Рубенович стал обращаться к соседу, как все...

— Раньше были похороны, это да, — Нюма не сводил глаз с экрана телевизора. — Впереди шел оркестр. В солнечный день трубы блестели, как свечи. Шел барабанщик. Он прижимал к животу огромный барабан и бил по нему палкой с набалдашником. А тарелочник?! Когда он цокал своими тарелками, люди приседали. Это было красиво. Тарелочником ставили Витьку Старосельского, бухгалтера овощного магазина. Когда он умничал со своим дебетом и кредитом, непонятно. Ведь люди умирали без согласования с Витькиным завмагом. И последнее, что они слышали, так это был марш Мендельсона...

— Марш композитора Мэндельсона играют на свадьбе, — с легким армянским акцентом проговорил Самвел, тощий, словно сплющенный, старик.

— Здрасьте! — возмутился Нюма. — А что, по-твоему, играют на похоронах?

— Играют Бэтховена, был такой композитор, немец. Но главное, играют Шопэна, он был поляк. Это — первое! — Самвел вскинул руку и согнул один палец. — Второе! Похоронный оркестр всегда шел за процэссией, а не впереди процэссии. — Самвел согнул второй палец.

— «Процэссии!» — передразнил Нюма. — Не знаю, как было у вас в Баку, а у нас, в Одессе, оркестр ставили впереди. Чтобы не застать людей врасплох, когда «процэссия» уже пройдет. И некого будет спросить: кого хоронят, отчего человек умер и кому что оставил, – Нюма продолжал пялиться в телевизор...

Телевизор был собственностью Нюмы. В связи с этим обстоятельством Самвел старался не спорить с соседом, себе дороже. Но если предметом разговора становилась музыка, Самвел не мог допустить никаких безответственных рассуждений. В былые времена Самвел заведовал хозяйством Бакинского музыкального училища и в музыке считался авторитетом. Особенно у себя во дворе, в Арменикенде, нагорном районе Баку, где до трагических событий конца восьмидесятых годов проживало много армянских семей.

– Бэтховен, это тебе не какой-нибудь Мэндельсон, – не смирялся Самвел. – Конечно, Мэндельсон тоже хороший музыкант, но не Бэтховен...

Нюма посчитал, что замечание соседа носит некоторый национальный оттенок. А в таких вопросах старик был весьма щепетилен. Хотя, кроме Мендельсона, он мало кого мог назвать из знаменитых музыкантов. Да и Мендельсон был для него авторитетом в основном по откровенному звучанию фамилии...

– Может, для тебя и Фогельсон плохой музыкант? – вдруг вспомнил Нюма.

– Во-первых, Фогельсон вообще не музыкант, – Самвел негодующе всплеснул руками. – Фогельсон сочинял стихи для песен. Я точно знаю. На фронте хорошо знали его песню «Летят белокрылые птицы»...

– Не птицы, а чайки, – веско поправил Нюма.

– Пусть чайки, – миролюбиво согласился Самвел. – Как будто чайка не птица...

Нюма промолчал, с преувеличенным интересом глядя на экран телевизора. Похоронная процессия, распавшись на группы, заметно поредела. И, казалось, не очень торопилась за плотной колонной, сопровождавшей вычурный катафалк, что скрылся за воротами кладбища. Завершая репортаж, телевизионный комментатор посетовал о том, что традиции сицилийской мафии живучи и в конце нашего, двадцатого века. И мало кого удивит, если у свежей могилы покойного возникнет кровавая перестрелка. По этой причине телерепортеру запретили находиться на территории кладбища...

– А жалко, – вздохнул Нюма и добавил неожиданно: – Интересно, почем в той Сицилии сейчас кило мяса?

– Баранины? – уточнил Самвел и добавил с обидой: – Разве об этом скажут? Вот о гангстерах и перестрелке скажут. Как будто у нас все хорошо. На улицу выйти страшно... Сицилию показывают, хотят сказать – везде так...

– Только у них мясо есть, а у нас в мясном магазине одни ржавые банки с килькой в томате, – согласился Нюма.

– Вчера в магазине давали сайру. По две банки в одни руки, – вспомнил Самвел.

– Ты взял? – подозрительно прищурился Нюма.

– Какой взял... Такая была толпа. Людей с тротуара на дорогу выжимали. А там машины, Невский проспект, сам понимаешь...

– Я люблю сайру, – мечтательно произнес Нюма. – Чтобы холодная была, из холодильника. На белый хлеб положить толстый кусок. Масло стекает... И со сладким чаем... А у вас, в Баку, сайра была?

– Ты что говоришь?! – возмутился Самвел. – Сайра! В каждом доме черная икра. Банками. Спекулянты носили, осенью. Кто за деньги продавал, кто менял на что-нибудь. И осетрину... Каспийское море, сам понимаешь... Ладно, пойду к себе. А то одно расстройство...

Самвел обхватил смуглыми пальцами подлокотники, напрягся, переждал мгновение и принялся медленно вытягивать себя из глубины кресла.

– Говорил тебе: садись на стул, – сочувственно произнес Нюма. – Со стула тебе легче подниматься...

Наконец Самвел обрел устойчивость, оставил подлокотники и медленно выпрямился, словно расправил ржавый складной нож.

– Стул-мул-бул, – пробормотал он. – Какой стул, дорогой сосед? У меня от твердого сиденья спина болит, ты же знаешь.

Конечно, Нюма знал. Самвелу крепко досталось во время жутких событий в Баку, когда азербайджанцы изгоняли из города армян... После чего Самвел и оказался в Ленинграде, в доме на Бармалеевой улице. Стервозная дочь Бершадских Фира впустила в свою комнату квартиранта, дядю своего приятеля-студента. Тем дядей и оказался Самвел Рубенович. Однако едва вселившись, он попал в больницу. Со спиной. И пролежал довольно долго. Нюма даже думал, что он умер. Да и племянник куда-то пропал. Пока однажды не раздался телефонный звонок и мужской голос попросил к телефону Самвела Рубеновича. Нюма ответил, что сосед в больнице. А жив он – нет, Нюма не знает. Мужчина обеспокоился, попросил Нюму уточнить. Нюма разозлился. Он прокричал в трубку, что он не мальчик, что в Ленинграде десятки больниц. А если кому и нужно, пусть сам и узнает. На что мужчина ответил, что он племянник Самвела. Тот самый, что снял у Фирки комнату для дяди. Что звонит он из Калифорнии, из Лос-Анджелеса и приехать в Россию сейчас не может. И если Нюма все разузнает, то получит хорошие деньги... Тогда-то Нюма и подумал, что дело темное. И в который раз помянул свою дочь Фиру робким еврейским матком: «дер тайвл зол дир неман» – что означало «черт бы тебя взял». Хотя эта стерва заслуживала хорошего русского мата, который Нюма знал не хуже дворника Галины, а то и позаковырестей. Когда Галина подметала у пивной точки на Бармалеевой улице, покупатели в изумлении забывали сдуть пивную пену. И только Нюма, бывший экспедитор Торгового порта, мог профессионально прокомментировать виртуозные словоизвержения. Но Нюма помалкивал, Нюма испытывал к Галине особое уважение. Помнится давно, когда в ожидании «скорой» задыхалась от астмы его жена Роза, именно Галина бросилась куда-то и притащила бригаду врачей... После чего Галина в сердцах крикнула Фире, что она «шалава двужопая». Но Нюма за дочь не обиделся. Нюма понимал, что дворник права. Потом уже, когда Роза умерла, когда Самвел всерьез обжился в соседней комнате, Галина повстречала Нюму в булочной на Большом и сказала, что такую дочь, как Фира, у них, у татар, за «манду» бы повесили. Это ж надо – к родному отцу подселить больного старика-беженца. Нюма лишь вздохнул и развел руками. Что он мог сказать? Характер у дочери еще тот. У покойной Розы был характер не дай бог. А у дочери еще покруче. Словно Фиру с детства кормили сырым мясом...

– Ты не забыл? Вечером футбол, – и Нюма поднялся со своего места.

– А кто играет?

– Забыл... Какая-то заграница... Ты мне еще долг не отдал за тот раз.

– Какой ты, Нюма, злопамятный. Может быть, сегодня я выиграю.

– Хорошенькое дело! – возмутился Нюма. – Отдай старый долг, потом выигрывай сколько хочешь...

Самвел хотел что-то объяснить, но не успел – раздался дверной звонок.

– Кто там еще! – забеспокоился Нюма.

– Наверно, твоя газэта, – предположил Самвел.

Нюма был единственный жилец на весь подъезд, кто получал газету. Даже две газеты. Центральные «Известия» и местную «Смену». А так как все почтовые ящики были расколошмачены в щепки, то почтальон приносила газеты прямо в квартиру. Благо Нюма жил на первом этаже. Однако последние три дня газет не было. Нюма и звонил на почту, и сам вчера зашел. «Нужны нам очень ваши газеты! – крикнули на него с порога. – Придут, принесем, не затырим. Два дня воды у нас нет, в туалет не ходим, а вы, Наум Маркович, со своими газетами». Нюма ушел, пораженный не столько взаимосвязью между отсутствием на почте воды и отсутствием газет, как обращением к себе по имени-отчеству... И вдруг – звонок...

Оба соседа разом вышли в прихожую. Досадуя друг на друга – прихожая была тесной и вдвоем тут не очень разгуляешься. Еще этот Фиркин велосипед на стене! Казалось, велосипед уже впечатался в темные обои...

– Слушай, если газета, что ты выскочил сюда, как ракета? – пробухтел Нюма.

– Интересно, – ответил Самвел.

Нюма молча возился с замком. Он думал о странности своего соседа. С некоторых пор Самвел с особым нетерпением ждал появления почтальона – молоденькой и кокетливой Люси. Однажды Нюма не выдержал и сказал: «Слушай, она тебе во внучки годится!» – «Ара, нэ твое дело», – ответил важно Самвел. Нюма промолчал и лишь усмехнулся. А бывало, при сигнале входного звонка Нюма кричал в дверь соседней комнаты: «Самвел-джан, почта пришла, не спи!» И Самвел выскакивал в прихожую, едва набросив цветастый восточный халат... А когда самому Самвелу доводилось встречать почтальона, он появлялся в комнате Нюмы и, бросив на стол газеты, говорил: «Ара, возьми свою газню!» И удалялся, не скрывая расстройства... Одно время это гортанное слово «ара» раздражало слух Нюмы. Когда соседу звонили из Америки, Самвел разговаривал исключительно по-армянски, то и дело вворачивая это словцо. Нюма полагал, что «арой» кого-то зовут. Оказалось, это просто непереводимое обращение...

– Сколько можно возиться с этим замком?! – нетерпеливо проворчал Самвел.

– Ара, помалкивай! Этот замок еще помнит царя, имей к нему уважение.

У Нюмы всегда поднималось настроение, когда приносили газеты. Ничего хорошего от газет он и не ждал. Просто сказывалась привычка, точно наркотик...

Что касается замка, то замок был как замок, пока к нему не приложил руки один из Фиркиных ухажеров. По словам Розы, он был и не особенно пьян, так, выпимши. Но надо знать Розу! Покойная Роза слыла при жизни крутой женщиной. На что в те годы Нюма был крепкий мужчина, но и он не всегда мог устоять перед Розой. А тут какой-то студентик, с которым Фира завела шашни. Приревновав к кому-то Фиру, студентик выпил для храбрости и явился на Бармалееву улицу, скандалить. Фиры дома не было, была только Роза. Тогда он устроил скандал Розе. Словом, студентик так потом спасался от Розы, что вырвал с мясом замок. Замок, конечно, отремонтировали. Но иногда что-то смещалось и приходилось повозиться, как сейчас...

– А если пожар?! – скрипел над ухом Самвел.

Наконец замок сдался, и Нюма открыл дверь...

На площадке стоял какой-то мальчик в облезлой заячьей шапке. К ногам мальчика прижималась собачка, скорее – щенок...

Нюма высунул голову в дверной проем и оглядел площадку. Никакого почтальона, только этот шмендрик и щенок.

– Нюма, тебе не нужна собака? – спросил мальчишка. – Хорошая собака.

– Собака?

Нюма все рыскал глазами по лестничной площадке в надежде увидеть почтальона.

– Какой он тебе Нюма, мальчик? Он тебе дедушка, – расстроенно проговорил Самвел из-за плеча соседа. – Иди гуляй, мальчик.

– Хорошая собака, – отчаянно повторил мальчик. – Охранять будет.

Тут щенок коротко тявкнул. Понимал, что решается его судьба...

– У нас нечего охранять, мальчик, – строго проговорил Самвел. – Закрой дверь, Нюма, заболеешь... Возьми себе эту собаку, мальчик.

– Мама не хочет, сказала, кормить нечем, – ответил мальчик. – Сказала, отдай Нюме, он еврей. У евреев всегда есть что охранять собаке.

– Вот как?! – засмеялся Нюма. – А ты откуда, шмендрик, где живешь?

– Я не шмендрик, я Дима, – ободрился мальчик. – А живу в доме, где почта.

– Вот как? – повторил Нюма и его осенило. – Слушай, Дима! Слетай на почту, спроси, почему Бершадскому не несут газеты? Или почтальон заболела, или что?

15

– А собака?! Мне так и бегать по улице с собакой в такую погоду?

– Ладно. Пока оставь у нас собаку, – решил Нюма. – Только одна нога там, другая здесь...

Едва Нюма отстранил себя от косяка двери, как собачонка дунула в глубь прихожей и скрылась в первой попавшейся комнате.

– Куда?! Куда?! – закричал Самвел. – Почему ко мне?!

– Ара, потом разберемся, – развеселился Нюма. – Вернется этот шмендрик, разберемся.

– Какой шмендрик?! Пока он будет бегать, собака где-нибудь насрет. Кто будет убирать? Ты? А если твой шмендрик вообще не вернется? И что это за слово такое – шмендрик?

– Твое детство, Самвел, прошло в замызганном нефтью городе, среди вышек и труб. Вряд ли ты способен уловить аромат этого одесского слова, – с пафосом проговорил Нюма. – Ты беден душой, Самвел. Мне тебя жалко.

Самвел выкатил изумленные черные глаза и по-кавказски хлопнул ладонью о ладонь.

– При чем тут вышки, при чем тут трубы... Между прочим, и в Баку когда-то жили остроумные люди. Просто в Одессе было больше всяких пройдох и выскочек...

Самвел умолк, желая добавить что-нибудь пообидней. Слова толкались в его горле, подобно толпе, что пытается разом проникнуть в узкую дверь запоздалого трамвая. В итоге, Самвел лишь всплеснул руками и прошел в свою комнату.

Нюма поплелся на кухню.

Просторная кухня носила кодовое название «Восток-Запад». Код придумал Нюма после появления в квартире нового соседа. Первое время Самвел называл кух-

ню кухней. Потом, желая потрафить хозяину квартиры, смирился. И привык, затаив особое мнение...

Ту часть кухни, которую Нюма нарек «Западом»,
представлял громоздкий буфет «Буль» с бронзовыми
накладками под ключ. Толстые узорные стекла прята-
ли тарелки, стаканы, блюдца. В пузатые ящички зарылись мельхиоровые ножи-вилки-ложки. Рядом с буфе-
том притулился стол, под ним два табурета. Над столом плакат-календарь за давний 1988 год с мордашкой
белого кролика. Именно тогда, четыре года назад, и
умерла жена Роза, но Нюма плакат хранил.

Другая часть кухни, которая отошла Самвелу, получи-
ла название «Восток». И состояла из хилого настенного
шкафчика с фанерной дверцей, ученического стола и
одного табурета. Когда-то этой частью кухни, после очередного скандала с родителями, овладела взбалмошная
дочь Фира. Поначалу Фира претендовала на буфет
«Буль», но Роза была неуступчива... После вселения квартиранта в комнату Фиры эта часть кухни отошла Самвелу... Между «Западом» и «Востоком» разместилась нейт-
ральная территория – железная раковина под вечно
простуженным краном и газовая плита с отбитой эма-
лью. Да еще стоял древний холодильник «ЗИЛ». Он не
работал лет десять. Зато хранил картошку, лук, молоток,
отвертки, плоскогубцы и дрель без сверла...

Холодильник в каждой комнате был свой. У Нюмы
почти новая «Бирюса», у Самвела старенький «Сара-
тов», наследство Фиры.

В былые времена демаркационная линия между «Западом» и «Востоком» строго соблюдалась. Особенно
со стороны Розы. Что касалось Фиры, то она, без всякого стеснения, заглядывала в «Буль», не заботясь об
оставленных следах. Особенно, когда собиралась ее

компания таких же бездельников и охламонов. И Нюме не раз приходилось приводить в чувство Розу после очередного скандала. Один из таких скандалов и послужил причиной ухода Фиры от родителей. Как-то дворник Галина донесла Розе, что ее дочь-хабалка пыталась продать какие-то ложки у винного магазина, на Пушкарской. Розу чуть не хватил удар. Она метнулась к буфету и обнаружила распотрошенную клеенку, в которой хранилось ее приданое, когда она выходила замуж за одессита Наума Бершадского, – серебряные ложки. Что было потом, до сих пор вспоминает уполномоченный Митрофанов, он служил на этом участке еще с брежневских времен. Митрофанов недавно сказал Нюме: «Разве сейчас люди? В сравнении с прежними, сейчас мыши, а не люди. Одна Роза Ильинична что стоила! Не женщина, тигр! Как она тогда чихвостила вашу Фиру! Классика! До сих пор помню, хотя прошло столько лет...» После истории с ложками Фира съехала с квартиры, а свою комнату сдала Самвелу. Вскоре Роза умерла. Так Нюма оказался без жены и, в сущности, без дочери, от которой остался лишь ржавый велосипед на стене в прихожей. Сколько раз Самвел предлагал выбросить велосипед, набив об него не один синяк. Или отдать пацанам...

Но Нюма не разрешал – какая-никакая, а память о дочери. Но, если честно, он боялся. Если вдруг заявится Фира, неизвестно чем может обернуться исчезновение велосипеда. Вообще психическое здоровье дочери Нюма не раз обсуждал с женой. Как правило, обсуждение заканчивалось ссорой. Нюма вспоминал мать Розы, свою тещу, женщину необузданную. От нее даже отец Розы, старший стивидор Ленинградского торгового порта, мужчина не робкого десятка, порой неделями скрывался в лабиринте портовых сооружений. Роза принимала это как прямой намек на свой характер. И, в свою очередь, ссылалась на одесское происхождение мужа – все родственники Нюмы погибли в одесских катакомбах во время войны. Мол, жлобство тамошних евреев известно всему миру, и наверняка Фира подхватила эти стойкие гены биндюжников и балагул...

Нюма есть не хотел. А зачем вышел на кухню, и сам не знал... Ах, да! Надо бы перекипятить суп. Обычно Нюма и Самвел ходили в социальную столовую на Большом проспекте. В столовой обслуживали «местных», кто был прописан в этом районе Петроградской стороны и имел соответствующую «визитку». Самвел, как квартирант, на такую «визитку» прав не имел. Но Нюма умаслил Маргариту, председателя жилконторы, выручил Самвела. А толку-то... Одно слово, что столовая! Грязное, вонючее заведеньице, полное ворья. От их еды даже собаки нос воротили. «Ара! Это ленинградцы?!» – сокрушался Самвел...

Вскоре столовку ликвидировали. То ли там обслуга окончательно проворовалась, то ли потравили людей. Объявили, что это был неудачный эксперимент. Впрочем, Нюма с соседом столовку и без того не очень жаловали, как-то выкручивались... К примеру, позавчера на Сытном рынке Нюма купил у латышей свиные хрящи и сварил суп с перловкой. Подкинул пару картошек, лук. Лавровый лист хранился еще с «советского времени». Нюма нашел совершенно случайно несколько пачек, когда заглянул в нижний ящик буфета. Еще там обнаружился черный перец, горошком. И перец пошел в суп. Неплохо получилось. Еще дня на два хватит, только надо перекипятить. Большая фиолетовая кастрюля с супом стояла рядом с круглым казаном, в котором сосед сварил рисовую кашу с тушенкой. Вообще-то Самвел прилично готовил, особенно свою еду, армянскую. Так, вдвоем они и пообедали вчера, по-домашнему, с первым и вторым...

Нюма сдвинул с конфорки кастрюлю с супом и подобрал спичечный коробок. Но тот оказался пустым. Других спичек у Нюмы не было, только что у Самвела... Как-то на Невском курильщики устроили табачный бунт и перегородили проезжую часть проспекта. Ленсовет объявил этот бунт провокацией, но сигареты кое-где появились. Без всяких визиток и паспортов. А вместе с сигаретами и спички. Тогда Самвел и ухитрился купить несколько спичечных блоков. Он взял и сигареты, хотя сам не курил. Кто же не возьмет, раз так подфартило. Сигареты всегда можно на что-нибудь обменять, как и водку...

Нюма подошел к дверям соседа и прислушался. Тишина его озадачила. Не мог же сосед уснуть за такой короткий срок – только вроде бы расстались...

– Самвел Рубенович, дорогой, ты жив? – проговорил Нюма в глухую дверь. – Или тебя собака съела?

– Что надо? – донесся приглушенный голос соседа.

– Спички, Самвел, дорогой.

– Заходи.

Самвел сидел у окна на табурете прижавшись спиной к стене, в такой позе он испытывал облегчение...

– Ты один? – проговорил Нюма, переступая порог. – А собака где?

– Залезла под тахту. Мне туда не подлезть, – обреченно ответил Самвел. – Может, тебя послушает?

– Как ее зовут?

– Я не спрашивал, – ответил Самвел. – Сам спроси.

– Собачка, собачка, – заискивающе произнес Нюма и огляделся.

Пол в комнате Самвела всегда был старательно подметен. Но все равно надо что-нибудь подстелить, не елозить же коленями...

– Слушай, мой пол чище, чем твоя постель, – обиделся Самвел. – Тем более я уже лежал на нем, когда старался договориться с собачкой.

– А хрен с ней! – решил Нюма. – Сама вылезет, когда вернется тот шмендрик.

– Не вернется твой шмендрик.

– Почему?

– Хитрый. Собаку пристроил.

– Ты ведь не думаешь плохо о людях, Самвел.

Самвел махнул рукой и отвернулся к окну. Серый полуденный свет зимнего дня прилип к давно немытому стеклу. В такие дни Самвел особенно остро ощущал тоску и обреченность. Одиночество становилось не только фактом существования в этом холодном городе, но и особой материальной субстанцией, окружавшей его, старого человека. Словно консервная банка. И память с каким-то особенным томлением проворачивала давно минувшие картинки прошлого. Для чего он продолжает жить, ходить к докторам, покупать лекарства, если все хорошее, что у него было, осталось в прошлом. А будущее ничем уже не манит. Причем это будущее началось не сейчас, оно началось четыре года назад, в восемьдесят восьмом. Когда из окна своей бакинской квартиры он увидел обезумевшую толпу. Он не понимал, что происходит. Пока Аня, мать следователя Апресова, что зашла одолжить зеленый лук, не сказала: «Ты что, Самвел, с луны свалился? Ничего, кроме своей музыки не знаешь, несчастный. Это же

"Народный фронт"! Хотят всех армян поубивать. За что?! За то, что ты такой дурак, Самвел. Не уехал в Ереван, как многие армяне. Еще посмотришь, что здесь будет, это только начало. Я тоже такая дура, как и ты. Клянусь Горбачевым!..»

Конечно, Самвел не меньше Ани знал, что творится в городе. Просто он думал, что все разговоры на улице и на работе не имеют никакого значения. Мало ли где хулиганы распоясались. Ведь есть милиция, есть власть, есть первый секретарь партии. В конце концов есть и Горбачев, со своей «перестройкой», с целой армией... Но когда Самвел прочел в газете «Вышка» статью о национальном вопросе, а назавтра директор училища не ответил на его «здрасьте», Самвел по-настоящему насторожился. Он мог понять поведение директора как намек на свой добровольный уход на пенсию, если бы не эта толпа под названием «Народный фронт», что шествовала под окном его квартиры. Каждый день приносил все более тревожные вести... Но самое страшное было впереди. Когда ученики музыкального училища окружили его во дворе и принялись дразнить, плеваться. Он побежал и упал. То ли сам, то ли ему подставили ногу. Было очень больно спине. Его поднял шофер училища Тофик Азимов, азербайджанец, между прочим, посадил в свою машину и доставил в поликлинику, в травматологию. И тут случилось самое страшное – его не захотели принимать. Как Тофик ни ругался. Откровенно сказали, что боятся «Народного фронта». Тофик отвез его домой... Пришел племянник Сережка, студент ленинградского института, гостивший в Баку. Сережка привел товарища, врача, азербайджанца. Тот прихватил паспорт своего отца, по которому Самвелу сделали в больнице рентген. Слава богу, ничего плохого не обнаружили. Но с тех пор спина продолжала болеть. Иногда сильно, иногда отпускала, долго не болела, а потом вновь прихватывало...

Главное, нельзя студить... А как не студить здесь, в Ленинграде, куда его привез племянник! Хорошо еще, дом на этой Бармалеевой улице старый, стены толщиной в метр, как в крепости. Но все равно зимой прохладно, топят плохо, с этой «перестройкой», говорят, не хватает мазута... И еще этот Нюма: «Ты ведь не думаешь плохо о людях, Самвел!» Переживи ты то, что я пережил, тогда говори...

Именно это хотел Самвел сказать сейчас своему соседу, но сказал другое: «Возьми на столе свои спички и уходи...» Нюма едва шагнул к столу, как раздался дверной звонок.

– Шмендрик! – воскликнул Нюма и, забыв про спички, заспешил в прихожую.

Кажется, и вправду шмендрик, подумал Самвел и посмотрел на узкую, в полторы ладони, щель между полом и тахтой. Непостижимо, как собачка смогла пролезть в такое пространство. А умудрись она там нагадить, так и будет вонять. Если найти длинную палку, обмотать ее тряпкой и шурануть...

За таким безрадостным раздумьем и застали Самвела Нюма и мальчик Дима. Круглое лицо Нюмы лучилось довольством. В руках он держал газеты.

– Вот. Сразу три номера «Смены», – Нюма помахал газетами, как веером. – А «Известий» нет...

– Сказали, наверное, самолет не прилетел, – вставил Дима и стянул с головы свой драный заячий треух. – Еще сказали, что Нюме хватит и этого. Что во всех газетах одно и то же...

– Хороший мальчик, – кивнул Самвел. – Забирай свою собачку.

– А где она? – Дима зыркнул быстрыми глазенками по комнате.

– Под тахтой собачка, – пояснил Самвел.

– И пусть там сидит, пока кушать не захочет, – чему-то радовался Нюма.

– Унеси к себе, пусть у тебя и сидит, – буркнул Самвел.

Дима присел, примерился к щели, потом пригнул голову и прижался щекой к полу.

– Эй, Точка, ты где? – позвал Дима.

– Как ее зовут? Точка? – удивился Нюма.

– Откуда я знаю, как ее зовут? – ответил Дима и приподнял голову. – Я ее нашел у пивной точки, на Бармалеева... Где она, что-то не вижу... Точка, Точка, – Дима вновь прильнул щекой к полу...

Ни звука в ответ.

– Может, ее там и нет? – выразил сомнение Нюма.

– Где тогда собака? – заволновался Самвел. – Она же ко мне забежала.

– С чего ты взял, что она именно под тахтой? – спросил Нюма.

– А где, интересно? На шкафу? На лампочке? – волновался Самвел. – Когда я ее первый раз позвал, она тявкнула. С тех пор молчит.

– Ты ее испугал, – заключил Нюма.

– Кто ее испугал? – обиделся Самвел. – Я хотел ее вытащить.

– Вижу, вижу! – закричал Дима. – Она вон там сидит. – Дима вытянул руку и показал в сторону шкафа, что прильнул массивным боком к тахте. – Точка, Точка... Иди сюда, собачка...

– Так она не под тахтой, а под шкафом? – догадался Нюма. – Так напугать собачку! Она из-под тахты переползла под шкаф! Жестокий человек ты, Самвел.

– Кто жестокий, кто жестокий?! Я ее пальцем не тронул, – расстроился Самвел. – Слушай, мальчик. Бери свою собаку и иди домой. Все! Я уже устал.

– Как я ее возьму? – Дима перевалился и сел на корточки. – Надо шкаф подвинуть.

– Какой шкаф?! – вскричал Самвел. – Такой шкаф трактор не подвинет.

– Надо чем-нибудь поддеть, как рычагом, – предложил Нюма.

– Ты что? Я спину не могу разогнуть сегодня. Какой рычаг? – захныкал Самвел.

– Я знаю! – Дима вскочил на ноги. – У нас есть кошка. Я сейчас ее принесу. Запустим кошку под шкаф, она мигом выгонит Точку.

– Правильно! – одобрил Нюма. – Умный шмендрик. Тащи кошку.

– Ты что, сумасшедший, Нюма? – возмутился Самвел. – Ара, какая кошка? Мне еще кошку здесь нахватало! Клянусь мамой!

– Какой ты Самвел Рубенович, честное слово, – укоризненно покачал головой Нюма, – тащи кошку, Дима. Устроим представление.

Мальчик с готовностью вскочил на ноги, подхватил шапку.

– Ах да! Еще на почте сказали, что получили какое-то письмо заграничное. На ваш адрес. Но без паспорта не дадут...

...Возможно, со временем Точка и станет славной собакой. Но сейчас, сидя посередине кухни, на демаркационной линии, разделяющей «Восток» и «Запад», она представляла собой щенка женского пола, которому от роду было месяца три-четыре. Бело-серой масти с темными повязочками у основания крепких лапок. Ее тощий хвостик напоминал Самвелу знак музыкального басового ключа, чем и подкупил бывшего завхоза музучилища. Темные пятнышки под глазами собачки придавали ее милой мордочке какое-то детское плаксивое выражение, чем она и покорила сентиментальное сердце Нюмы, сразу после того, как покинула свое убежище...

Дело уже прошлое... Пока Самвел ходил на почту за заграничным письмом, Дима принес в сумке кошку. Едва он развалил змейку, как кошка выскочила из баула и взметнула себя на шкаф. Глиняный кувшин с нежным девичьим горлышком, что стоял на шкафу, задумчиво качнулся на узком основании.

– Осторожно! – немея, крикнул Нюма кошке.

Обезумевшая от страха кошка ответила звериным воем. И, назло Нюме, пихнула мощным боком несчастный кувшин. Тот сорвался со шкафа и грохнулся на пол, разметав по комнате множество черепков с вязью каких-то слов на армянском языке.

– Вот это да! – восхищенно воскликнул шмендрик Дима.

Пораженный случившимся, Нюма молчал. Этот кувшин был первой вещью, которую с великой осторожностью Самвел извлек из своего багажа и долго подбирал для нее надежное и видное место.

– Что же ты наделала, рыжая сучка, – пробормотал Нюма.

Рыжая сучка покачивала громадной башкой и продолжала орать, раззявя ротик, усеянный частоколом игольчатых зубов. Как бы примериваясь сотворить еще какую-нибудь пакость.

– Нюма, гляди! – шмендрик Дима торкнул локтем старика. – Только не спугни...

Из-под шкафа выглядывала узкая щенячья мордаха с темными пятнышками под глазами.

– Точка, Точка, – ласково поманил Дима и зачмокал пухлыми губами.

Собачка покосилась на Диму, словно извиняясь за причиненные неприятности и, чуть поскуливая, поползла к его ботинкам. Дима нагнулся, ухватил щенка обеими руками и прижал к груди. И тот мгновенно принялся облизывать щеки и подбородок шмендрика бурым язычком...

– Смотри, Нюма, она плачет, – проговорил хитрый Дима и повернул мордочку щенка к Нюме. – Тебе не жалко?

И вправду, темные пятнышки под глазами собачки, точно капельки слез, на мгновение тронули сердце бывшего экспедитора Торгового порта...

Но вид разбросанных по комнате глиняных черепков и вой орущей на шкафу кошки заставил Нюму трезво оценить ситуацию перед возвращением с почты соседа.

– Забирай свой зоопарк и проваливай! – вскричал Нюма. – Сейчас же!

– Куда же я собачку, сам подумай, Нюма! – захныкал Дима. – И кошка не слезет, пока тут Точка...

– Оставь ты эту чертову Точку! – бушевал Нюма. – Забирай свою котяру, и чтобы духу вашего тут не было!

Во гневе Нюма был страшен. Его обычно добродушное круглое лицо покрыли сизые пятна, глаза зарылись под густые брови.

Испуганный шмендрик Дима оторвал от груди щенка и перенес на пол. Едва оказавшись на полу, Точка выскочила в коридор и исчезла в его сырой сутеми...

– Опять! – взвыл Нюма и бросился следом, крикнув через плечо, чтобы шмендрик немедленно вернул в баул сволочную кошку, а он пока разберется со щенком...

Точки нигде не было. Ни в коридоре, ни на кухне, ни в прихожей. Возможно, щенок заскочил в его комнату сквозь распахнутую дверь, за которой виделось нагромождение разных предметов, и любой из них мог скрыть перепуганную собачонку...

Нюма придал своему голосу максимально подхалимскую интонацию. Последовательно переходя от кровати к кушетке, к тумбе с телевизором, к старинному платяному шкафу работы мастера Ратнера... С отчаяния подергал кисти абажура, разгоняя по комнате запах лежалой пыли. «Вот блядь-собака!» – в сердцах выкрикнул Нюма. Но комната ответила лишь тишиной стен метровой толщины...

Отчаявшись, Нюма вернулся в комнату соседа. Дима сидел на табурете.

Помеченные свежими царапинами, его руки придерживали на коленях баул, откуда доносился глухой рокот...

– А где Точка? – нагло вопросил шмендрик и повторил: – А, Нюма? Где Точка?

Его глазенки смотрели на старого Нюму с особым расположением и лучезарностью. В жизни Нюма не встречал более скверного и проказливого мальчишки...

– Убирайся домой! – крикнул Нюма.

Шмендрик Дима с готовностью вскочил на ноги.

– Нет, стой! – скомандовал Нюма. – Собери все эти осколки! Живо! И выброси в мусорный бак.

Дима оставил баул и, боязливо оглядываясь на разгневанного старика, принялся проворно собирать на газету остатки кувшина...

Вскоре мальчишка ушел. Нюма вернулся в свою комнату, сел в кресло и принялся гадать, куда сквозанула проказливая собачонка. А может, она и не в комнате, а где-нибудь в коридоре... Еще он думал о письме, что получил сосед из заграницы. Не потому ли в последние дни он с таким нетерпением ждал появления почтальона... Вязкая дрема окутала сознание Нюмы. Веки набухали тяжестью, наплывали на глаза. Сквозь полусонное состояние он слышал стук входной двери, шаги соседа... Еще Нюма подумал, сразу ли заметит сосед пропажу кувшина? Конечно, придется рассказать Самвелу, как все произошло, пока тот ходил на почту... Не напрасно ли он выбросил в мусорный бак разбитые черепки? Может, и они дороги соседу? Но что сделано – сделано...

Уснул он или только задремал, опустив руки вдоль кресла, но ясно почувствовал, как пальцы левой руки тревожит какое-то касание.

– Точка, – пробормотал Нюма, не раскрывая глаз. Потом открыл глаза, повернул голову и глянул на пол. – Точка ты моя, Точка, – проговорил Нюма. – Кушать хочет маленькая собачка под названием Точка, да?

Собачка оставила пальцы старика и тихонечко заскулила, глядя вверх мокрыми коричневыми глазами.

– Что же ты пряталась? Боялась? – Нюма принялся вызволять себя из кресла. – Сейчас я тебя чем-нибудь угощу. Потерпи еще немного...

Нюма пошел на кухню. Следом по линолеуму коридора послушно заклацали коготки собачонки...

– Чем же тебя угостить? – вслух размышлял Нюма. – Даже стыдно, честное слово... Может, супешник попробуешь из свиных хрящей? Как ты относишься к свинине?

Точка присела на задние лапы и, тихонечко поскуливая, наблюдала, как Нюма ищет, во что налить ей угощение. Наконец старик нашел пустую жестяную банку из-под «Балтийской сельди». На первых порах самая что ни на есть подходящая посуда для собачки. О чем Нюма и известил Точку, которая внимательно следила за его руками...

Запах супа довел собачку до неописуемого возбуждения. Точка кругами заметалась по кухне, не зная, куда Нюма поставит еду...

– Да погоди ты! – укорял Нюма. – Ведь опрокинешь. Где я тебе еще раздобуду жратву? Думаешь, так просто?

Нюма определил место под раковиной. Собачка налетела на банку, сгоряча сунув в нее обе передние лапы...

– Извини, суп холодный, – улыбался Нюма. – Спички у соседа...

– Что ты ей жалуешься? Что она обо мне подумает? – серьезно проговорил Самвел. – Вот спички.

Нюма оглянулся. Сосед стоял в дверях кухни. В протянутой руке он держал спичечный коробок.

– Подкрался, как шпион, – растерялся Нюма.

Самвел приблизился к щенку. Зарывшись мордочкой и обеими лапами в банку, Точка оставила на обозрение пухлый задок под изогнутым хвостиком...

– Басовый ключ, – определил Самвел. – В нотах есть музыкальный знак – басовый ключ. Похожий на ее хвост.

– Это хвост формой похож на ключ, – поправил Нюма.

– Еще положи ей из моего казана, – предложил Самвел. – Рисовую кашу с тушенкой.

– Рис кушать маленьким собачкам вредно. Запор может быть, – ревниво отозвался Нюма. – Да еще с какой-то тушенкой.

– А свинину ей кушать можно? – со значением вопросил Самвел. – Кстати, какой нации эта Точка? Об этом подумал?

– Может, шпиц. А может, дворняга, – уклонился от диспута Нюма. – Ты какой будешь нации, Точка?

Собачка подняла мордочку. Посмотрела на Нюму, посмотрела на Самвела. И вновь зачастила язычком по дну банки...

– Ладно, подкинь ей свой рис, – разрешил Нюма.

– Ара, ты что, один здесь хозяин?

Самвел поднял крышку казана, захватил черпаком увесистую горсть каши и плеснул в банку.

Часть каши попала Точке на уши. Собачка встряхнула головой...

– Аккуратнее, дорогой, – не удержался Нюма. – В нашей квартире душ не работает.

Самвел искоса зыркнул на соседа и ушел к себе в комнату. Вернулся он, брезгливо придерживая пальцами кусок траченного молью старого паласа.

– Вот. Пригодился. Сто лет лежал, наконец пригодился, – проговорил Самвел. – Куда положить?

– Наверное, в прихожую.

– Ара, ты что?! Вдруг велосапет упадет.

– Тогда в коридор.

– Нет. Лучше всего тут. На кухне. Под раковиной.

– Ладно. Пусть на кухне, – согласился Нюма. – Стели.

31

Самвел принялся складывать поудобнее палас. Точка подняла мордочку и внимательно посмотрела на старика...

— Понимает, — довольно проговорил Самвел. — Умная собачка. Наверное, из вашей нации.

— У вас тоже не дураки, — великодушно ответил Нюма.

— Не забыл, скоро начнется футбол? — Самвел ладонями проминал лежбище собачонки.

— А кто отдаст мне долг за вчерашнюю игру? — произнес Нюма. — Пушкин? Я счет отгадал. Ты проиграл — плати. Дело чести.

— Ладно тебе, Нюма. Десять рублей, понимаешь. Это полкило судака на Сытном рынке.

— Вы посмотрите на него! Ему десять рублей не деньги! — воскликнул Нюма. — Ты давно покупал судака на рынке? Мороженая треска из домовой кухни, вот твоя еда. И то после драки! Проиграл пари — плати!

— Интересно! — возмутился Самвел. — А этот палас? Он, знаешь, сколько стоит? Старинная работа карабахских мастеров... Они самому Микояну палас подарили на день рождения...

— А Микоян подарил Хрущеву... А Хрущев Брежневу... А Брежнев кому? Черненко? Или кто еще из этих мудозвонов? Кто там еще дарил кому палас? Знаю одно — при Горбачеве палас достался Точке. И тоже карабахский...

— Точка достойная собака, — согласился Самвел и погладил теплую спинку щенка. Потом изловчился, ухватил руками тельце, приподнял и перенес на палас.

Очутившись на подстилке, Точка улеглась на живот и вытянула передние лапы, белые, помеченные темными ободками. Приподняла мордочку и с признательностью посмотрела на своих благодетелей...

— Теперь и у нас есть собака, — проговорил Нюма.

– Да. И у нас есть, – подтвердил Самвел.

«Сказать о кувшине или нет? – подумал Нюма. – Нет, не скажу... Как-нибудь потом».

Футбольный матч оказался неинтересным. Игроки бродили по полю неохотно, лениво, с оглядкой друг на друга. Подолгу спорили с судьей, получали желтые карточки безо всякой злости, даже с довольным видом...

– И это грузины?! – возмущался Самвел. – Дворовая команда, клянусь мамой...

– Что ты хочешь? У них тоже перестройка, – вразумлял Нюма. – А белорусы никогда прилично не играли...

– Белорусы – да. Но грузины! – Самвел с досадой хлопал ладонями. – Ара, пас давай, кацо! Пас дай этому дебилу под номером пять... Не дает пас!

– Жадный, – соглашался Нюма. – Он сам себе пас не даст.

– Не могу смотреть! Все! – объявил Самвел. – Спать пойду. Все! Потерянный вечер, клянусь мамой! Даже чай пить не буду. – Голос Самвела изменился: – А ты что тут делаешь?!

Нюма оглянулся. Из проема двери высунулась мордочка Точки.

– А ну, иди к себе! – строго прикрикнул Самвел.

Точка вскинула голову, искоса взглянула на Нюму, словно желая убедиться, что и Нюма не одобряет ее присутствие в комнате.

– А ну иди к себе! – повторил Нюма. – Игра неинтересная. Иди к себе!

Точка покорилась. Из коридора донеслось затихающее клацанье ее коготков...

– Очень умная собака, – решил Самвел. – Думаю, что даже не вашей нации.

– А тем более не вашей, – согласился Нюма.

– Думаю, что это какой-нибудь сиамский терьер, – произнес Самвел.

– Сиамских терьеров не бывает. Есть сиамские коты, – поправил Нюма.

– Еще есть Сиамские близнецы, – не сдавался Самвел. – Все! Иду спать. Завтра у меня тяжелый день. Получил письмо от племянника.

– Из Америки? – спросил Нюма.

– Из Калифорнии! – Самвел со значением вытянул палец. – Из города Лос-Анджелеса.

Самвел помолчал. Он боролся с собой – рассказывать о содержимом письма или нет...

– И что он пишет, твой племянник? – подталкивал Нюма.

– Предлагает заняться бизнесом.

– Бизнесом? Тебе? – опешил Нюма.

– Такой дурак, мой племянник, – обескураженно проговорил Самвел. – И отец его такой же был аферист. Как за него пошла моя сестра, даже не знаю.

Самвел махнул рукой в знак безнадежной глупости племянника и направился к себе.

Тем и закончился вчерашний день...

Утром соседи встретились на кухне...

Самвелу предстоял нелегкий день, если начинать дело, задуманное его племянником Сережкой. Ночью, ворочаясь в постели, Самвел поначалу решил, что предложение племянника полная чепуха. Потом, поразмыслив, сообразил, что в предложении есть определенный смысл. Но и этот вывод продержался в сознании Самвела недолго. Так, бросаясь из крайности в крайность, Самвел порядком измучился... Надо посоветоваться с

Нюмой. У этих евреев на подобные дела голова хорошо варит. Конечно, и мы, армяне, им не многим уступим, но эти евреи, известное...

Самвел поглядывал через плечо на Нюму...

– Слушай, сосед, чем Точку будем кормить? – спросил он.

– Гречневую кашу варю, – ответил Нюма. – На ее долю тоже.

– Давай так. Сегодня ты ее кормишь, завтра я, – предложил Самвел.

– Давай, – согласился Нюма. – Я по четным дням, ты по нечетным.

Для закрепления соглашения Нюма взял карандаш и подошел к плакату-календарю за 1988 год – год, когда умерла его жена Роза...

– Вот. Сегодня восьмое число, четное, мой день, – сказал Нюма. – Твой завтра, девятое.

Самвел кивнул. Он думал, как втянуть соседа в серьезный разговор. Главное, не создать впечатление в особой своей заинтересованности. Вроде между прочим, вроде ничего особенного. А то, чего доброго, пойдут сплетни. Одна эта татарка-дворник Галина такое дело раздует...

Самвел все поглядывал на соседа, примериваясь, с чего начать разговор...

Что он на меня посматривает, в то же время думал Нюма. Заметил, что со шкафа исчез кувшин? И не решается спросить, боится внести размолвку в наши отношения. В доме посторонних не бывает – куда пропал кувшин?! Некрасиво все складывается, очень некрасиво...

– А все из-за тебя! – упрекнул Нюма собачку.

Точка сидела на демаркационной линии, разделяющей «Запад» и «Восток» с интересом наблюдая за возней своих хозяев. Услышав возглас Нюмы, она вскочила на лапы, задрала голову и коротко тявкнула. Ей было хорошо, так хорошо, что она позволила себе еще раз тявкнуть. А умолкнув, чуть склонить голову на бок и посмотреть на стариков с такой нежностью, на которую способна маленькая собачка в ожидании вкусной еды. Могла ли она подумать, что страх, который еще вчера владел всем ее существом, обернется таким счастьем. Вот повезло, так повезло. Не каждая бездомная собачка может похвастать подобным везением. Честно говоря, она почему-то поверила тому мальчишке в заячьей шапке, сразу побежала за ним, задрав свой чепуховый хвостик. А ведь до этого момента многие пацаны высвистывали ее из-под деревянного навеса у пивной точки. Но она им не верила, а тому, в заячьей шапке, поверила. Как после этого можно не верить в судьбу? С момента, когда ее мама, бездомная сварливая дворняга Джильда – как ее прозвали старухи со двора дома номер пять по улице Олега Кошевого, – так вот, с того момента, когда Джильда куда-то сгинула, оставив на произвол судьбы ее и трех ее полуслепых братьев, прошла не одна неделя. Потом куда-то исчезли и ее братья. Как она выскочила из той передряги, одному Богу известно. И та же благосклонная судьба послала ей детишек из детского сада, пока злые воспитатели не разлучили их, хорошо еще не лишили ее жизни, а ведь запросто могли. Что стоило придушить маленького щенка? Да ничего! Как плюнуть. А вот оставили жить. Не хотели брать грех на душу. Решили, что со щенком и вороны разберутся. Вот кто первый враг нашему брату, бездомному щенку – вороны. Особенно там, где мусорные баки, где попадается какая-то еда. В то же время, мусорные баки и есть первые защитники, вороны под них не пролезут. Однако под баками подстерегала другая напасть – крысы. Большие, злые. Их даже кошки боялись...

Неизвестно, чем бы закончилась жизнь, если бы не случай. Как-то страх перед крысой заставил выбраться из-под бака, и тут появилась огромная черная собака. Откуда она взялась, непонятно. Но это была интеллигентная собака, с кожаным ошейником... Сперва собака что-то прорычала, но воспитание взяло свое, – она не могла обидеть малыша, хотя Точке к тому времени было почти полтора месяца. Собака лизнула ее. О, какое это было блаженство. Наверное, так лизала ее мама Джильда, перед тем как исчезнуть навсегда. Во всяком случае, это было настоящее блаженство. Точка прижалась животом к замызганному асфальту рядом с мусорным баком и постучала хвостиком. Но блаженство не бывает долгим, на то оно и блаженство. Интеллигентная собака пошла прочь, как бы приглашая ее следовать за собой. И Точка поспешила за доброй собакой, повиливая хвостиком из стороны в сторону, что на собачьем языке выражало самое лучшее. Так они добрались до пивной точки на Бармалеевой улице, у которой выстроилась длинная людская очередь. Рядом с очередью стояло несколько собак. Заметив интеллигентную собаку, те собаки выразили беспокойство. Начали ее оскорблять и грозить...

Наверняка они просто позавидовали кожаному ошейнику. Разгорелась шумная свара. Люди из очереди были недовольны. Кто-то поднял кирпич и швырнул в собак. И почему-то именно в интеллигентную черную собаку. Наверное, тоже позавидовал ее ошейнику... Черная собака убежала, а Точка осталась перед разъяренной сворой. Вероятно, свора полагала, что они с той собакой родственники. И ничем хорошим это не могло закончиться. В ужасе Точка бросилась под деревянный настил. Какое-то время свора облаивала ее, – она видела злые носы в щели под настилом. Но под настил пролезть они не могли. А что было потом? Тоже ничего хорошего. Только теплая конура под дощатым настилом и щемящий запах пива. Иногда кто-то плескал пиво на доски, и оно стекало сквозь щель – сладкое и дурманящее. Ну а дальше появились пацаны со своими обещаниями райской жизни. Но она им не верила, слишком они горланили. Потом появился тот мальчишка в заячьей шапке. То ли она ему поверила, то ли стало невмоготу под деревянным настилом...

Ну а дальнейшее известно... Единственное, было стыдно, как она себя вела в доме у этих пожилых людей. Как залезла под тахту, затем под шкаф. Должны же они понять, что она очень испугалась. Вдруг ее снова выбросят на улицу. Очень испугалась. Особенно, когда грохнулся со шкафа кувшин. Один черепок, отскочив, даже стукнул ее по морде, тут любой испугается, не только маленькая собачка...

Так что, зря этот Нюма ее попрекает... Кувшин упал из-за той стервы-кошки. Вообще о кошках отдельный разговор, насмотрелась она на кошек, пока пряталась под мусорным баком у детского сада. Более хитрых и злых существ мир не видел... Наверняка и та кошка, которую приволок мальчик, была себе на уме. Специально скинула кувшин, чтобы досадить хозяевам, посеять склоку...

Не мешало бы Нюме во всем этом разобраться, а не валить все на маленькую собачку. Мол, все из-за нее...

– Да, да, – повторил Нюма, – все из-за тебя...

– Что из-за нее? – спросил Самвел, раздумывая, с чего начать щекотливый разговор о затее племянника Сережки.

– Что?! – ответил Нюма, словно собираясь нырнуть в холодную воду. – Ты ничего не заметил в своей комнате?

– Нет. А что?

– Ну... Отсутствие какого-то предмета.

– Не пудри мозги, Наум, – встревожился Самвел. – Какого предмета?

Нюма в нерешительности умолк. Появилось опасение, что напряженность ситуации отвлечет Нюму от обязанности соблюдать график четного числа. И Точка, уловив это опасение, коротко, но настойчиво, тявкнула. Нюма понял намек. Он взял миску и перелил из нее кашу в железную банку, что стояла у старого паласа. Точка с одобрением пронаблюдала действия Нюмы, но к трапезе приступать не могла, каша оказалась горячей. Надо подождать. Точка села на задние лапы и принялась вдыхать сказочный аромат гречневой каши. Лишь тихое поскуливание выдавало ее нетерпение...

– Какого предмета, Наум? – тревога Самвела нарастала. – Почти все в комнате принадлежит твоей дочке Фире.

– Кувшин, который стоял на шкафу...

Самвел поспешил на свою территорию. Большие уши, опушенные сизыми густыми волосами, каким-то образом развернулись в сторону Нюмы, улавливая торопливые объяснения соседа. Переступив порог, Самвел задрал голову и выругался по-армянски.

Точно в его горле прогромыхал морской галечник...

– Ара, какая кошка?! Где кошка?! Ты знаешь, что это был за кувшин?! Ему больше ста лет. Последняя память нашего рода! – горевал Самвел, поводя из стороны в сторону тощей головой и хлопая по бедрам длинными руками. – Моя бабушка спасла кувшин от головорезов в пятнадцатом году. А какая-то кошка... Племянник меня умолял, хотел взять кувшин в Америку, я не дал...

Самвел умолк. Нащупал руками спинку стула и сел...

– Что делать, дорогой, так получилось, – посочувствовал Нюма.

– Ара, рэликвия... Что я скажу бабушке, когда встречу ее ТАМ? – Самвел вскинул вверх палец. – Что какая-то кошка...

– Если бы ТАМ мы кого-нибудь встретили, – совершенно серьезно произнес Нюма.

– Хорошо. Где осколки? – спросил Самвел. – Может быть, можно склеить? «Моментом».

– Осколки?! – растерялся Нюма. – Я... выбросил. Собрал в газету и выбросил в мусорный бак...

– Почему?! – выкрикнул Самвел.

– Ну... понимаешь... черепки, – пролепетал Нюма. – Собрал в газету, дал шмендрику. Тот и вынес... Честно говоря, как-то я испугался.

Дворник Галина обслуживала три дома по Бармалеевой улице. Два были еще ничего, особых трудов не требовали, а вот третий, зараза, просто руки выворачивал. После него у Галины в глазах становилось темно. Особенно теперь, когда неделями не появлялся спецтранспорт. Не любили водилы тот двор, трудно было мусоровоз развернуть, баки жались вплотную к стене брандмауэра. Если еще была смена Григория, ловкого шоферюги, тот как-то умудрялся загнать свою машину. А другие объезжали двор дома № 20, словно чумовой. Да он и был, точно чумовой. Приходилось горбатиться, складывать весь хлам в железную повозку и отвозить в соседние дворы. А это двойная работа и неоплачиваемая. Как она ни надрывалась перед жэковской начальницей Маргаритой, та, корова, доплачивать отказывалась. Говорит, не нравится – увольняйся. Понимает, что в теперешнее время остаться без работы – с голоду сдохнуть. Да и с работой-то не лучше, при этой перестройке... Днем, к примеру, где-то работают, а как стемнеет, в мусорках копаются, только ноги торчат из баков. Даже бомжи жалуются – теснит их интеллигенция и рабочий класс. Ну хотя бы аккуратно шуровали в баках. Так нет, такой после себя срач оставляют, не разберешь – где сам мусорный бак, а где площадка перед ним. Совсем народ оборзел, как в блокаду, честное слово. И не стесняются...

К примеру, как те двое, что с утра пораньше топчутся у мусорного бака. Без стыда и совести вышвыривают из мусорки всякую дрянь прямо на площадку. Мало ей работы, так еще собирай после них. Вот, сейчас я им бошки поотрываю...

– Что же вы тут, жопы сраные, делаете?! – издали крикнула Галина.

Две фигуры, что маячили у мусорного бака, замерли, словно их загипнотизировали.

– А ну пихайте обратно, что повыбрасывали! – Галина приближалась. – Не то я сейчас и ваши муды туда закидаю. Вы меня знаете!

Фигуры попятились и, как-то разом, повернули к дворнику свои лица...

– Никак Нюма?! С соседом! – изумленно промолвила дворник Галина.

– Ну что ты кричишь, что кричишь? – раздосадованно отозвался Нюма. – Ну мы! Что особенного... Весь дом поднимает на ноги...

– Конец света! – вскрикнула Галина. – Если уже евреи в мусорках шуруют – конец света!

– Между прочим, я – армянин, – с ревностью произнес Самвел. – Ну и что!

– А-я-яй! – дворник сложила на животе руки в замызганных рукавицах. – Нюма, Нюма... Видела бы покойная твоя жена Роза! Она бы снова в гроб спряталась, честное слово...

– Мы не то, что ты думаешь, – смутился Нюма.

– Ара, у нас дело! – подхватил Самвел. – Иди себе! Дело у нас есть!

– Какое дело у вас в мусорном ящике? – не отвязывалась дворник. – Золото ищете?

Дворник запнулась. Ее вдруг осенило – действительно, если эти два почтенных пенсионера, да еще... такой национальности, спозаранок что-то ищут в мусорном ящике, это неспроста... Или они думают, что татары глупее их? Что татарка не дотумкает, с чего это такой народец с утра шурует в мусорном баке. Не ради же каких-то рваных штанов и недопитых банок... К тому же, мусорный бак – это прямая территория дворника, имеет право. Пусть делятся, или хотя бы расколются, а как же иначе? Несправедливо...

– А собаку зачем привлекли? – Галина решила шуткой разрядить ситуацию. – Небось, обученная на золото?

– Это наша собачка, – ответил Нюма. – Не оставлять же ее дома одну.

По правде говоря, они не думали, что Точка проявит свои собачьи навыки и каким-то образом распознает сверток с черепками от кувшина. Хотя надежды не оправдывались – Точка сидела у бака, не проявляя особого энтузиазма. Лишь с одобрением поглядывала на возню своих хозяев...

– Она еще маленькая. Щенок, – буркнул Самвел. – Она обучена только на молоко и косточку.

Самвелу не хотелось обострять отношения с дворником. В сущности, он жил в этом доме, как говорится, на птичьих правах, без постоянной прописки.

Точка посмотрела на дворника Галину и дружелюбно тявкнула. Поняла, что от этой толстой тетки что-то зависит...

– И долго вы тут будете безобразить? – не отвязывалась дворник. – Или мне начальство позвать? А то я и сама справлюсь, стукну вас бошками, при всем уважении к Нюме...

– Угомонись, Галина, – посерьезнел Нюма. – У соседа кувшин разбился. Память семейная. Черепки по ошибке в бак снесли, вот и ищем. Может, склеим. «Моментом».

Галина недоверчиво хмыкнула. Что это за черепки такие, чтобы ради них весь бак вверх дном потрошить? Может, из... золота?

– Где это вы «Момент» найдете? Весь наркоманы раскупили. – Галина поняла, что в поведении соседей нет никакого криминала и хитрости. И соображала, как с достоинством завершить инцидент. – Ладно. Только покидайте весь хлам обратно... Если такие люди по мусоркам шустрят – капец этой блядской перестройке...

Нюма хихикнул, ему стало неловко, неужели дворник и впрямь считает, что он постоянно роется в мусорных баках? Да и Самвела откровение дворника смутило. Там, на далекой его родине, редко услышишь такие выражения от женщины, пусть даже дворника...

Точка боязливо проскулила и попятилась задом от вздорной Галины. И притаилась за кромкой бака. Но тут же залилась торопливым тявканьем. Нюма шагнул к собачке.

– Самвел! – закричал Нюма. – Смотри! Нашлись осколки...

Самвел поспешил на зов. В развороженной газете тускнели останки кувшина. Хвала и восторг обрушилась на собачонку Точку. Просто невероятно. Как она догадалась, ведь совсем еще маленькая! А что будет, когда подрастет? Не знали старики, что своей интуицией, собачонка была обязана самому крупному черепку. Тому самому, который больно зафугачив ей по морде, запечатлелся в ее памяти, согласно теории академика Павлова...

К слову, Нюма помянул и того шмендрика, который поленился забросить сверток в бак, а просто швырнул к стене брандмауэра. И если бы не ищейка Точка...

– Совсем дребезги, – вздохнул Самвел. – Клей не возьмет.

– Да, – согласился Нюма. – Совсем.

Самвел разворошил пальцем останки кувшина, выбрал наиболее крупный черепок и сунул его в карман. Остатки плотнее завернул в газету и закинул в мусорный ящик...

После смерти Розы Нюме пришлось привыкать к старости. Сразу. Буквально на следующий день. Потому как Роза ничем особенно не страдала, кроме каких-то долгих и нудных проблем с горлом. Нюма свыкся с ее состоянием, и в последние годы внимание к здоровью жены притупилось. А тут – раз, и что-то сорвалось у нее в сердце. И Роза умерла, сидя на скамейке у подъезда, среди своих кумушек. Соседи Розу не то чтобы любили – к ней привыкли, как привыкли к старому тополю, что врос в центр двора. А так как единственная дочь Фира жила по другому адресу, то Нюма сразу оказался лицом к лицу со старостью. Начиная с мелочей. Скажем, такая безделица, как оплата за квартиру, телефон, газ и прочие коммунальные услуги. Эту заботу брала на себя Роза. Не потому, что Нюма, по ее мнению, был шлимазл, то есть растяпа. Вовсе нет. Наоборот, Роза высоко ценила деловую хватку своего мужа. Роза была не слепая, она видела, как фотография экспедитора Наума Бершадского не сползает с Доски почета Торгового порта. Просто такая особа как Роза не могла день-деньской сидеть у подъезда в компании старух. Она должна была себя проявлять хотя бы раз в месяц: «во время навигации по проводке подаяния городу» за те услуги, что город предоставлял своим жителям. Так высокопарно жена портовика называла свои хождения в сберкассу. Ведь не иначе как подаянием, нельзя назвать оплату горячей воды, которую жильцы дома на Бармалеевой улице не видели месяцами. Или за лифт, что для семейства Бершадских, проживающих на первом этаже, был совершенно бесполезен... Ворох квитанций, обнаруженных в ящике стола, вогнал Нюму в ступор. Он сидел, как заяц перед удавом, разглядывая бумажки многолетней давности, физически ощущая свою старческую бестолковость....

Из всех проблем, что возникли со смертью жены, – включая уборку квартиры, стирку и прочую суету, – менее всего, как ни странно, Нюму беспокоила проблема еды. Сия забота предполагала хождение по магазинам и рынкам, где общительному Нюме было весьма комфортно, несмотря на нищенский бюджет, изрядно оскудевший после бегства из семьи шебутной дочери Фиры. Дочь, несмотря на свой сволочной характер, прилежно пополняла общий бюджет невесть откуда взятыми деньгами, официально нигде не работая. И родителям не хотелось вспоминать стародавнюю историю с фамильными серебряными ложками. А после кончины Розы с бюджетом у Нюмы стало особенно туго. На его пенсию в восемьдесят шесть рублей особенно не разживешься. Но в старости люди существуют как бы по другому графику, им нередко хватает на то, что вызывает отчаяние в молодые годы. Точно они подлаживаются к полному коммунизму в гостях у Господа Бога... Что же касалось денег от аренды Самвелом соседней комнаты, то их целиком прикарманивала Фира, комната была ее...

Однако Нюма не печалился. Да, сюрприз, что преподнесла ему своей внезапной смертью жена, столкнув нос к носу со старостью, вызвал у Нюмы оторопь. Но, несмотря на скудный бюджет и аховое, почти блокадное положение с продуктами, у него появился какой-то спортивный азарт. Скажем, как из скверной картошки и жалких куриных крылышек приготовить нестыдное варево, вызывая уважение не только гурмана Самвела, а и собачки Точки. Что касается последней, Нюма слыл для нее непререкаемым авторитетом. Собачка чувствовала, что вопрос питания для Нюмы первостепенный, как и для нее самой. Появление Нюмы на кухне вызывало у Точки бурное ликование. Она кружилась возле его ног, отчего Нюма однажды упал, но его проклятия нисколько не охладили ее влюбленный пыл. Впрочем, и Самвел вызывал у нее такое же чувство. Порой собачка смущалась – когда оба хозяина находились на кухне, Точка поглядывала на них, не выказывая никому особого предпочтения, и лишь поскуливала лежа на незримой границе между «Западом» и «Востоком». «Крупный политический деятель», – говорил Нюма про Точку. «Ара, просто собачья Маргарет Тэтчер», – соглашался Самвел, вспоминая «железную леди», премьер-министра Англии...

Однако особое ощущение старости подступило к Нюме с иной стороны... Исподволь, ненавязчиво бывшие дворовые товарки Розы принялись поочередно сватать его одна другой. Нюма, хоть и в возрасте, но был еще крепкий мужчина, не оставаться же ему в одиночестве. И вот тут-то Нюма ощутил старость. Не в себе, нет. Он ощутил старость тех, кого ему сватали. Он видел их дряблые руки, многоярусные подбородки, морщинистые шеи, подрумяненные щеки, раненные помадой губы. Конечно, он давно знал своих соседок, подруг покойной жены. Но одно дело просто знать, а другое знать при возникших обстоятельствах. Не то чтобы сблизиться, глядеть на этих невест стало Нюме неловко.

И даже не это главное! Главное, что он, Нюма, по чужому мнению, достоин именно таких особ! Эта мысль ввергла Нюму в тоску. Неужели он кажется всем рухлядью, достойным подобных невест? И при очередных «случайных» смотринах, он дал такой разгон дворовому бабью, что дворник Галина удовлетворенно проорала: «Правильно, Нюма! Продуй их блядские мозги! Ты, Нюма, дед хоть куда. На любую молодуху вскочишь, не свалишься. А они тебя нафталином присыпали, сучки. Я сама бы за тебя пошла. Только дворник для семейной жизни с недворником не годится. Разные интересы...» Нюма посмеивался. Конечно, у него с дворником разные интересы, но конкретно с Галей он не прочь бы... Видно, тело у той татарочки спелое, закаленное физическим трудом... Неспроста и Самвел робел при виде Галины. А он, со своим кавказским опытом, разбирался в подобных вопросах. Особенно его восхищала Галина задница. Выпуклая, широкая, точно большой арбуз, упрятанный под штаны.

«Какие возможности у женщины!» – вздыхал Самвел. Правда, конкуренцию Нюме, со своей больной спиной, Самвел составить не мог. Но это так, рассуждал теоретически...

А вообще-то физическое состояние соседа Нюма принял близко к сердцу. С самого начала их знакомства. Нюма считал, что в больнице, куда поместили Самвела после приезда в Ленинград, невнимательно отнеслись к одинокому старику-иногородцу. В судьбе которого никто из близких не принимал участия. Единственный племянник исчез, едва снял комнату и пристроил дядю в больницу. Племянника поджимали сроки эмиграции...

«Слушай, хорошая палата, хорошие доктора», – защищал Самвел честь той больницы. «Жулье! Смотрели только на лапу! – объявлял Нюма. – Я тебя покажу настоящим врачам. Флотским! Из больницы имени Чудновского. Главврач мой знакомый. Он все устроит».

И они отправились на набережную Фонтанки. Но и там повторили диагноз. Нюма притих, ненадолго. Он отыскал какого-то «травника». Два месяца Самвел пил липкую болотную дрянь. Никакого толку! Потом Нюма свел Самвела со знаменитым костоправом. И тот честно отказался, не его область, можно навредить...

«Ара, успокойся Наум, – совестился Самвел. – Что ты пристал?! Я что, в постели? Пока хожу своими ногами... Такая судьба, да! – И важно заключал: – Я жертва межэтнических отношений!»

Что произошло между двумя народами, живущими в Закавказье?! Почему? Нюма не понимал. Вернее, он знал «что произошло», а вот «почему» – не понимал. Армяне обвиняли азербайджанцев, а те, наоборот, армян... Его удивляло и другое: как при той обстановке забыли о евреях? Он даже спросил Самвела, ведь в тех краях проживало много евреев. «Ара, вы уже надоели, – ответил Самвел. – Как что – "евреи, евреи". Вам что, мало Гитлера было?! Клянусь отцом, Наум, такие, как ты, могут снова устроить неприятности для своих людей. Потому что держишь в голове мысли о какой-то роковой вине. Имей гордость, Наум».

Самвел произнес это шутливым тоном, а Нюма уловил в его словах нечто новое для себя. И вправду, почему во многих передрягах евреи с ослиным упрямством ищут свои корни. И, как ни странно... находят. Или накликивают? Именно накликивают! Отчего это? Не от того ли, что по природной живости ума всюду суют свой нос. Полагая, что облагодетельствуют человечество. А получается наоборот. Кому приятно беспрестанно слушать упреки в свой адрес?! Будто их, евреев, не в чем упрекнуть. Может быть, именно здесь и таится смысл слов Самвела о «роковой вине». Наверняка сосед обронил эти слова случайно. Однако Нюма нет-нет да возвращался в мыслях к этим словам. К счастью, от таких изнуряющих мыслей его отвлекали ежедневные бытовые заботы. К примеру, когда наконец откроют после ремонта стоянку для автомобилей в Новой Деревне, куда удобно было добираться на трамвае? Почти год приводили в порядок подземные коммуникации и стоянку закрыли. А для Нюмы и Самвела стоянка была ощутимым денежным подспорьем, они там подрабатывали в охране. Сутки дежурили, трое суток дома. Очень было удобно, а главное – выгодно. За дежурство набегала приличная сумма от охраны «неучтенных» автомобилей. Начальство, конечно, знало об этом, но, как говорится, закрывало глаза – трудились старики прилежно, угонов и порчи автомобилей в их смену не бывало. А кто не соблазнится подработать при такой жизни? Планировалось восстановить стоянку к весне, но вряд ли успеют. Нюма ездил в Новую Деревню, смотрел. На всем участке мерз единственный бульдозер и ни одного человека...

Надо думать о другой работе. Да тут была закавыка. Желательно найти работу для двоих. Самвел кипятился: «Ара, за себя думай!» И все же Нюма видел, что сосед хорохорится, понимает: ему, нездоровому пожилому человеку, да еще с сомнительной историей беженца, найти занятие в чужом городе нелегко. Как-то Нюма отправился в порт, где не появлялся более пятнадцати лет, со дня ухода на пенсию. Думал, там ему и Самвелу что-нибудь подберут... Но при виде неподвижных портовых сооружений, опустевших пакгаузов и полного безлюдья, Нюма понял, что ничего хорошего его не ждет. Впрочем, он это понял еще в проходной, когда сонная тетка-дежурная не обратила никакого внимания на человека с улицы. А раньше здесь стояла вооруженная охрана, выматывала душу своей дотошностью, прежде чем впустить на территорию порта. На вопрос Нюмы насчет отдела кадров тетка ответила сквозь щель окошка: «У Горбачева спроси! Он знает, куда кого распихал со своей перестройкой». И обложила нехорошими словами Первого секретаря Коммунистической партии Советского Союза и, заодно, самого Нюму, наивного старика, который надеется на отдел кадров, когда половина портовиков осталась без работы. Так что забот у Нюмы хватало. Еще и собачка появилась в квартире... Надо было тогда турнуть того шмендрика, нет, проявили недальновидность. И он, и Самвел. Вот и расплачиваются...

Вчера день был нечетный. Как они условились – по нечетным за собачкой присматривает Самвел. А тот куда-то пропал. Утром покормил собачку, вывел во двор минут на десять и исчез. Пришлось Нюме самому кормить собачку. Правда, он соседа не попрекнул – все испытывал чувство вины за разбитый кувшин. К тому же Самвел вернулся из города каким-то усталым и подавленным. Заперся в своей комнате и не выходил. А ведь знал, что вечером по телевизору футбол. И Нюма не напоминал. Принципиально. Лишь прибавил звук, чтобы Самвел догадался, что Нюма обиделся. Но сосед не реагировал. Прошел в туалет, просидел там, как обычно, минут тридцать. К Нюме так и не заглянул, несмотря на вой футбольных болельщиков. Нюма убавил звук, потом вообще переключил канал. Так и просидел перед телевизором, бездумно глядя на экран, с которого популярный эстрадный артист Пивокуров, с видом пришибленного болвана выпучив глаза, нес какую-то чушь. И Точке артист не нравился. Она прижалась к ножке кресла и тихонечко поскуливала, когда зрительный зал взрывался восторженными аплодисментами. А вот футбол собачка смотрела внимательно...

Припозднившись, Нюма решил не выставлять Точку на кухню, оставить у себя в комнате. С тем и улегся в свою широкую деревянную кровать, на два ватных матраца: сбитые комья одного сглаживали комья второго. Зато подушка была большая, пуховая, с вышитыми инициалами покойной жены в уголке наволочки. Казалось, подушка хранит запах жены и даже ее... дыхание. Хотя инициалы едва угадывались от многократных стирок.

Спал Нюма крепко, спокойно, без сновидений, что в его возрасте являлось великим благом и предметом зависти Самвела. Тот часто ночью вставал в туалет. А храпел и постанывал так, что соседи со второго этажа выражали недовольство. «Вам бы его переживания!» – думал в ответ Нюма и лишь пожимал плечами, беря на себя «вину» Самвела. Пойди разберись, кто храпит – он или Самвел...

Тем утром Нюма проснулся в каком-то беспокойстве. Резко, как от толчка. Было тихо. Не слышно никакого храпа за стеной. Несколько секунд Нюма бездумно таращил на стену глаза... Февральская ночная темень не впускала в свои владения робкий новый день. Лишь настенные оранжевые полосы от дворового фонаря стали более расплывчаты и вялы...

Сознание пробуждалось... Нюма почувствовал в ногах непонятную тяжесть и приподнял голову. Свет фонаря касался края кровати и оттуда, как из-под оранжевой накидки, смотрела на Нюму мордашка собачки. С четкими пятнышками под глазами. Словно собачка и впрямь плакала от радости при виде Нюмы...

– Точка, Точка, – прошептал Нюма. – Что ты там лежишь в ногах? Иди ко мне...

Собачонка вскинула задок и, выпростав себя из-под оранжевой накидки, поползла к Нюме. Медленно, точно не веря своему счастью... Приблизилась. Вновь посмотрела в лицо хозяина, желая убедиться, не обманет ли ее, не прогонит ли. И, решившись, лизнула щеку Нюмы узким влажным язычком. Чуть переждала и вновь лизнула, более уверенно...

Нюма приложил ладонь к ее теплой спинке. Провел сверху вниз, прогибая покорное тельце и выговаривая ласковые слова. Он испытывал такое наслаждение, словно его самого сейчас баловали, точно мальчика. Нюма даже прикрыл глаза в тихом блаженстве. Что же говорить о собачке. Она исходила от счастья и выделывала хвостиком зигзаги, выражавшие на ее собачьем языке, должно быть, наивысшую преданность...

– Пойдем питаться, Точка, пойдем питаться. Маленьким собачкам надо питаться, – приговаривал Нюма. – Сейчас встану, умоюсь, и пойдем питаться.

Собачка, будто пропеллером, крутила хвостиком, полностью согласная с намерением хозяина. И даже позволила разочек тявкнуть. Негромко. С уважением к спящим соседям. И Нюма по достоинству оценил деликатность собачки.

– Ах ты умница моя, – растроганно проговорил Нюма. – Видно, будет у нас с тобой большая любовь, понимание...

Нюма осторожно снял Точку с груди и сел, свесив ноги с кровати. Точка соскочила на пол, отпрянула на задок и, спрямив передние лапки, внимательно смотрела на старика в белых теплых кальсонах и нижней рубашке. Нюма по балетному вытянул обе стопы, желая пальцами нащупать тапочки. И нащупал. Но только один, второй наверняка под кроватью.

– Ах ты боже мой. – Нюма продел одну стопу в тапок, соображая, как сподручнее добраться до второго, – не очень-то хотелось елозить на карачках.

Точка привстала, понюхала вдрызг расплющенный тапок и скрылась под кроватью. Через мгновенья и второй тапок оказался на виду. Пораженный Нюма смотрел сверху вниз, покачивал босой ногой и приговаривал:

– Ну, Точка, ну умница... Кто же тебя научил?! Правильно сказал Самвел, ты собачья Маргарет Тэтчер...

Давно Нюме так не хотелось поскорее увидеть соседа, чтобы рассказать ему о смышленой собачонке. Но Самвел не появлялся. Наверное, решил, что не его день присмотра за собачкой, вот и спит...

Нюма разжег конфорку, поставил чайник. Набрал в кастрюлю воды для каши и тоже поставил на газ. Если подбавить сухой молочный порошок и сахар, можно сварить отличную манную кашу. Собачонка любила манную кашу, проверено.

Точка внимательно следила за движениями хозяина. А когда заметила, что тот снимает с полки пакет с манкой, не выдержала и одобрительно тявкнула.

– Знаю, знаю твои вкусы, – заметил Нюма. – Не ела ты фаршированную рыбу, какую готовила Роза. Вот бы я на тебя посмотрел... Не повезло нам с тобой, с моей Розой...

– Что это она разлаялась? – раздался голос Самвела.

Нюма прошляпил появление соседа. Да и Точка не отреагировала, ее отвлек пакет с манкой...

– А... Самвел? – воспрянул Нюма. – Привет, привет... Вот готовлю завтрак нам с Точкой. – Интонация голоса Нюмы явно звучала укором за пропущенный вчера соседом нечетный день.

– Ладно, ладно, – смиренно проговорил Самвел и, пододвинув табурет, сел. – Не мог я вчера, дело было... Как-нибудь отработаю и за тебя.

Нюма молча размешивал кашу. Иначе она будет комковатой и невкусной. Точка поднялась, сделала несколько шажков и улеглась в ожидании еды. Прямо на незримой линии между «Западом» и «Востоком», словно не желая пробуждать ревность хозяев. О чем и буркнул Самвел себе под нос. Кажется он все еще пребывал во власти своего мрачного вчерашнего настроения.

– Это еще что! – Нюма покосился на собачку и рассказал историю с тапками.

Самвел с минуту размышлял. Вздохнул, прокашлялся и проговорил:

– Наверное, сама тот тапок под кровать пихнула. Чтобы потом достать... Для авторитета.

– Ну ты даешь, Самвел! – всерьез возмутился Нюма.

– Собаки такие же хитрые, как люди.

Нюма продолжал стряпню, поглядывая на соседа. Прядь сивых волос падала тому на лоб, перекрывая глаз. Небритые щеки и подбородок придавали лицу Самвела более унылое выражение, чем обычно.

– Тебе тоже хватит, – Нюма снял с огня кастрюлю.

– Мне не надо. У меня свой есть завтрак... Положи ей побольше.

Точка одобрила такое предложение и легонько пристукнула хвостиком по линолеуму.

– Понимает, – проговорил Самвел. – Теперь при ней ничего лишнего нельзя будет сказать.

– Да, – согласился Нюма. – Теперь язык придержи. А то все: сраная власть, сраная власть. Стукнет на тебя куда надо, узнаешь.

– Ты тоже подумай, – серьезным тоном ответил Самвел. – Кто недавно говорил, что народ голодает, а мэр со своими подхалимами жрут черную икру на вечеринках у банкиров? Не ты?

– Во-первых, мне рассказал участковый Митрофанов. Его племянник работает в «Астробанке», на Невском, – также серьезно ответил Нюма. – А во-вторых, при том разговоре у нас еще не было Точки.

И вновь собачонка шлепнула по полу хвостиком и слегка тявкнула.

– Сейчас, сейчас, – заторопился Нюма, – горячая еще каша, обожжешься.

«Ну что он тянет, старый пердун? Плеснул бы кашу в мою банку и дело с концом, – в нетерпении думала собачка Точка. – А то еще уговорит волосатого отведать кашу. И мне объедки достанутся... Не впервые такое случается. Сколько раз прежде вороны из-под носа уносили корочку. А кошки? Те вообще измывались. Выгнут спину, шипят. Сами не едят – им только бы собачонке ничего не досталось, фашисты какие-то эти кошки. Так и Нюмка – уговорит волосатика соблазниться манной кашкой, вот-вот уговорит. И надо было волосатику выйти на кухню в такой момент! Что ему не спится?»

И Точка, в страхе от подобного поворота событий, подняла мордочку и громко залаяла. По-взрослому, от души...

– Ну вот еще! – воскликнул Нюма и плеснул кашу в порожнюю банку из-под балтийской селедки. – Ешь, если не терпится!

Точка рванулась к банке, сунула мордашку и тотчас отпрянула. Посмотрела на Нюму и виновато проскулила.

– А-а-а... Обожглась! Я что говорил?! – торжествовал Нюма. – Дура ты, Точка, а не Маргарет Тэтчер.

– Инстинкт подавляет ум. С инстинктом бороться трудно, – важно заметил Самвел. – Вот ты, Нюма, когда-нибудь имел дело с женщиной, умом понимая, что этого делать не надо?

– Еще сколько раз, – с готовностью соврал Нюма.

– Вот! – удовлетворенно проговорил Самвел. – Ты человек с институтским образованием. Так что ты хочешь от маленькой собачки?

Нюма пожал плечами и снял с полки тарелку для себя. Выложил остаток каши, достал ложку и пододвинул табурет.

– Что у тебя сегодня на завтрак? – поинтересовался Нюма.

– Аппетита нету. Чай выпью и все, – нехотя ответил Самвел.

– Спина болит?

– Нет, ара. Сегодня не болит... Чай выпью и уйду. Дело есть... Кстати, сегодня должна прийти твоя дочка за деньгами. Я тебе оставлю, отдай ей.

– Как хочешь, – буркнул Нюма и, не удержавшись, добавил: – Где это тебя носит, интересно?

– Ара, дело есть, дело.

Самвел сидел, сунув руки в карманы брюк и скрестив жгутом тощие ноги.

– И сидишь, как шпана, – Нюма принялся за свой завтрак. – Может, ты связался с какой-нибудь шайкой? Так и скажи.

– Связался. С тамбовскими. И с этими, как их... Забыл. – Самвел выпрямил ноги и воскликнул в голос: – Вот обжора! Все уже слопала.

Нюма взглянул на собачонку. Точка подняла голову над пустой банкой и виновато смотрела то на одного хозяина, то на другого...

– Отдохни! – прикрикнул Нюма. – Так ты нас пустишь по миру. Отдохни!

Точка покорно отошла к стене и улеглась, положив голову на вытянутые лапы. «Что может быть вкуснее манной каши на сухом молочном порошке? – думала она. – Только кусочек кровяной колбаски, которой угостил ее волосатик вчера, прежде чем исчезнуть на весь день. Жаль, каши было маловато. Почему-то всегда вкусной еды бывает маловато. Что делать, приходится мириться, если сегодня в стране так ужасно с продуктами питания. У многих людей и этого нет, вон сколько их ошивается по мусорным бакам, отнимают корм у собак и кошек. С каким удовольствием они бы поели такую кашу».

И Нюма думал, что каша удалась на славу. Он искоса посмотрел на соседа.

– Ара, не хочу я твою кашу, – буркнул Самвел. – Могу тебе кусок колбасы отрезать.

– Кровяной? Буду с голоду умирать...

– Ладно, ладно. Слышал уже, – перебил Самвел. – Проверну одно дело, тогда угощу тебя другой колбасой. Помнишь, при той власти была «отдельная» за два двадцать. Или «докторская» за два девяносто...

Нюма молчал. С некоторых пор воспоминания о «той» жизни его выводили из себя. Точно ворошили память об украденном, дорогом для сердца, предмете. Случается, так привыкаешь к чему-то, привыкаешь, и вдруг оно исчезает. А тебе подсовывают новое, непонятное и чужое. При этом лично тебя никто не спрашивает – хочешь ты этих перемен или нет. Потому как ты для них тварь бессловесная. Его давно раздражали всякие диссиденты, самозваные борцы за его, Нюмино, счастье. Болтуны и бездельники. Особенно это проявилось сейчас, когда наступила их власть, – разодрали страну на куски и растащили по своим углам, демократы сраные... Почему именно ему досталась такая старость? Не могли подождать несколько лет, пока он соединится со своей Розой?!

– Ты только обещаешь, – наконец произнес Нюма и положил в раковину тарелку из-под каши.

– Что я тебе обещал? – встрепенулся Самвел. – Когда?

– Только что. Обещал какое-то дело провернуть и меня отблагодарить.

– А-а-а, – Самвел наморщил лоб, отчего его вытянутое лицо стало похоже на печеный баклажан. О чем ему Нюма незамедлительно сообщил.

– Ты тоже не красавец, – без обиды проговорил Самвел.

Он раздумывал: рассказать соседу о предложении своего племянника Сережки или нет? Еще одно мнение не помешает. Но может повлиять на решимость осуществить предложение племянника. Самвел и так порой впадал в апатию. Несмотря на соблазн хорошо заработать. Дело, задуманное этим баламутом Сережкой в далекой Калифорнии, хоть и заманчивое, да не по плечу пожилому человеку. Им должен заниматься молодой и энергичный. А не тот, с лицом, похожим на печеный баклажан...

Так и не придя к определенному решению, Самвел поднялся со стула и направился к себе, переодеться. Кажется, сегодня спина не особенно болит, даже вообще не болит.

Четко очерченное крышами смежных домов, полуденное небо напоминало сколок плохо вытертого пыльного зеркала. Ленинградское утро зимой редко радует глаз своими красками...

Хотелось выть. Но вой у маленькой собачки пока не получался, только скулеж, да и то сдавленный и жалкий. А все из-за самодельного ошейника, который Нюма натянул на шею Точки – кольцо из веревки, скрепленное морским узлом. И как Точка ни упиралась всеми четырьмя лапами, Нюма стянул ее со ступеньки крыльца на снежный дворовый наст. Разве можно сравнить силу маленькой собачки с мощью бывшего экспедитора Торгового порта?!

«Мог бы и без ошейника обойтись, просто спихнуть меня со ступеньки и все, – подумала Точка. – Зачем мне дурацкий ошейник? Куда я денусь?! Да еще такой грубый, из старой лохматой веревки. Вот у черной собаки, что вызволила меня из-под мусорного бака, был ошейник, это – да! Орден, а не ошейник! А на мой только мухи польстятся. Он и пахнет селедкой. – Точка вытянула шею, чтобы как-то уберечься от противного запаха. Но куда там?! – Если бы этого Нюмку пихнуть носом в бочку с селедкой, я бы на него посмотрела! – думала Точка, подчиняясь силе хозяина. – И это он называет утренней прогулкой? Даже писать не хочется. Какое удовольствие писать с веревкой на шее?»

Нюма подтянул собачку к могучему дереву, что росло в середине двора, и выжидательно посмотрел на собачку.

– Ну?! Сцы! – порекомендовал Нюма. – Что ждешь? Сцы, говорю. А то еще простудишься тут с тобой.

Точка с мольбой смотрела на Нюму. Она просила освободить ее от этого дурацкого ошейника, дать побегать. А там она сама справит свою нужду, где захочет. В свое удовольствие...

– Сцы, говорю! – твердил противный старик и с подозрением добавил: – Или ты дома где-то наследила?

Обиднее этого упрека Точка давно не слышала. Она поджала задние лапки и присела. Как-то по-взрослому, по-бабьи. Желтая струйка пометила снежный лоскуток под деревом.

– Ну вот, – голос Нюмы подобрел. – Можно и домой вернуться... если тебе больше нечего сказать.

«Как же, как же, – обижалась Точка. – Есть еще что сказать, если ты не даешь мне побегать».

И Точка, не скрывая обиду, презрительно повернулась задком к своему хозяину и, слабо пукнув, вывалила на снежный лоскуток темную полоску. Точно отомстила...

– Ну, молодчага! – заблеял Нюма, так и не поняв символического значения этого поступка. Он готов был расцеловать свою собачку...

– Это кто тут гадит?! – раздался злющий женский голос.

Точке голос был знаком. Она боялась обладательницу этого голоса – грубую тетку с руками, продетыми в грязные брезентовые рукавицы.

– Не хватает мне бомжового говна во дворе. Так еще тут какашки собачьи убирать? – завопила дворник Галина.

– Что ты, Галочка, – засуетился Нюма, – какие там какашки от манной кашки? – Нюма улыбнулся, он и не ждал от себя такой удачной рифмы.

Но Галина оценила. Она вообще выделяла Нюму из всех обитателей этого дома, а покрикивала на него скорее для порядка.

– Ну, Нюма, ты просто Пушкин, – засмеялась Галина.

Нюма же, пользуясь такой высокой оценкой, решил не упускать момент.

– А как же у других соседей собаки? – спросил Нюма.

– Да почти все своих собак повыгоняли, нечем кормить...

Дворник запнулась и махнула рукой. Нагнулась над глубокой картонной коробкой и принялась ворошить содержимое. Цепляя собой какую-то ветошь, из коробки потянулся шнур...

– Вот! Остался чей-то. Настоящий ошейник, – Галина протянула подарок. – Я обещала тот раз твоему соседу-армяну. А то стыдоба. Одна собака на весь двор и та, как Муму. Кажется, что ты ее тащишь топить. Так я и твоему соседу сказала...

– Ох, спасибо, – заохал Нюма и принял подарок.

Подержал на весу, стряхнул с кожаного обода налипшую шелуху от картошки, пощелкал пальцами по текстолиту вытяжного механизма.

– Вот! Видишь, какие у нас дворники! – обратился Нюма к собачке. – А ты все скулишь. Скажи тете спасибо за царский подарок.

Точка вытянула передние лапы и, задрав мордаху, настороженно смотрела на дворника Галину, ожидая какую-нибудь каверзу. Едва приметный бугорок кадыка тревожно перекатывался под шелковистой шерстью у горла...

Мыслями Галины, испытанными в домовых склоках, овладело необъяснимое чувство вины. Не перед собачкой, нет. И не перед Нюмой. Просто чувство какой-то абстрактной вины. Это состояние своей непонятностью рассердило дворника, ей не нравились подобные загадки. Татары люди деловые, им не до сантиментов. Особенно, если каждый день встаешь ни свет ни заря. Да имеешь дело с такими людьми...

– Царский подарок, – проворчала Галина. – Небось, и сами могли бы поднести его своей собаке.

– Откуда деньги, Галь? – шутливо произнес Нюма. – Такой ошейник тысячи стоит. С пенсии только на веревку и хватит. Чтобы повеситься.

– Да хватит тебе! – осадила дворник Галина. – А сами по антикварным магазинам шастают. Не с дырявыми же карманами.

– Не понял, – произнес Нюма.

– Видела я твоего соседа в антикварке.

– А ты что там забыла? – Нюма не мог взять в толк, о чем речь.

– Подрабатываю. В магазине на Пушкарской. Два раза в неделю полы мою... Вижу, он зашел...

– Кто? Самвел?

– А то кто? Он. Сосед твой, армян.

– Армянин, – поправил Нюма. – Ну и что?

– Ничего... Стал допытываться у продавца: сколько что стоит. Самые дорогие вещи...

– Ну и что? Интересовался человек...

– Когда в кармане пусто, люди не интересуются... И все записывает, записывает. Аж продавец вспотел. Хотела я выйти из подсобки, узнать, что он там записывает. Но подумала, не моя забота... Что он там записывал?

– Понятия не имею, – буркнул Нюма.

– Так и не имеешь? Ладно. Ваше дело, – не поверила дворник. – Потом продавец пообещал ему, что будет иметь в виду.

– Что «иметь в виду»?

– Откуда я знаю? Они тихо шептались. И продавец пообещал. Сказал: заходите, – дворник Галина отступила на шаг и посмотрела на собачку. – Так сними ты с нее эту удавку, продень ошейник.

Точка взглянула на хозяина и коротко тявкнула. Нюма вертел в руке кожаный поводок. Весть о посещении Самвелом антикварного магазина его озадачила. Не самим фактом, а тем, что у соседа есть какая-то тайна. Казалось, за время совместной жизни, они все знали друг о друге. Оказывается, нет, не все... Антикварный магазин не какая-нибудь продуктовая лавка. Да и откуда у него деньги? Пособия как беженцу из «горячих точек» едва хватало на неделю жизни при таких ценах. Ну еще пенсия по старости, тоже гроши, только что заплатить за жилье.

– Да одень ты обнову собаке. Видишь, она заходится, – напомнила Галина. – А веревку отдай. Я тот куль обвяжу. А то ветер по двору разнесет...

Точка вертелась юлой. И по мере того, как Нюма приседал с ошейником в руках, верчение достигало скорости вентилятора на малых оборотах.

– Да уймись ты, глупая! – прикрикнул Нюма, стараясь справиться с дыханием. – Думаешь, мне легко с тобой возиться. В пальто-то...

– Давай я попробую, – смеялась дворник Галина. – Со мной не побалует.

– Ты не сможешь. Морским узлом веревка повязана, насмерть.

– Я не смогу?! – возмутилась сквозь смех дворник Галина и скинула рукавицы. – А ну!

Могучая фигура дворника горой склонилась над маленькой собачкой.

«О, попала! – подумала Точка. – Доигралась! Лучше бы уж дед».

Она смиренно завалилась на бок, вытянула шею и задрала передние лапы, уповая на жалость. Кофейные зеницы глаз тревожно плавали в голубоватых белках, окаймленных пушистыми ресницами...

– Я не смогу?! – повторяла дворник Галина, перепуская веревку в хитром узле. – А кто тогда сможет?

Нюма с уважением следил за ее руками.

Тяжелыми пальцами она продавила лоб собачки из расширенной петли веревки. И проворно замкнула на шее Точки кожаный ободок с какой-то замысловатой чеканкой.

– Принцесса! – восхитилась Галина. – Просто принцесса.

Точка вскочила на ноги. Отряхнулась всем тельцем, словно после купания, и лизнула замызганный сапог дворника.

– Благодарит, – пояснил довольный Нюма.

– Потому как и сама дворняжка, – согласилась Галина. – Дворняжки уважают дворников. Они понимают. Не то что другие собаки...

– Дворняжка? – с некоторым разочарованием в голосе произнес Нюма. – А мы думали...

– Дворняжка! – отрезала Галина. – Я насмотрелась на собак. Другой пес может подойти и задрать ногу на сапог дворника. Но не дворняжка. Те свое место знают.

Последние слова дворник Галина договаривала, уже направляясь с веревкой к куче тряпья, под внимательным взглядом Точки. Сноровисто перевязала весь хлам, забросила в бак и вышла на улицу... Подобно ребенку, ускользнувшему от взрослого догляда, Точка принялась метаться по двору, тыкая нос во все заметное и незаметное. Кожаный поводок послушно вытягивался из текстолитовой коробки, соединяя старого Нюму с его собачкой, точно послед с пуповиной. Казалось, поводок не имел ограничения...

Нюма едва поспевал за шустрой собачкой.

– И куда тебя несет?! Куда несет? – ворчал Нюма, стараясь справиться с хитрым механизмом поводка.

Когда ему это удавалось, поводок натягивался и Точка прядала на задние лапы, с возмущением озираясь на хозяина...

«Что он там дурит, старый гвоздь?! – думала Точка, опьяненная свободой. – Так же можно шею свернуть. А где лечиться маленьким собачкам? Сами болтали на кухне, что ветеринарные доктора берут жуткие деньги за лечение. Если стану калекой, выкинут меня в два счета, не очень будут со мной панькаться».

Но поводок ослабевал. И Точка вновь устремлялась к заветным местечкам, втягивая дурманящий запах случайных находок. И сердце ее переполнялось любовью и верностью к Нюме, к Самвелу, к страшному дворнику Галине и вообще ко всему этому двору, покрытому теплым февральским снегом...

За свой непродолжительный срок жизни Точка неплохо научилась разбираться в людях. Конечно, не так хорошо, как в воронах или, скажем, в кошках. Кошек она всех, как говорится, гребла одной гребенкой – кошки все мерзавцы, только что котята, и то... А вот в людях Точка разбиралась. Так ей казалось...

Однако появление в доме дочери Нюмы, Фиры, вызвало в душе Точки некоторую неопределенность. Начать с того, что возник странный запах. Резкий и противный. Фира сказала отцу, что это французские духи. Но Точке куда приятнее был запах бараньей косточки или следы тушенки, что иногда налипала к стенкам случайной банки. Это – первое... Дальше! На Фире была юбка из какой-то блестящей гладкой материи, с нее соскальзывали лапы. Что тоже не очень удобно. Не то что штаны Нюмы или волосатика Самвела. Из дерюги, теплой, пахнущей автостоянкой и Сытным рынком, самым замечательным местом на земле... Но более всего Точка не могла определиться с голосом Фиры – хороший она человек или так себе? Голос Фиры звучал резко, звеня вибрацией в конце каждой фразы. Отчего невольно прядали уши маленькой собачки. Как сейчас!

Точка в задумчивости вернулась на кухню и свернулась калачиком на своем месте под раковиной. Но голос Фиры все равно тревожил ее, доносясь из приоткрытых дверей Нюминой комнаты...

– Я тоже хочу завести собаку, – проговорила Фира.

– Неплохо бы завести ребенка, – буркнул Нюма.

Они уже успели сцепиться. Из-за велосипеда, что висел в прихожей и грозил свалиться кому-нибудь на голову. Накричавшись, они порядком подустали и прошли в комнату Нюмы.

Фира сказала, что очень торопится, – только возьмет деньги за аренду своей площади и уйдет. Но все не уходила. И так было каждый раз, когда она являлась за данью. Словно извинялась за обиды, которые доставляла родителям, но в то же время гордыня не позволяла ей признать это вслух. Наоборот, она еще больше наглела и взвинчивалась. Даже в тот день, когда умирала Роза, Фира не могла себя сдержать из-за того же велосипеда. Она пришла получить очередную плату от Самвела за комнату, а Роза стала требовать убрать велосипед со стены. И у нее начался приступ астмы. Но Фиру это не очень растревожило, у матери приступ был не редкость... Потом Фира чуть ли не год не появлялась на Бармалеевой улице. Но постепенно все наладилось. Да и деньги за сданную комнату сами к ней не явятся. Однако характер ее, склочный, не изменился...

Вот и сегодня. Едва переступив порог, она раскричалась в ответ на просьбу отца убрать злосчастный велосипед...

Фира была поздним ребенком. Роза разродилась в сорок один год, и Фире в прошлом ноябре исполнилось двадцать пять лет.

Высокая, с прямыми широкими плечами и узким тазом, ее фигура скорее подходила бы парню, чем девушке. Если бы не крупная, красивая грудь, светлые мягкие волосы и особенно глаза – серые, быстрые, под черными, резко изогнутыми бровями. Но самым приметным в ее облике были нос, прямой, с «национальной» горбинкой, и зубы – крупные, белые, со щербатиной – между узкими губами большого рта...

Ни Нюма, ни Роза так и не могли определить для себя – красивая у них получилась девочка или нет. В одном они были убеждены: характер у девочки – дрянь.

И проявляться он стал со школы, с класса пятого-шестого. Очень уж ей нравилось верховодить. Среди девчонок класса, потом среди мальчишек. Неподчинение толкало ее на придумывание всевозможных интриг и сплетен, сколачивание всяких группировок, а нередко и драк на школьном дворе... Она неплохо училась, считалась твердой «хорошисткой» и, что любопытно, рисовала шаржи на одноклассников и, чаще всего, на учителей. Остроумные, злые. Шаржи сопровождали стишки, сразу известные всей школе. Не удивительно, что на выпускном вечере учителя были счастливы расстаться с Фирой Бершадской, о чем они, не скрывая, говорили...

После школы Фира поступила в Технологический институт. Без хлопот, хотя было известно, что в «техноложке» не привечали абитуриентов с «пятым пунктом» в паспорте. На весь поток было двое таких студентов – Фира и какой-то «вундеркинд Зальцман». Однако она не доучилась. Ушла с третьего курса, влюбилась в парня из Военмеха и перевелась в его институт, на курс ниже. Кстати, тот парень, Сергей, и был племянником Самвела, он и пристроил своего дядю квартирантом в комнату Фиры перед эмиграцией. Несмотря на то, что их отношения к тому времени разладились: Фира собралась выйти замуж за доцента того же Военмеха. Только вот перед самой свадьбой доцент, напившись, назвал ее жидовкой, и Фира дала доценту в морду. Протрезвев, доцент умолял его простить, говорил, что у них, у поляков, слово «жид» не такое уж плохое, так у них зовут евреев. Но Фира оставалась непреклонной. И мать ее поддержала. Роза считала, что связывать свою жизнь с человеком, для которого слово «жид» в порядке вещей, значит, не уважать себя.

Раздосадованный доцент принялся строить Фире козни, а Фира ворвалась как-то на кафедру и громко высказала все, что думала о том доценте...

После чего ушла из института, связалась с какой-то компанией. И пошло-поехало. Это было жуткое время – квартиру осаждали мерзкие типы, пьянь, картежники, девки. Соседи вызывали милицию. Фира раз или два делала аборт. И вообще – «катилась по наклонной». Чашу терпения родителей переполнила история с воровством серебряных ложек. После чего Фира отделилась от родителей, съехала с квартиры, впустив в свою комнату квартиранта Самвела, о чем накануне отъезда в эмиграцию просил ее бывший возлюбленный Сергей...

С годами Фира стала все больше походить на мать. Не фигурой, нет. Пока нет. Роза была невысокого роста, кряжистая, задастая. Фира – наоборот. А вот рот – тонкогубый, большой – такой же, как у матери. И – лоб. Он как-то стал круче выпирать из-под челки, как у Розы...

– Ты становишься похожей на маму, – проговорил Нюма.

– Лучшего комплимента ты не мог подобрать? – Фира взглянула на фотопортрет Розы, забранный в узорную раму. – Впрочем, она когда-то была ничего.

– Ничего? – ревниво переспросил Нюма. – Она была красавицей!

– Тогда почему она запала на тебя? – лениво обронила Фира.

– Вот еще, – растерялся Нюма. – Я не всегда был таким старым бревном.

– Старым не всегда. А что касается бревна...

– Слушай. Ты не так часто видишься с отцом, могла бы...

– Не злись, папахен, – перебила Фира. – Ты же знаешь свою стерву-дочь. А люди меняются не с таким постоянством, как день и ночь...

– Вот и возьми свои деньги, – буркнул Нюма. – И уходи.

– А то науськаешь на меня свою собаку? – засмеялась Фира. – Кстати, как ее зовут?

– Не знаю, кто из вас бóльшая собака? – не удержался Нюма.

– Я! – с готовностью подхватила Фира. – Так как ее зовут?

– Точка, – смягчился Нюма. – Ее нашли у пивной точки.

– Возьми эти деньги ей на жратву. Подарок. От сестры!

– Именно, – кивнул Нюма. – С чего это ты такая добрая?

– Дела складываются удачно, – Фира положила руки на затылок и сладко потянулась, выпятив свою красивую грудь. – К большому корыту меня пристроили. Теперь я специалист по кадрам мэрии.

– Не больше не меньше! – удивился Нюма. – И что это значит?

– Я и сама пока не знаю... У меня был приятель, Сашка Зальцман, студент из «Техноложки». Талантливый парень, его так и звали – «вундеркинд»... Мама его знала. Он еще замок сломал в наших дверях...

– А... Пьяница, – подхватил Нюма. – До сих пор мучаемся с этим замком... Ну и что?

– Словом, он большая шишка в Смольном. Лицо, приближенное к мэру. Тот сколачивает свою команду. А Сашка – голова!

– Зальцман, – со значением заметил Нюма.

70

– Какая разница! Другие времена... Меня уже зачислили в штат. Выдали удостоверение. С понедельника на работу, в Смольный... Ну? Что скажешь?

Нюма поджал губы. Что он мог сказать? События, что происходили на экране телевизора или прочитывались в газетах, ему представлялись сполохами северного сияния – далекие, загадочные, красивые, но холодные. То была другая жизнь. А на его Бармалеевой улице как не было горячей воды много лет, так не было ее и сегодня, хотя Нюма исправно за нее платил. Да в магазинах шаром покати... В памяти ненадолго задерживались какие-то фамилии: депутаты Салье, Щелканов... Мэр города со смешной фамилией – Собчак... Тот не очень ладил с депутатами из Ленсовета. Видно, хотел полной власти. Драчка между Смольным и Мариинским дворцом, где заседал Ленсовет, увлекала, как футбол, – кто кого. Особенно в очередях за продуктами и на рынках. Да и просто в уличной толпе. Одни были на стороне президента страны Горбачева, другие за президента России Ельцина и того же Собчака, его человека в Ленинграде...

Лично Нюму все эти фамилии мало интересовали, как мало интересовали те, кто был до них, при той власти. У всех у них были свои интересы. Как говорила покойная Роза: «Вор сидит на воре и вором погоняет». А теперь вот и Фирка влетела в политику. Интересно, чем это закончится, если в Смольный сядут такие специалисты?

Нюма пожевал губами и произнес:

– Так где же ты сейчас живешь? Все у друзей?

– Пока да. Но Зальцман обещал мне приличную квартиру. Как сотруднику аппарата мэра. И дачный участок в хорошем месте. Они составляют список.

– О! – вздохнул Нюма. – Начинается!

71

– Ты что, против?

– Нет. Я не против. Наоборот! Теперь я спокоен за этот Смольный... Интересно, тогда зачем ты сегодня пришла, если отказываешься от своих денег?

– Во-первых, я не знала, что у вас появилась эта... Точка, и ее тоже надо кормить. Во-вторых, я пришла повидать тебя. Ты ведь мой папа. Или ты мне уже не папа?

– Папа, папа, – Нюма почувствовал, как набухли веки глаз.

Только этого ему не хватало...

– Ну... а что тот Зальцман? – пересилил себя Нюма. – Он женится на тебе?

– Это зависит не от него.

– А от кого?

Не ответив, Фира коснулась губами колкой щеки отца и вышла из комнаты.

...После визита дочери Нюма резко ощущал свой возраст. Слабели ноги, слезились глаза, потели ладони, по телу разливалась слабость. В такие минуты он особенно остро испытывал одиночество.

«Проверь кровь на сахар, – советовал Самвел, – может, это диабет? Надо вовремя схватить. Или давление. Помнишь, я тебе вызывал неотложку?» Какой к черту диабет? Какая гипертония? Просто, я старый хрен, одинокий, никому не нужный семидесятишестилетний старик. И все это видят, прежде всего дочь. Почему-то собственную старость человек замечает позже окружающих. Печально, когда начинаешь ощущать не только свою ненужность, а и то, что ты помеха другим. Все, что тебя тревожит, в представлении окружающих не более, чем занудство старика. И все, чем ты занимаешься, –

бред и фантазии старого человека. Нет большего унижения, чем старость. Для того, кто прожил активную жизнь. Когда каждое твое слово принимается как глупость, а то и проявление маразма... Но самое страшное, это ощущение зависимости от тех, кто всю жизнь зависел от тебя. И нет большей казни, чем ожидание от них просто добрых слов, не говоря уж о дружеском разговоре. Единственное утешение тут – мстительная мысль, что наступит и их час испытать твои печали. Мысль слабая, летучая. Способная подвести к дреме, или, в лучшем случае, ко сну...

И Нюма задремал. Голова тяжелела, тянулась вниз, выпячивая тесто подбородка. Обе руки бессильно повисли, а ноги, разогнутые в коленях, расползлись в стороны, точно рассорившись между собой... Непонятно – уснул он или только пребывал в дреме?! В сознание Нюмы проникали видения... Маленькая девочка, похожая на Фиру, шла за светловолосой девушкой, похожей на Розу, какой Нюма ее увидел впервые, в Сберкассе на углу Невского проспекта и улицы Бродского. Потом оказалось – это же надо, такое совпадение, – что Роза дочь его начальника, старшего стивидора Торгового порта... Судьба!.. Следом за девочкой и девушкой, на длиннющем поводке, бежала собачонка с заплаканными глазами... Девочка, то и дело оборачиваясь, звала собачку... Точка, Точка...

Нюма разлепил сухие губы и, в полудреме, пробормотал про себя: «Точка, Точка...»

И слух его принял тихое, и какое-то деликатное, поскуливание.

– Точка? – Нюма посмотрел на пол. – Ты чего?

Услышав голос хозяина, собачонка осмелела и позволила себе вежливо тявкнуть... «Спишь?! – говорил ее кроткий вид. – А кто даст мне жранькать? Или ты думаешь отделаться манной кашей? Когда я сама видела в холодильнике треску. Хорошенькое дело: один хозяин где-то шастает с утра, второй – спит... А кто жранькать мне даст?! – и, осмелев, Точка дерзко пролаяла. – Жранькать давай!»

– Ладно, ладно. Сейчас что-нибудь придумаю, – Нюма, ворочаясь, принялся вызволять себя из кресла. – Кажется, в холодильнике треска дожидается. Отварить ее? Или так поешь?

«Так слопаю, – одобрила Точка бормотание Нюмы. – Чего уж там! Ждать, пока ты ее сваришь? Так пойдет», – и Точка весело зацокала коготками лап по линолеуму коридора, торопясь за хозяином...

– Где же этот Самвел? – бросил в пространство коридора Нюма. – Чтобы старый человек весь день где-то пропадал! Зимой! И с больной спиной!

«А черт его знает! – Точка обогнала Нюму по наиболее короткому пути к холодильнику. – И при чем тут твой Самвел-волосатик?! Не отвлекайся! Жранькать давай!»

Нюма распахнул холодильник и посмотрел в его скудное брюхо. В прорехе мокрой газеты виднелся бледный хвост трески. Рыба уже достаточно оттаяла и вполне годилась для варки. Нюма снял с гвоздя кастрюлю, чье закопченное днище давно нуждалось в чистке, а еще лучше – в отправке на помойку...

Точка внимательно наблюдала за действиями хозяина, прядая ушами и похлопывая хвостиком по линолеуму.

– Имей терпение, – попенял Нюма собачке. – Сейчас вскипячу воду, посолю...

«Хватит болтать, – говорил нетерпеливый вид Точки. – Мы же договорились! Не желаю ждать. Тем более из такой гадкой кастрюли. Если хочешь: вари себе в ней и травись. Давай рыбу, дед, не издевайся!» – и Точка строго залаяла, что она себе позволяла, в основном, по отношению к воронам и кошкам. Перевела дух и вновь пролаяла, уже в сторону прихожей, откуда доносился шорох снимаемой одежды.

– Что она лает?! – вопросил Самвел из прихожей. – Не узнала? – и, переступив порог кухни, проворчал: – Что лаешь, не узнаешь?

«Узнаю! Пока узнаю. Но все равно – сходи в парикмахерскую. А то совсем оброс, на меня стал похож! – не унималась Точка. – И не отвлекай Нюмку. И так трески мало!»

– Ара, перестань лаять! – крикнул Самвел. – Что с тобой?!

– Боится, что ты отнимешь у нее рыбу, – догадался Нюма.

– Дура! Нужна мне твоя вонючая треска, – серьезно проговорил Самвел.

Нюма обидчиво отвернулся. Не так плоха эта треска, за которой он вчера отстоял очередь на Пушкарской. Кстати, рядом с антикварным магазином, где Самвела засекла дворник Галина...

Но Нюма промолчал. И Точка умолкла, зарывшись носом в миску, куда Нюма положил кусок трески.

Самвел ушел в свою комнату и тотчас вернулся.

– Что, дочка не приходила? – спросил Самвел.

– Приходила, – Нюма продолжал копошиться у плиты.

– А почему деньги на столе? Забыл отдать? Или опять поругались?

– Она не взяла. Отдала Точке на кормежку. Подарок.

– Ее дело. Только пусть потом не говорит. Как в прошлый раз...

Самвел припомнил старую уже историю. Когда Фира ворвалась со скандалом на Бармалееву улицу, мол, квартирант недодал ей сто сорок восемь рублей – почти половину ежемесячной оплаты. Самвел смутился и молча вернул деньги. А назавтра Фира заявилась и сказала, что произошло недоразумение, что деньги она обнаружила. И ушла, без тени смущения на лице. Едва извинившись. После чего Нюма долго не мог найти себе места. Стыд за близкого человека горек и долго не проходит...

– Надо поговорить, Наум, – произнес Самвел.

– Поговорить? Очень хорошо, – с готовностью кивнул Нюма. – А то весь день разговариваю с Точкой...

Собачка подняла голову от банки. Посмотрела на Нюму. Потом на Самвела. И, не найдя ничего, достойного внимания, вновь вернулась к рыбе.

– Слушай, она не подавится? – обеспокоился Самвел.

– Я кости убрал, – для наглядности Нюма приподнял край газеты.

– Молодец, – похвалил Самвел. – Теперь и мне помоги... Мой племянник Сережка у меня как кость в горле. Клянусь здоровьем.

«Странная у него манера, – подумал Нюма, – как что – клянется. То здоровьем, то жизнью, то тем оболтусом-племянником, то сестрой, а то и мамой...» Самвел, в порыве искренних чувств, как-то не замечал комизма клятв, звучащих из уст старого человека. Самвел был типичным представителем Кавказа, горячим и азартным. Честно говоря, Нюма и сам иной раз клялся, но не с такой же истовостью! Нет, восточные люди особенные. Поэтому они так разодрались – армяне с азербайджанцами. Да и узбеки хороши! Тоже устроили заварушку в своем Самарканде, мало никому не показалось. Сколько убитых и зарезанных! А история с турками-месхетинцами? Сперва их изгнали из того же Узбекистана, теперь выгоняют из Краснодара. Совсем взбаламутилась страна с этой перестройкой. Нет, напрасно развалили ее, напрасно. Люди жили, хотя и трудно, но мирно, без крови...

– Здесь поговорим? Или пройдем в комнату? – спросил Нюма и выключил огонь под кастрюлей.

– Можно и здесь, – Самвел вздохнул. – Пусть собака тоже послушает...

– Семейный совет, – Нюма придвинул табурет и сел.

Он смотрел снизу вверх на своего соседа. Острый кадык Самвела, размером с перепелиное яйцо, перемещаясь, разглаживал пупырчатую кожу горла.

– Понимаешь, этот ненормальный, мой племянник Сережка, прислал письмо... Жалко, ты не читаешь по-армянски...

Нюма виновато пожал плечами и усмехнулся:

– Не я один. Точка тоже не читает по-армянски, я уверен. Да? Точка!

Услышав обращение, собачка с готовностью задрала голову и помахала хвостом. В надежде, что обращение связано с едой. Наверняка в холодильнике еще что-нибудь завалялось.

«И нечего улыбаться, Нюмка, – говорили ее глаза, – думаешь, подсунул кусочек трески и свободен? А кисель? Зажал? Кисель из пачки. Сама видела, как ты его сварил и упрятал в холодильник. Думаешь, маленьким собачкам кисель не нужен?»

Переждав, Точка разочарованно вытянула передние лапы и положила на них голову.

«Может, плеснуть ей кисель? – вдруг подумал Нюма, глядя в плачущие глаза собачки. – После такой трески самый раз смочить горло».

Нюма встал, шагнул к холодильнику и вытащил миску с белесым комковатым варевом. Взял ложку и, наклонившись, принялся выплескивать часть содержимого миски в вылизанную банку из-под балтийской сельди.

– Ара, я с тобой разговариваю, а не с твоей жопой, – обиделся Самвел.

– Извини, Самвел-джан, – Нюма выпрямился. – Мне показалось, что она просит киселя.

– Мало ли что она просит, – проворчал Самвел. – У меня серьезный разговор, а ты со своим крахмалом. Таким киселем только обои клеить.

Теперь обиделся Нюма. Кисель «Фруктовый» давали по три пачки в руки в магазине на Большом проспекте. И только по визитке. Нюма час простоял в очереди. Кроме киселя, он купил по той визитке триста грамм масла, триста грамм сыра и кило гречи. Да, еще пол-литра постного масла. Все, что было положено пенсионеру на месяц...

– Так о чем пишет твой племянник? – переборол обиду Нюма и, упрятав миску в холодильник, вернулся на свое место.

– О чем может писать этот шалопай? – вздохнул Самвел. – Я тебе уже говорил.

– Говорил. Мимоходом. – Нюма кивнул. – О каком-то бизнесе...

– Понимаешь, предлагает мне заняться бизнэсом, – в голосе Самвела звучало и возмущение, и искреннее удивление. – Предлагает покупать ценные вещи и отправлять ему, в Америку... Через каких-то людей в Эстонии. Им отправлять из Ленинграда, а те отправят ему.

– А... деньги? – спросил Нюма первое, что пришло в голову.

– За деньги, пишет, не беспокойся. Сколько надо – получишь, со своим процентом, – вяло пояснил Самвел. – Пишет: сейчас у вас в стране такой бардак, что грех им не воспользоваться. Люди от нужды продают разные вещи. Среди них наверняка есть очень ценные.

– Как во время блокады, – буркнул Нюма.

– Вот именно, – согласился Самвел и, словно оправдывая племянника, добавил: – А он при чем здесь? Они продают, он покупает...

– Не он, а ты покупаешь, – поправил Нюма.

– А мне что? Я ему помогаю. Не ворую, не граблю. Покупаю и отправляю. Сейчас везде говорят: бизнэс, бизнэс...Это и есть бизнэс.

– Хорошо, а я при чем?

– Ты тоже можешь заработать. Ты – местный..: Я хожу по всяким скупкам, спрашиваю. Мне как-то не доверяют. Смотрят с подозрением. Ты – другое дело... К тому же, если приходит человек твоей нации, сразу ясно, что серьезный покупатель...

– А твоей нации? – ревниво прервал Нюма. – Армяне всегда славились торговой жилкой...

– Это верно, – согласился Самвел. – Но они думают, что я азербайджанец, с колхозного базара. Репутация, понимаешь... Тебе тоже процент будет с каждой вещи... Город ты знаешь. Где какой толчок, ты знаешь...

– Ничего я не знаю, – растерянно произнес Нюма...

Он и вправду мало чего знал в городе, прожив долгие годы в Ленинграде. Более сорока лет он ездил по одному маршруту в Торговый порт и видел город из окна трамвая...

Предложение соседа озадачило Нюму и даже испугало каким-то... беззаконием. Хотя в стране уже давно как бы не было никаких законов. Скрытая анархия.

В городе нагло хозяйничали бандитские группировки, чьи атаманы были известны не только по фамилиям, но и по адресам. Некоторые из них, по слухам, даже были депутатами Ленсовета. А во внутреннем дворе Большого дома – этой цитадели защиты закона, – говорят, который день жгут документы. Да так, что дым стелется по Литейному проспекту...

– Сам говоришь, что твой племянник шалопай, – слабо произнес Нюма. – Вовлечет он тебя в авантюру...

– И отец его такой был, – с безвольной горечью проговорил Самвел.

– Так пошли его к черту! – обрадовался Нюма.

– Ара, как «пошли к черту»?! Он сын моей покойной сестры. Когда она умирала, я слово дал...

– А где его родной отец?

– В тюрьме сидит. Знаменитый был картежник...

– И сын в него пошел, – удовлетворенно заключил Нюма.

– Ара, не твое дело! – вдруг разозлился Самвел. – Лучше за свою дочку посмотри!

– «За свою дочку», – передразнил Нюма, – моя дочка меня бы не оставила в чужом городе, а сама уехала в Америку!

– Ара, я больной был! – проорал в ответ Самвел. – А у него уже билет в кармане лежал на самолет! Я сам ему сказал: уезжай!

Точка вскочила на лапы и залаяла. Громко и как-то очень смешно, обращая голову то на Самвела, то на Нюму...

И соседи засмеялись.

Когда Нюма смеялся, его лицо, похожее морщинами на треснувшее блюдце, молодело, и оживали глаза. А Самвел смеялся тихо, прикрывая ладонью рот. Словно извинялся за два металлических резца, что тускнели в расхлябанном ряду желтых прокуренных зубов...

Оценщик антиквариата – Алексей Фомич Кирдяев – сидел у окна «скупочного пункта», размещенного в подвале дома на Большой Разночинной улице. Когда во дворе скапливались страждущие сдать в скупку свое добро, Алексей Фомич видел сквозь загаженное оконное стекло только их обувь – сапоги, ботинки, туфли, не раз топтались какие-то боты. И в подвале становилось темнее. А когда толпа клиентов редела, Алексей Фомич просматривал весь двор и даже арку дома. Тогда Алексей Фомич мог контролировать визит хозяина скупки Толяна – так он представился, когда подряжал Кирдяева на работу. Фамилией Толяна, как и прочими его анкетными данными, Алексей Фомич не интересовался – меньше знаешь, лучше спишь. Ясно было одно – Толян подставное лицо, он работал на кого-то другого. Судя по тому, с каким подобострастием он иной раз разговаривал «по делу» с кем-то по телефону.

Толян всегда появлялся неожиданно. С тем, чтобы убедиться – «не тянет ли Кирдяев на себя одеяло?» Иначе говоря, не припрятывает ли для себя какую-нибудь особую вещицу?! Да он и не скрывал. «Доверяй, но проверяй!» – хохотал он, свойски хлопая Кирдяева по плечу. И сверял выплаченные деньги с купленным товаром. Конечно, Кирдяеву обвести этого болвана было пустяшным делом, он и не таких обводил за свой век оценщика-антиквара. Но рисковать не хотелось. Ребята они серьезные, «шутят только раз и навсегда», о чем Толян и предупредил Алексея Фомича. Да тот и сам знал – антиквариат испокон веков считался занятием полукриминальным. А в эти смутные времена, когда «скупки» рождались на пустом месте – без особого догляда властей, а то и с «заинтересованным» согласием, – вообще оказались под надзором бандюганов, открыто контролировавших город. И бензоколонки, и утильсырье, и парикмахерские, и магазины...

Все, связанное с «чистыми» деньгами, крышевалось криминалом. Кирдяев и сам не понимал, как повязал себя с этими ребятишками. У них, у чертей, оказывается было досье на многих старых антикваров города, что вышли на пенсию еще при той власти. Вот они и вербовали пенсионеров в свои скупки, кого кнутом, кого пряником. Лично Кирдяева и тем и другим. Ввалились на квартиру два амбала во главе с Толяном. Тут любой струхнет, не то что язвенник Кирдяев. Да и заработок посулили в пять раз больше, чем при коммунистах. Расчет был точный – народ с голодухи попрет сдавать добро. А тут он, Алексей Фомич, со своей сетью. Бывали дни, когда на одних изделиях из «бронзы» целое состояние можно было сколотить, не говоря уж о драгметаллах...

К примеру, вчера пришла пожилая дама, принесла вещицу. И беглого взгляда было достаточно – девятнадцатый век, итальянская майолика с типичными округлыми формами темной глазури – «Игроки в кости». Слегка притертая в основании, но все равно приличной сохранности. Ради интереса Алексей Фомич заглянул в каталог. И точно. Откуда у гражданки эта вещица, Кирдяев не допытывался. Только было собрался отсчитать тысячу рублей, как гражданка передумала и, несмотря на уговоры, повернулась и ушла, сунув вещь в грязный баул. А ведь неплохие деньги были предложены. Был бы в тот момент в скупке Толян, он бы ее с такой вещицей не выпустил. Кирдяев ждал, что тетка вернется. Нередко такое происходит – иной клиент, взвешивая предложенную сумму, не сразу решается на продажу. Потом возвращается... Гражданка пересекла двор. А под аркой к ней подошли двое мужчин с маленькой собачкой. Наверное, знакомые, понятное дело – с такой вещицей женщину оставлять на улице без присмотра неблагоразумно. А может, и перекупщики. За свой век Кирдяев повидал всякого...

Алексей Фомич Кирдяев поглядывал в окно, прикидывая: управится ли он до обеда или придется задержаться. Очередь была человек десять. Да и клиент шел жидковатый, все шантрапа и рвань. Несли, в основном, ворованное – мельхиоровые ложки, подстаканники, в надежде выдать за серебряные. Иконы, со следами свежей краски. Фаянсовые подделки под фарфор грошовой стоимости...

Им бы встать в ряды барыг, что двумя кольцами опоясывали Сытный рынок, со своим товаром на руках. Нет, прутся в скупку, надеясь облапошить такого профессионала, как Кирдяев. Вот он и вынужден, чуть ли не взашей гонять их из подвала. И каждый еще с полчаса будет стоять во дворе, колготиться, жаловаться на несправедливость. Пока не явится Толян и приструнит недовольного своим методом... Вообще-то, по наблюдению Алексея Фомича, обеднел народ. Годами нелегкая, безденежная жизнь изрядно распотрошила сусеки. Со стороны это не заметно – антикварные магазины ломились от вещей, но настоящая ценная вещь попадалась все реже и реже. И приносить ее стал человек случайный, не понимающий, с которым говорить не о чем. А бывало, Кирдяев, чувствуя клиента, такое узнавал о выставляемой на продажу вещи, что хоть пиши роман. И всегда давал нестыдную цену. А когда вещь уходила к новому владельцу, он искренне печалился, словно отрывал от себя...

А что может поведать о своей вещи эта бабка, что наконец добралась к стойке оценщика? Платок, повязанный поверх потертой каракулевой шапки, делал ее личико маленьким и жалким. Еще и тощие руки в старческих пятнах вылезали из-под ветхих обшлагов тулупа. Такие бабки приволокут какую-нибудь дребедень и всю душу измочалят, если их сразу не поставить на место.

– Ну?! – произнес оценщик Кирдяев. – Что у вас? Только по-быстрому!

– А ты не гони, – осадила бабка. – Дай угреться. Все ноги поморозила на дворе.

– Что у вас? Показывайте, – без тени сочувствия повторил Кирдяев.

Поникнув головой над истрепанной сумкой, бабка извлекла свое добро и боком, по-птичьи, взглянула на оценщика.

– Подсвечник, – констатировал Кирдяев. – Подсвечники не принимаем. Их у нас, как в церкви.

– Что значит не принимаем?! – отважно выкрикнула бабка. – Как это не принимаем!

– Не вопите! – осадил Кирдяев. – Не принимаем и все. Тем более такие подсвечники уже при Горбачеве штамповали, никакой ценности в них нет. Уходите! – неумолимо заключил Кирдяев и крикнул в сторону очереди. – Следующий!

Набухавшая неприязнью к бабке толпа очередников, загомонила советами:

– Беги в утиль, старая. И себя сдай заодно.

Бабка обернулась к галдящим, демонстративно плюнула себе под ноги и вновь обратилась к оценщику с угрозой найти на него управу.

– Да кому ты жаловаться будешь, старая дура?! – выкрикнули из очереди. – Это же частная лавочка. У них свои законы.

Кирдяев пропустил мимо ушей обидный, но справедливый выкрик. Тем не менее довод каким-то образом вразумил старую.

– Дай хоть какую цену, – заканючила она плаксивым голосом. – Мне там обещали с прицепом заплатить против твоей цены, – и она повела головой в сторону двора.

– Кто обещал? – сдерживая злость, произнес Кирдяев.

– Добрые люди обещали, – ответила бабка.

– Ходют там два типа, – подтвердили из очереди. – Если за вещь дадут хорошую цену, обещают перекупить с процентом.

– Обещают-то они, обещают. Да не всех жалуют, – отозвался кто-то из очереди. – Что они, враги себе?

– Так ты дашь цену моему подсвечнику? – не отвязывалась бабка.

– Пятьдесят рублей, – Кирдяев махнул рукой. – И то с большого бодуна.

– Пятьдесят? – плаксиво переговорила бабка. – Это ж кило печенки на Кузнечном рынке...

– Уже шестьдесят, – строго поправил кто-то. – Именно на Кузнечном.

Кирдяев хлопнул ладонью по столу и закричал в голос:

– Дайте работать, черт побери! Не то закрою на обед и гори все огнем!

Очередь тревожно притихла и в следующее мгновение обрушила на старушенцию такой шквал негодования, что, материализовавшись, он превратил бы тщедушную фигуру упрямицы в мокрое пятнышко.

В этот момент и ввалился в свое заведение Толян.

– Почему шум?! – вопросил Толян.

– Да вот... клиент не согласен с оценкой, – со злорадством пояснил Кирдяев.

Круглое лицо Толяна оборотилось в сторону бабки. Маленькие светлые глазки из-под черных бровей посмотрели на существо в тулупе с удивлением и какой-то радостью. Словно преданный сын на родную мать после долгой разлуки.

– Где товар? – спросил Толян.

– Вот! – бабка с готовностью протянула подсвечник.

Толян принял в свои лапы замысловато перекрученный трехрожковый стан подсвечника. Подержал на весу, словно радуясь его приятной тяжести. И ударом ноги распахнул дверь.

– Что же ты творишь, паскудник?! – обомлела бабка, провожая взглядом исчезнувший в дверном проеме свой подсвечник.

Хотела еще что-то сказать и не успела. Подхватив со спины ее за подмышки, Толян махом выпихнул старушенцию следом за подсвечником. Вдогонку полетела и замызганная сумка.

Стальная подвальная дверь захлопнулась, оборвав ее истошный вопль.

Стоявшие во дворе Нюма и Самвел удивленно переглянулись. Да и Точка не без удивления натянула поводок. Еще бы! Не часто увидишь, как кто-то, подобно птице, выпархивает из разверзшихся дверей и валится с криком на утоптаный снежный наст двора.

Резво вскочив на ноги, бабка подобрала подсвечник, пихнула его в сумку и дунула со двора мелким торопливым шагом. Увидела под аркой обоих соседей. Остановилась. Ладонью заправила под шапку сивый клок волос и спросила елейным голоском, не передумали ли они купить подсвечник, как обещали, с прицепом.

– А во сколько его оценили? – Нюма кивнул в сторону скупки.

– В пятьдесят рублей, – честно ответила старушенция.

– В пятьдесят? – переговорил Самвел. – За пятьдесят не надо. Нужна дорогая вещь. А за пятьдесят не надо.

– Сами обещали: во сколько оценят там, перекупите с прицепом, – возмутилась старушенция. – На вас понадеялась. А то бы им продала. Как они меня уговаривали.

– За пятьдесят нам не надо, – подтвердил Нюма.

В знак согласия с хозяевами, Точка задрала голову и, пролаяв, спряталась за ногу Нюмы.

– Обманщики! – взвилась бабка. – Постыдились бы! Креста на вас нет!

– На мне нет, – согласился Нюма. – А на нем есть. Правда, не православный.

Лицо старушенции вдруг посерело, скукожилось. Она согнулась и попятилась задом, устремив взгляд в глубь двора. Откуда резвым шагом спешил крепкий мужчина в распахнутой дубленке. То был Толян, хозяин скупки...

На появление Толяна резко отреагировала Точка. Она выскочила из-за ноги Нюмы и зашлась лаем. Память еще хранила такого вот, с резвым шагом, дворника из детского сада, где прошло ее младенчество. Тот часто шуровал палкой под мусорным баком, пытаясь выгнать щенка по приказу злых воспитателей...

Толян на ходу подобрал какой-то камешек и швырнул в собачонку.

– Эй! – приструнил его Самвел. – Ара, не видишь! Маленькая собачка...

– Была бы большая, я бы ей, бляди, глотку заткнул кирпичом, – отозвался Толян. – Вы зачем здесь ошиваетесь?!

Нюма демонстративно огляделся. Мол, кого имеет ввиду этот тип? Не ту ли старушенцию с подсвечником? Но бабку сдуло, точно ее и не было...

– Вы, вы! – приблизился Толян. – Что вам здесь надо?

– А тебе какое дело? – проговорили одновременно Нюма и Самвел.

И Точка пролаяла, в знак полной поддержки своих хозяев. Громко, по-взрослому. Без надежды на компромисс...

– Что бы я вас тут, суки, больше не видел! – негромко, со значением произнес Толян. – Вместе с этим волкодавом. Предупреждаю.

Толян повернулся и направился к скупке.

– Ара, какой волкодав?! – воскликнул вслед Самвел. – Маленькая собачка. Дворняжка.

– И писает с наперсток, – поддержал Нюма.

– Но часто, – уточнил Самвел.

– Предупреждаю! – повторил Толян через плечо, придерживая шаг. – Иначе сами будете сцать кровью. Предупреждаю.

– Слушай. Ты как со старшими разговариваешь? – вопросил Самвел. – Мы тебе в отцы годимся, клянусь...

Нюма не понял, чем на этот раз поклялся Самвел, – Нюма лишь видел заряженное злобой круглое лицо Толяна. И это Нюму насторожило.

– Ладно, Самвел, разошлись, – примирительно произнес Нюма. – Останемся при своих.

Нюма ухватил рукав пальто соседа и подтянул к себе.

– Ара, подожди! – горячился Самвел. – Он кто?! Хозяин улицы?

– Ладно, Самвел, разошлись, – повторил Нюма. – Пора Точку кормить.

«Действительно, пора, – заслышав свое имя, Точка запрядала ушами. – Связались с каким-то бандюганом, а мне жранькать пора, не до ваших разборок».

– Подожди, говорю! – Самвел силой сорвал пальцы Нюмы со своего рукава.

Толян, нагло буравя взглядом, вплотную придвинулся к Самвелу.

Они стояли, как сиамские близнецы, живот к животу – тощий, словно сплющенный, Самвел и дородный, с круглым ленивым брюшком, Толян.

– Ты что, отец? Х-ево понимаешь русский язык? Повторяю! Чтобы я вас тут больше не видел! – едва разлепив пухлые губы, выдавил Толян. – Иначе вырву ноги из жопы. Особенно у тебя, хачик...

Следующая картинка для Нюмы оказалась невероятной, точно он увидел молнию на ясном небе.

Самвел чуть откинул голову назад и – коротко и сильно – боднул лбом широкое лицо Толяна. Подобно дятлу...

Нюма поморщился от невольного сочувствия к этому типчику.

Толян полуприсел, прижав с проклятиями ладони к лицу. Секунду помедлил, поднялся и отвел ладони. Круглое лицо его было в крови...

Самвел отступил на шаг и выставил нож. Обалдевший Нюма узнал нож. С широким коротким лезвием и какой-то надписью на костяной рукоятке, нож хранился в нижнем ящике «Буля», что стоял в комнате соседа.

– Зарэжу... Сволочь... – произнес Самвел спокойно, словно со стороны.

Толян замер, испуганно прижав к груди вымазанные руки.

Нюма силой потянул за собой Самвела, пытаясь отобрать нож. Было неудобно, мешал собачий поводок. Да и пальцы Самвела сжимали кость рукоятки с ледяной цепкостью.

Двое прохожих – женщина и мальчик – издали созерцали происходящее.

«Что смотреть? Шли бы своей дорогой, – Точка спешила за хозяевами, волоча по снегу брошенный поводок. – Молодец, волосатик. Правильно врезал. Ничего себе – если каждый будет обзываться. А теперь надо быстрее смыться и пожранькать».

Точка, то и дело останавливаясь, смотрела назад. Не бежит ли за ними тот негодяй? Но Толян стоял как столб... Убедившись, Точка молча догоняла хозяев, стараясь не привлекать их внимания – слишком необычной оказалась ситуация... Маленькое сердце собачки наполняла гордость за поступок волосатика. Правда, если бы этому гаду врезал по морде Нюма, Точка бы больше гордилась, с Нюмой у нее были более доверительные отношения. Но и волосатик-Самвел ей родной...

Точка бежала вдоль обочины тротуара, ненадолго задерживаясь у мусорных урн. Отвратительный пивной смрад гнал ее дальше. Полосы нетронутого снега между урнами пахли свежей рыбой. Едва понюхав, Точка устремлялась за своими хозяевами, что уже скрылись с глаз, оставив лишь чудный запах...

«Ах ты боже мой, где же собака?» – услышала Точка голос Нюмы из-за угла.

Его поддержал взволнованный голос Самвела...

Точка выбежала к ним, виновато прогибая атласную спинку и опустив хвост.

– Ара, говорил тебе оставить ее дома, – успокоенно проворчал Самвел.

– Она приносит удачу. – Нюма подобрал поводок. – Вспомни вчерашнюю покупку. Эту «Игру в кости».

– Зато сегодня... Хорошо с собой ножик взял. Как чувствовал, клянусь мамой.

– Все равно, Точка принесла пользу, – упрямился Нюма. – Могли бы тебя арестовать. Холодное оружие.

– Это правильно, – усмехнулся Самвел. – Спасибо, Точка.

Собачонка встала на задние лапы и, вытянув тельце вдоль ноги хозяина, преданно лизнула руку.

– Ара, не надо, – вдруг смутился Самвел, – шевиот пачкаешь, шевиот!

Он стряхнул Точку со своей ноги и пошлепал ладонями по старым шевиотовым штанам, сгоняя снежные следки собачьих лап...

Малый проспект, как обычно, был немноголюден. Тем более в воскресный день. Мрачно, словно из-под седых бровей, стены сырых домов разглядывали одиноких прохожих. Не исключено, что тот сукин сын, придя в себя, примется разыскивать обидчиков именно на Малом проспекте. Лучше выбраться отсюда на людный Большой. Вообще, народ Петроградской стороны отдавал предпочтение Большому проспекту с его магазинами. Правда, от них никакого толку. Полки без продуктов пустовали или красовались посудой: кастрюлями, сковородками и прочим подобным товаром, что воспринималось как издевательский намек. Люди заходили и выходили из магазинов равнодушно, с сомнамбулической маской на лице.

– Безобразие, – Самвел прервал долгое молчание. – Хотя бы посуду убрали. Или нарочно злят людей, – он искоса взглянул на Нюму.

– Вчера в газете «Смена» напечатали карикатуру, – меланхолично проговорил Нюма. – Вместо боярыни Морозовой, на знаменитой картине Сурикова, в повозке увозят колбасу, сгущенку, соль и что-то еще. И написали: «Проводы еды»...

– Не вчера, а неделю назад, – ехидно подковырнул Самвел.

– Неделю назад провожали мясо, рыбу, и, кажется, макароны, – педантично поправил Нюма.

– Лучше бы они проводили Горбачева с подельниками, – буркнул Самвел.

– Как только проводят все продукты, тут же проводят и Горбачева, – Нюма шел насупившись, то и дело останавливаясь и призывая Точку к послушанию.

– Слушай, оставь ее в покое, – вмешался Самвел. – Она что, твой хлеб отнимает? Пусть себе нюхает.

«Вот именно. Он мне просто завидует, – с благодарностью подумала Точка. – Или сердится за то, что я видела его робость перед тем хулиганом».

– Ты и вправду мог его пырнуть ножом? – проговорил Нюма.

– Ладно. Хватит, – буркнул Самвел и, помедлив, обронил: – Наверно, мог.

Произошедшее уже не представлялось Самвелу реальностью. И, слава богу, все обошлось. Утром он положил в карман нож, с искренним желанием, чтобы нож ему не понадобился. И забыл о ноже до момента, когда в сознание ворвалось презрение того сукиного сына. Какие-то черные силы на мгновение перенесли его во двор далекого музыкального училища в остервенелую толпу. Казалось, еще вчера они были обыкновенными детьми со своими скрипками и нотами. Что с ними стряслось?! Обезумев от ненависти, они гоняли несчастного старика-армянина по двору, швыряя в него свои сумки, крича всякую мерзость. Даже когда он упал, когда не мог шевельнуться от боли в спине, они стояли над ним и плевали, стараясь попасть в лицо...

«И вправду, он бы смог, – подумал Нюма, вспомнив облик своего соседа в тот момент и вымазанную кровью рожу парня в распахнутой дубленке...

Прежде чем выйти «на дело» к скупочному пункту на Большой Разночинной, соседи-компаньоны два дня топтались среди барыг на Сытном рынке, чьи вольные ряды окольцовывали рыночную площадь. Захватывая даже территорию перед театром им. Ленинского комсомола. Люди стояли плотно, плечом к плечу, держа в руках свой товар. Чего только не продавали! От давно забытых ниток-мулине до старых унитазов со ржавыми потёками воды. Были и съестные продукты – сало в промокших газетах, вяленая рыба на шпагатах, сгущенное молоко в банках... Однако компаньонов привлекали предметы искусства. А изящный кулон – аист из кости на изумрудном фоне – был чуть ли не куплен. И недорого. Но Самвел передумал. Решил, что слишком дешево, наверняка ширпотреб. Словом, нервы старики себе потрепали. И Нюма не раз ругал себя за согласие участвовать в этом гешефте. Да и Самвел сник. Он уже столкнулся со сложностями, когда сам заглядывал в антикварные магазины. В одном из них, на Пушкарской, его даже обнадежили, пообещали «иметь в виду». Но когда пришел узнать, как обстоит дело, продавец был с ним немногословен и сух. Самвел чувствовал, что продавца настораживает его «кавказская внешность», боится, что Самвел его облапошит. Тогда зачем обещал?! Самвел не сдержался, поскандалил и покинул магазин, проклиная племянника Сережку.

С твердым намерением выйти из «бизнэса». Но, поостыв, вновь испытывал искушение, видно, в душе он был азартным человеком. Да и деньги не помешают, деньги еще никому не мешали...

Так, ни с чем, они и возвращались с толчка...

Идея отслеживать людей, желающих продать ценные вещи через скупочные пункты, пришла в голову Нюмы. Самвел ее одобрил. Действительно, как им, не понимающим ценности предмета, избежать ошибок? Необходимо положиться на мнение специалиста. А привлекать к «бизнэсу» третьего партнера невыгодно, да и опасно. Дело, хоть и не противозаконное, но все равно на грани криминала. Особенно, когда встанет вопрос о пересылке товара за океан. Мало ли кем окажется посредник из Эстонии. Так что третий компаньон им не нужен...

Обошлись же они без советчика вчера, с дамочкой, у которой откупили оцененную в скупке майолику «Игра в кости». Хотя Самвел потом сомневался – не обманула ли их дама, не назвала ли завышенную цену против той, что означил оценщик? Тут еще Нюма подзудел своим сомнением: «А что, если вообще той даме указали на дверь? Мы же не знаем!» Тут Самвел в ярости обрушился на соседа. Почему он все не продумал, а еще – еврей. В свою очередь Нюма обвинил соседа в антисемитизме и ушел к себе, хлопнув дверью. Точка носилась от комнаты к комнате с лаем, стараясь помирить стариков. И ей это удалось. Самвел постучал в стенку и прокричал, что сегодня очередь Нюмы кормить собачку. Потом вышел на кухню и сказал, что Нюма его не так понял. Что он имел в виду не то, что Гитлер, а, наоборот, что евреи каждый вопрос взвешивают, как в аптеке. Поэтому у них такое великое государство, несмотря на то, что размером с носовой платок. Похвала государству Израиль не могла оставить равнодушным сердце Нюмы. И он предложил посетить в понедельник антикварный магазин, оценить майолику «Игра в кости». Для успокоения души.

– Не забыл? Завтра понедельник, – произнес Самвел.

– Ну и что? – Нюма натянул поводок, отгоняя Точку от какой-то дряни.

– Как «что»? – Самвел возмущенно остановился. – Ты собирался пойти, оценить «Игру в кости». Забыл?

«Вот, пожалуйста, – раздраженно подумала Точка, – о нужном Нюмка забывает. Сейчас они опять разругаются. Только и знай их мирить... Будет так продолжаться – сбегу, Нюмкина манная каша у меня из ушей лезет. Старый хрен почему-то решил, что я люблю манную кашу... Лишь бы не мешал мне вынюхивать... Как говорится между собаками: "Сам не гам, и другим не дам!" Сбегу и все. Другие собаки живут, и я выживу».

Точка про себя хорохорилась, но всерьез так не думала. Всерьез она думала о том, что может отдать свою коротенькую жизнь за этих двух чудаков, одиноких и неприкаянных...

Детские годы Нюма помнил смутно. Ему было десять лет, когда отец, инженер-строитель, в 1925 году разошелся с матерью, русской по национальности, и завел новую семью. То ли он и впрямь ревновал жену к своему старшему брату, то ли воспользовался каким-то пустяковым предлогом. История, как часто бывает в таких случаях, скрывалась от детей – от Нюмы и его старшей сестры Мани. И, к чести матери, она никогда не настраивала детей против отца. Наоборот, внушала детям уважение к отцу и не препятствовала их встречам. Умная была женщина. Возможно, она надеялась вернуть отца в семью, увести от молоденькой парикмахерши-гречанки, которая была старше Мани лет на восемь... Так бы и случилось – как стало известно родственникам, отец все хуже и хуже жил со своей парикмахершей. «Вы бы посмотрели на него! – говорила тетя Дора, сестра отца, известная всей Одессе квартирная маклерша. – Он же месяцами ходит обросший, как дикобраз. Это при жене, с расческой и ножницами в руках!» Да, решили родственники, дело, видимо, идет к концу. И они оказались правы – дело подошло к концу, но весьма печальному. Отец умер от болезни крови в 1934 году, когда Нюме исполнилось восемнадцать лет. Он оставил письмо, в котором клял себя за ошибку в жизни, просил прощения у жены и детей, Наума и Мани, желал им здоровья и удач. А через два года умерла и мама... Здоровье у самого Нюмы было замечательное – баскетболист, яхтсмен, он поступил в Одесский строительный институт на экономический факультет. Что касалось удачи, тут не все было однозначно. Проработав два года по специальности, он пошел на войну, ту, с Гитлером. А имея высшее образование, получил звание лейтенанта пехоты. Родственники со стороны отца – дед, бабушка, тетя Дора-маклерша, сестра Маня – отказались от эвакуации, остались в Одессе. Тогда гулял слух, что Гитлер отдал Одессу на откуп союзникам румынам. А те не очень злобились на евреев. Многие в это поверили и были расстреляны в катакомбах. Со стороны мамы родственников у Нюмы вообще не было, мама была сирота.

Таким образом, лейтенант Наум Бершадский тоже оказался круглым сиротой. И в совокупности всех прочих претензий, весьма озлился на Гитлера. Он отважно сражался на передовой и закончил войну майором с одной легкой контузией. Действительно, удача, если принять во внимание, что послужной список майора пехоты Наума Марковича Бершадского был отмечен шестью боевыми орденами, среди которых два ордена Славы, а это, как известно, о многом говорит. Так судьба берегла его для дальнейшей жизни. Для переезда в Ленинград и долгой работы в Торговом порту. Для знакомства с будущей женой Розой. Для появления на свет дочери Фиры. Для выхода на пенсию, которой едва хватает на скудное житье. Для проживания в одной квартире с Самвелом, чей кашель слышен через стенку, словно тот спит рядом, на месте покойной жены... Самвел, страдающий болями в спине кавказский человек, вот кто сейчас вошел в его жизнь со своими интересами. Самвел и гипертония! Еще эта приблудная дворняга Точка, с заплаканной мордашкой. Точка, сующая нос в любую кучу дерьма, как будто ее дома не кормят...

«...А то кормят? Это называется кормят. – Точка задумала маленькую хитрость: на подходе к углу Подковырова и Большого она забежит вперед на длину поводка, и пока Нюма потянет за собой поводок, она выиграет во времени, а там уже недалеко до места, где совсем недавно стоял ларь с субпродуктами, дивные запахи, и, возможно, затерялась какая-нибудь шкурка. – Впрочем, вряд ли. Не одна я такая умная», – засомневалась Точка.

И действительно, у заколоченного ларя мясокомбината вертелось несколько собак. Среди них две с виду вполне достойные – рослые, хвостатые, а остальные – шелупонь, смотреть не на что. Но они первыми почуяли Точку и бросились навстречу со скандалом. Мол, не приближайся, гадина дворянская, тут и так ни хрена нет, кроме запаха. Особенно заливалась в ненависти какая-то шавка с одним ухом.

Остальные были с ней согласны. Точка остановилась, поджала лапку и оглянулась на хозяев. «Нюма, конечно, перебздит, – подумала она, – столько собак. Надежда на Самвела». И точно. «А ну, убирайтесь!» – напряженно крикнул Нюма и потянул поводок. А Самвел?! Нет, он не вытащил свой нож – он, хитрец, нагнулся и сделал вид, что ищет камень. Это движение, как известно, действует на собак почище автомата Калашникова. Шелупонь мгновенно отрезвела и с пристыженным лайком поспешила спрятаться за тех, хвостатых. Только одноухая шавка порывалась разбудить у больших собак чувство собственного достоинства. Путаясь в ногах у солидного черного пса, она противно лаяла и вскидывала свою одноухую башку в сторону Точки.

Собачий гвалт привлек внимание прохожих. Кое-кто останавливался и всматривался в заколоченный ларь: нет ли сюрприза? Может, случилось чудо и вновь открыли ларь с субпродуктами? Как подарок недавно избранного мэра города по фамилии Собчак. Усматривая какую-то мистическую связь между беспокойством собак и фамилией энергичного интеллигента-демократа, на которого возлагалось так много надежд, и не найдя ничего утешительного, люди продолжали путь, с подозрением оглядывая двух пожилых мужчин с собачкой на поводке.

Волнение собак у ларя заинтересовало и Нюму с Самвелом, они придержали шаг. Чем и воспользовался черный пес. Он приблизился к Точке и, опустив морду, принюхался. Среди сальной, клочковатой шерсти Точка увидела на шее замызганный бурый ошейник. «Боже мой, так это же мой спаситель от крыс!» – обрадовалась Точка и коротко тявкнула, что означало: «Привет дяденька! Ты не забыл мусорку во дворе детского сада? И меня, совсем тогда еще малышку? Я тебя часто вспоминала».

Пес молчал. Запах собачонки все настойчивее тормошил его память. Он повел грязным в игольчатых струпьях хвостом и обронил короткий простуженный «гаф». «Вот так номер! Конечно, помню! – должно быть, означал этот звук. – Рад за тебя. Видно, жизнь у тебя удалась. Принимаешь часто душ». – «Первое впечатление, – тявкнула в ответ Точка. – В доме нет горячей воды. И насчет еды не очень, одна манная каша...» – «Не гневи бога! У моих хозяев и этого не было. Они сами по мусоркам ковырялись. Все, говорили, из-за какого-то Горбачева. Ты, случайно, не видела того Горбачева?» – «Нет, я в политику не вникаю, – чистосердечно призналась Точка. – И тебе не советую!» – «Это верно, – фыркнул черный пес. – Недавно у Мариинского дворца горланили люди, я было сунулся чем-нибудь поживиться. Так меня взашей турнули, кричали: "Не собачье это дело!" Едва ноги унес».

Стоящая в стороне шелупонь была озадачена мирной встречей черного пса с какой-то беленькой шавкой. Одноухая стерва склочно пролаяла, настропаляя другую большую собаку, – а это был бастард, незаконнорожденный от уличной любви кавказской овчарки и ризеншнауцера, – выяснить ситуацию. Такие субчики, по своей стати, вполне могли бы служить в Кремлевском полку... Бастард не стал себя долго упрашивать и с трубным зовом метнулся к своему черному приятелю. Обнюхал Точку и трижды пролаял. Всем известно, что на собачьем языке, это значило: «Окстись, приятель!

Твоей собачьей жизни не хватает уголовного обвинения за связь с малолеткой?!»

Точка не поняла, на что намекает бастард. У нее еще не было сексуального опыта. Но чем-то окрик бастарда ее встревожил. Точка вскочила на задние лапы, вытянулась всем тельцем и заскулила, глядя вслед убегающей стае. И тотчас рывок поводка завалил ее на студеный асфальт. Ошарашенная грубостью, она поднялась и с укором посмотрела на Нюму. Но, оказывается, поводок отобрал Самвел. Да, волосатик не панькался с ней, старался держать ее в строгости. Как настоящий кавказский мужчина. А Точка, хоть и собачья, но, будущая женщина. И это признание волосатиком в ней женщины отозвалось нежностью в маленьком сердце.

Теперь она бежала рядом с Самвелом, не отвлекаясь на обнюхивание всякой разности. Не останавливаясь даже пописать – достоинство не позволяло, – подле нее шел тот, кто признал в ней женщину.

В свою очередь и Самвел обратил внимание на послушное поведение собачки.

– Ара, посмотри, как она шустрит, – произнес он.

– Домой торопится, – отозвался Нюма. – Ты ведь тоже торопишься.

– Я давно домой не тороплюсь, – с намеком на свою судьбу проговорил Самвел.

Он уже несколько лет жил в Ленинграде, а все не мог привыкнуть. И в Ереване есть приличные врачи, ведь он мог поехать в Ереван из охваченного ненавистью к армянам Баку. В Ереване жила двоюродная сестра Анжела с семьей. Нет, поддался уговору племянника – лучше ленинградских докторов нигде нет...

Самвел и сам знал об этом. Его друг перенес операцию на почке у хирурга-армянина, ленинградского профессора-уролога Ашота Гаспаряна в Первом мединституте. И разнес эту молву среди бакинских армян. Давно это было, в шестидесятые годы, а молва о чудесных докторах-армянах стойко держалась в памяти. И вообще, Ленинград для многих людей, живущих в отдалении, виделся как воплощение всего лучшего, что было в этой жизни. Даже Москва, столица, уступала Ленинграду в уважении и притягательности.

Для родственников оставалось загадкой – как мог Сережка, сын сестры Офели, поступить в ленинградский Военно-механический институт?! Безалаберный драчун, Сережка, хоть и неплохо учился, слыл злой карой учителей. Признанный вожак класса, красавец-яхтсмен, мечта девчонок, был, по-натуре, такой же авантюрист, как и его отец Генрих. После окончания средней школы Сережка исчез из города, и все решили, что он направился по стопам папаши и обживает камеру в какой-нибудь тюрьме. Уверениям Офели, что сын поехал поступать в институт, никто не верил. Тем более, в никому неизвестный «Военмех» – никто из родственников никогда и не слышал этого слова... Когда окончив первый курс, Сережка вернулся в Баку и показал родственникам зачетку, сплетни поутихли. Вскоре Офеля умерла. Она с молодости страдала какой-то болезнью, а тут еще долгие душевные волнения из-за семьи. Перед кончиной сестра взяла у Самвела слово заменить Сережке отца. Ее муж, Генрих, картежник и наркоман, пересидел во всех бакинских тюрьмах. Когда в приличных семьях узнавали, что Самвел родственник «того Генриха», с ним прерывали всякие отношения. А как это скрыть? В Баку армяне все друг о друге знали. Особенно в Завокзальном районе. Или в том же Арменикенде. Лет сорок назад Самвел влюбился. Ее звали Сусанна, она была скрипачка, дочь профессора консерватории. Красивая армянка – черные с поволокой глаза, слегка рыжеватые волосы оттеняли матовую кожу лица с правильными чертами, запоминался аккуратный, с едва заметной горбинкой нос. Что и говорить: эффектная женщина. Да и Самвел был весьма недурен собой. Это спустя много лет у него отросли большие уши, заросшие мхом, и сизые прожилки на тяжелом носу. А тогда... Встречи с Сусанной изменили жизнь Самвела, мастера по ремонту швейных машинок. Самвел стал увлекаться музыкой. Сусанна водила его в филармонию, в оперный театр, знакомила со своими коллегами-музыкантами из симфонического оркестра. Остроумный и веселый Самвел обычно оказывался в центре внимания любой компании. У него был неплохой баритон, и Сусанна надеялась с помощью отца-профессора устроить его в консерваторию.

Но тут арестовали Генриха... Если бы тихо арестовали, куда бы еще ни шло. Газеты подняли волну. Даже писали, что не мешало бы разобраться с близкими преступника, они не могли не знать об организованном им притоне. Уважаемая в городе семья профессора консерватории встревожилась. В семье и так были не слишком довольны увлечением единственной дочери мастером по ремонту швейных машинок. Сусанну выдали замуж за какого-то ученого-армянина, который работал со знаменитым физиком Алиханяном. И муж увез ее в Москву. А Самвел «загулял». Он приводил к себе женщин, и соседка Аня, встречая Самвела в коридоре квартиры, каждый раз вскидывала презрительно руки, восклицая: «Ай мэ! Хорошо, что твоя сестра Арфеня живет отдельно и не видит то, что вижу я». И Самвел всегда ее поправлял: «Не Арфеня, а Офеля».

Однако круг знакомых, куда ввела Сусанна своего приятеля, помог Самвелу. Кто-то кому-то позвонил, и его устроили директором Дома культуры на Нефтяных камнях. Овеянные легендой Нефтяные камни, романтика моря и общее уважение покорили воображение тридцатипятилетнего холостяка. К тому же работа вахтовая – десять дней в море, десять дома. И оклад нестыдный, в городе такие деньги заработать непросто. Самвел и не предполагал, что он так прикипит к этой работе. В открытом море, в ста шестидесяти километрах от берега. На искусственной эстакаде, по которой сновали автобусы, как в городе. Да это и был, в сущности, город. С магазинами, кафе, кинотеатром, с гостиницей, библиотекой, больницей и клубом, наконец, с отделением милиции. И все это в открытом море, над многометровой глубиной. Круглый год. В штиль и шторм, а шторма на Каспии не уступят океанским. Буровики на отдаленных буровых приковывали себя к конструкциям, чтобы не смыло в море... Самвел, бывало, не возвращался на берег по две-три вахты. Во-первых, он плохо переносил качку, во-вторых, – кто его ждал на берегу? Сестра Офеля со своим Генрихом, королем карточных шулеров, сделавшим первую тюремную «ходку»? Племянник Сережка тогда еще не родился...

Шесть лет Самвел отдал Нефтяным камням. Через тех же друзей Сусанны он устроился на работу в филармонию, замом директора по хозяйственной части. И работал довольно долго... Знакомства с известными музыкантами, прекрасные концерты, обильные застолья, где Самвел был признанным тамадой. И женщины, женщины.... «Если их всех положить друг на друга, все равно бы Сусанна перетянула, – с печалью говорил Самвел Офеле. – Клянусь мамой!» – «Не надо мамой, не тревожь ее память рядом с твоими проститутками!» – протестовала Офеля. «Когда ты заведешь семью, ребенка? Тебе уже за пятьдесят, а все, как заяц. Остановись! Что у них, инжир между ногами, дурак! Какой пример ты показываешь своему племяннику Сережке?!» – «Ара, что ты говоришь? – возмущался Самвел. – Мальчик только в детский сад пошел, что он понимает?!» – «Послушай, что воспитатели говорят! Сережка сделал дырку в уборной и подглядывает к девчонкам, – тревожилась Офеля. – Весь в своего дядю!» – «Это лучше, чем быть похожим на отца – играть в карты и курить анашу, смеялся Самвел. – Потом вернуться, замастырить ребенка, открыть очередной притон и опять сесть на несколько лет». – «Теперь не скоро придет, – вздыхала Офеля. – Передачу отдали. Сказали: ушел по этапу, куда, не сказали. Сказали: сикрет...»

Незадолго перед пенсией Самвел перешел на работу в музыкальное училище. Директором был азербайджанец, интеллигентнейший человек, из друзей Сусанны. Случайно встретив на улице Самвела, он предложил неплохую зарплату на должности своего заместителя по общим вопросам. «Адá, мне нужен именно такой человек, как вы, – сказал он. – Контактный, энергичный, деловой. Да и к пенсии прибавка». А после выхода на пенсию, директор сказал: «Ада! Работай, да! Кто тебя гонит? Работай, пока ноги ходят. Мы же свои люди!»

И Самвел работал до... 1988 года, до кровавого конфликта из-за Нагорного Карабаха... Все началось с момента, когда на его обычное приветствие директор не ответил. А потом случилось то, что случилось...

Боли в спине уложили Самвела в постель. Соседка Аня, мать следователя Апресова, положила доски под матрац, так было гораздо легче. Хотели вызвать из Ленинграда Сережку, Апресов отсоветовал. Для Сережки появление в Баку завершилось бы печально. Его могли бы прикончить прямо в аэропорту – или сами таксисты, или люди из «Народного фронта». Те контролировали аэропорт и железнодорожный вокзал. Городские власти пытались наладить эвакуацию армян в Красноводск морем. Кораблей не хватало, да и там начался саботаж, между моряками-азербайджанцами и русскими моряками возникло напряжение. Военные моряки Каспийской флотилии бездействовали в ожидании приказа из Москвы. А Москву парализовала паника. Переложив ответственность на республиканские власти, Москва самоотстранилась. «Народный фронт» продолжал активные действия против армянского населения, представители «фронта» врывались в учреждения, требовали списки и адреса сотрудников-армян. Ходили по домам, выискивали армянские фамилии среди списков жильцов. Выявленных избивали, занимали квартиры, реквизировали добро. «Они сошли с ума», – думал Самвел, в страхе прислушиваясь к каждому шороху в ночной тишине...

Глубокой ночью подъехал следователь Апресов на милицейском служебном автобусе. С ним было трое сотрудников – армянин и двое азербайджанцев. Они подняли с постели Самвела, собрали документы, кое-какие необходимые вещи и спустились к автобусу. Там уже сидела соседка Аня, тихая, испуганная.

Включив милицейские опознавательные огни, автобус помчался за город.

В сторону закрытого военного аэродрома. По дороге Апресов рассказал, что они должны присоединиться к группе армян – родственников и друзей чемпиона мира по шахматам Гарри Каспарова. Тот специально зафрахтовал самолет, чтобы помочь своим близким. Он был полуеврей – по отцу Вайнштейн, а по матери-армянки Каспаров... Перед тем как выйти из автобуса к трапу самолета, Аня перекрестила тех двух парней-азербайджанцев и поцеловала их в лоб. Самвел это видел. Попадись активистам «Народного фронта» эти ребята-азербайджанцы, им бы не сдобровать....

После тех событий вряд ли Самвел желал возвращения в Баку, в город, который он любил всем сердцем. Где родился, жил, любил, да так и не создал семьи... Теперь его семья – такой же одинокий Нюма и эта собачка, что мелкими шажками семенила по Большому проспекту Петроградской стороны, то натягивая, то ослабляя поводок...

За свои семьдесят шесть лет Наум Маркович Бершадский – известный больше как Нюма – никогда не держал в руках по-настоящему ценную вещь. Нет, конечно, держал... Когда в конце семидесятых власти «припекло» и они приподняли шлагбаум, чтобы выпустить из страны евреев, одними из первых уехали давние друзья Нюмы, Старосельские. Кстати, Витя Старосельский служил тарелочником в одесском похоронном оркестре, но это так, к слову...

Так вот, эти Старосельские оказались весьма состоятельными людьми. Они, вместе с Нюмой, явились на улицу Гоголя в бюро по оценке предметов, «разрешенных на вывоз из страны». Люди пожилые, они попросили Нюму помочь им. И Нюма помог. Не покладая рук он вытаскивал из чемоданов и сумок картины в тяжелых рамах, бронзовые скульптуры каких-то рыцарей на лошадях и без, серебряные подсвечники, позолоченных пастухов и пастушек, старинный немецкий фарфор... Когда Нюма рассказал об этом жене Розе, та пришла в негодование. Роза не была завистлива. Ее не интересовал вопрос, откуда у людей, что кормились от «клацания» медных тарелок на похоронах в Одессе, такое богатство! Ее интересовало другое. Почему в их доме, кроме ее приданого на свадьбу – серебряных ножей и вилок – никогда не было приличных вещей на черный день?! Нюма изумился. Кому как не Розе, дочери портового стивидора, не знать возможности Нюмы. На что он мог рассчитывать как экспедитор Торгового порта?! На мешок муки из Канады или на связку бананов с Кубы?! Впрочем, люди обогащались, многое из порта перетаскали. И крупными партиями, скажем, мебель, или электронику. Но Нюма хотел спать спокойно. Да и Роза особенно не погоняла. Ей хватало неприятностей со свадебным приданым, из-за которого она впоследствии рассорилась с дочерью Фирой...

Поэтому предстоящий визит в антикварный магазин для Нюмы был не праздником. А почему, собственно говоря, это не сделать Самвелу?! Ведь идею «бизнэса» подал его племянник Сережка! И посредника из Эстонии рекомендовал Сережка... Довольно неприятного типа: напыщенного красавчика, с нарочитым эстонским акцентом. Пришел на прошлой неделе без предупреждения. Расселся, точно у себя дома, сожрал без всякой совести почти все оладьи, что Нюма пожарил с расчетом на два дня. Накладывал себе одну оладью за другой и поливал сгущенкой, подлец. Словно сам принес эту сгущенку. И, главное, бахвалился. «Мы, – говорил, – эсты, работящие балтийские люди, одарили вас, бездельников и лентяев, лучшим в мире сгущенным молоком». Нюму разозлило нахальство молодого человека, да и оладьи он жарил не для этого обжоры. Не церемонясь, Нюма отодвинул в сторону тарелку с двумя последними оладьями и полупустую банку со сгущенкой. «Это на потом!» – произнес Нюма со значением. Гость нисколько не смутился, выложил доллары, посланные «для дела» племянником Самвела и повторил пожелание: вещи должны быть не только ценные, но и компактные...

«Ара, что значит компактные?! – волновался потом Самвел. – Если эта "Игра в кости" некомпактная, что будем делать?» – «Подарим Точке, она любит косточку», – ответил тогда Нюма...

Точка всерьез восприняла это обещание, не вникая, о какой косточке шла речь. Она бежала вдоль поребрика тротуара, постоянно оглядываясь на Нюму – не передумал ли он? «Вообще, в последнее время он стал большой врун, – с огорчением размышляла собачка. – Кто его тянул за язык?! Обещал пойти на Сытный рынок? Обещал! Мол, там есть ларек, в котором меняют валюту на рубли. И что?! Врал! Сейчас идет на Пушкарскую, в антикварный магазин. А Сытный рынок?! Все же несолидно, в таком возрасте врать маленькой собачке».

А Нюма и не думал врать. Он собирался на Сытный рынок, но позже, после визита в антикварный магазин. Там он был намерен определить настоящую цену их первой закупки майолики «Игра в кости»...

В тот самый магазин на улице Ленина, где подрабатывала уборщицей дворник Галина. Сперва, это обстоятельство смущало Нюму: зачем лишние разговоры, сплетни? Но поразмыслив, решил пренебречь. Наоборот, пусть знают, что Бершадские не самые разнесчастные жильцы дома на Бармалеевой. Что покойная Роза не без основания держала марку женщины обеспеченной, удачно устроившей свою жизнь. К тому же, другого антикварного магазина поблизости не было. Не идти же в скупку на Разночинную, где Самвел учинил драку...

«Но каков старик, – с завистью думал Нюма, вспоминая недавнюю потасовку. – Головой в лицо... Еще этот нож...» Сам Нюма за всю свою долгую жизнь ни разу ни с кем не дрался. Разве что на войне, вместе со своей пехотой. Он был здоровым, сильным, ловким. Шел в атаку азартно, зло. Неспроста командиры восхищались: «Ну, Бершадский...» И представляли к наградам. Однажды даже слышал за спиной: «А еврейчик-то наш, никак смерть ищет. Кто бы подумал!» Хотелось тогда дать в морду. Обернулся, увидел белесое, безбровое лицо под грязной пилоткой, поросячьи глаза. И... лишь усмехнулся. Вот, пожалуй, и все его драки. А в мирной жизни он благоразумно обходил любое подозрительное скопище людей, откуда пахло сварой. И в юности, и во взрослой жизни.

Впрочем, однажды было дело на прогулочном катере... Он поднимался на вторую палубу следом за Розой – они только-только поженились – и вдруг услышал: «Ну и жопа, мне б такую, сутками бы не слезал». Сказанное было явно в адрес Розы. Обернулся, видит крепкий такой парень из обслуги катера, стоит у входа в рубку. А главное, и Роза слышала. Чуть повернув голову, она окинула Нюму странным взглядом. Пришлось подойти к парню и, без лишних слов, врезать по морде. Да так, что бедняга завалился в рубку, вскинув ноги в новеньких босоножках. Подскочил еще какой-то тип, из обслуги. Пришлось и того припечатать, заодно. Поднялся скандал... Потом, когда все утихло, Роза сказала: «Дурачок, радоваться надо, что восхитились задницей твоей жены, а не размахивать кулаками». Однако тон у

Розы был довольный... А вот так, как Самвел, боднуть головой, по-хулигански, да еще припугнуть ножом?! На подобное Нюма не способен...

При столь решительном характере Самвелу самый раз ходить по антикварным бандитским гадюшникам. Нет, придумал отговорку, мол, его, с кавказской физиономией, не так поймут. Будут водить за нос, завышать цену.

Ладно, раз Нюма сходит, попробует. Но только – раз! В конце концов, затея с «бизнэсом» – затея племянника Самвела. Пусть тот и крутится. К тому же, как Нюма понял, больший навар за удачную сделку достанется Самвелу. А пока у Нюмы забот гораздо больше. Впрочем, сам виноват, такой характер...

Ну вот зачем он взялся поменять часть валюты, что принес эстонец, на рубли? Зачем?! Кто его тянул за язык? У Самвела спина разболелась, решил полежать? Ну так, не пожар – отлежался и пошел бы сам менять свои доллары. При том что скрыл от Нюмы, сколько всего валюты оставил эстонец. Конечно, Нюмы это не касается, и все же обидно. А главное, секретность, с какой вел Самвел переговоры! Когда жрать оладьи со сгущенкой, так в комнате Нюмы, а когда разговор по делу, то за стеной? Мол, у Нюмы собачка лает, мешает сосредоточиться. Действительно, Точка тогда раздухарилась не на шутку. Ей не понравился эстонец. Еще бы! Кому понравится, если с тарелки стремительно исчезают оладьи, а собачка стоит у ножки стула, задрав голову и никакого внимания. Пришлось ей напомнить о себе. Самвел воспользовался и пригласил эстонца в свою комнату, бросив через плечо Нюме – заходи, мол. Кто же зайдет, после такого приглашения?! Нюма и виду не подал, что обиделся. Но эстонца провожать не вышел. Пусть Самвел сам возится со сломанным замком в прихожей...

Идти до антикварного магазина недолго. Да и спрятанная в заплечный рюкзак майолика его не особенно отягощала. Так что Нюма не торопился. Его томили воспоминания. В доме, где аптека, на углу Ленина и Большого, жили Старосельские, те самые. В конце двадцатых, во время голода на Украине, они из Одессы перебрались в Ленинград. А теперь всем семейством подались в Америку. В соседнем доме, прямо над «Гастрономом», жил дружок Нюмы Володька Спирин. Умер от заражения крови. Работал хирургом в Первом «меде», заразился от какого-то нарыва. Большей нелепости и не представить, чтобы хирург умер от заражения крови! В том же доме жила Ксения, подруга Розы. Вышла замуж за стоматолога и тоже уехала, но в Германию.

Вот куда-куда, но в Германию, после всего, что немцы натворили, Нюма бы ни за что не уехал... И вообще, он бы никуда отсюда не уехал. Как его уговаривали Старосельские: «Наум! Посмотри вокруг! Ведь они нас ненавидят. И чем мы больше для них стараемся, тем больше ненавидят. Потому как люди всегда не любят тех, кто делает им добро. Чувствуют свою ущербность. Еще увидишь, что тут будет!» Нюма возражал, приводил примеры. Потом опустил руки. Трудно быть убедительным, когда многие друзья и знакомые ломанули в эмиграцию. Даже Роза колебалась, исподволь заводила разговор. Только Фира стояла скалой. Начни Роза заводить свою пластинку, как Фира молча покидала комнату и хлопала дверью...

Нюма подобрал поводок и завел собачку за угол, на улицу Ленина. На трамвайной остановке топталось несколько человек. Какой-то мужчина в пышной лисьей шапке держал на плетеном ремешке крупного пятнистого дога с купированным хвостом. При появлении Точки дог ожил, поднял свою медальную башку и в следующее мгновение рванулся к собачонке.

– Ах ты пидор! – завопил мужчина, от неожиданности упустив ремешок. – Куда, куда?!

– К бабе! – охотно пояснили в скучающей очереди.

Нюма проворно подобрал Точку, прижал к груди и дрыгнул ногой перед мордой дога. В досаде за упущенное развлечение, дог ухватил обшлага нюминых штанов и рванул.

– Ах ты пидор! – испуганно вскрикнул Нюма первое, что сорвалось с языка.

Мужчина в лисьей шапке в панике подобрал ремешок и притянул к себе гавкающего дога.

– Как можно?! Без намордника! Живого зверя! – загомонили на трамвайной остановке. – Еще такую шапку надел, капиталист...

Нюма растерянно смотрел на надорванную штанину. Куда же он пойдет в таких брюках?! Принесет ценную вещь, а сам в какой-то рванине, да с рюкзаком. И разговаривать с ним в магазине не станут, с бомжом. Опять же, брюки... Что с ними теперь? Штопать, зашить? Да и где? Нешуточная проблема по теперешним временам...

– Ты, дед, деньги с него сруби! – сыпались советы с трамвайной остановки. – Завели моду на собак. Людям жрать нечего, а тут зверей откармливают.

Хозяин дога изо всех сил удерживал плетеный ремешок обеими руками. Круглое его лицо под пухлой шапкой искажала гримаса...

– Он еще лыбится! – разноголосо негодовала толпа. – И еще в трамвай собрался, гад. Чтоб собака всех перекусала! В милицию его. А собаку на мыло!

– Какой трамвай, я жду жену, – виновато бормотал хозяин дога, извиняясь перед пострадавшим.

Нюма насупился и поплелся дальше, не спуская с рук Точку. Вид у него сейчас был довольно жалкий. С надорванным обшлагом штанины и рюкзаком на спине. Ну, точно, горбун...

«Что ты, Нюмка, перепугался, – не без разочарования подумывала Точка. – Что бы от тебя убыло? Ну, обнюхал бы меня мужик. Что особенного? Ему хорошо и мне приятно. Вообще, Нюмка, ты слишком вмешиваешься в мою личную жизнь... И спусти меня вниз, перед посторонними неудобно!» Нюма опустил Точку на тротуар. Собачка легкомысленно тряхнула головой и побежала вдоль поребрика как ни в чем не бывало. И самое удивительное – остановилась у антикварного магазина и посмотрела на Нюму. Возможно, потому как в этом помещении когда-то размещался продовольственный магазин со своими запахами...

– Ну, собачка, – пробормотал Нюма и, взглянув под ноги, вздохнул.

Если не задирать брючину, даже не заметно. Нюма поднялся на ступеньку, толкнул дверь, переждал, когда проскользнет Точка и, боком, стараясь не затереть рюкзак о косяк проема, вошел в магазин.

– С собаками нельзя! – раздался мужской голос откуда-то из полутьмы.

– Она маленькая, – Нюма покрутил головой, пытаясь увидеть продавца.

– Все равно. Маленькая, большая... Что-нибудь заденет, а тут ценности. Нельзя!

– Ах, какое прелестное существо! – послышался женский голос, низковатый, с хрипотцой курильщицы. – Забавный песик.

«Какой я тебе песик, дура?! Не видишь?» – возмутилась Точка и взглянула для поддержки на Нюму. Но тот стоял в нерешительности с полустянутым со спины рюкзаком.

– А вам, мадам, я ничего утешительного не добавлю, – продолжал мужской голос. – Когда-то ваша вещь, возможно, и имела ценность, но в таком состоянии... У осла нет половины головы...

– Это не осел, это мул, – перебила женщина.

– И у погонщика нет двух пальцев на руке, – переждав, продавец мстительно добавил: – Напрасно замазали краской место отлома...

– Это не я, это внук, – вздохнула женщина.

– Не знаю, не знаю. Может, где и примут, но не у нас... А вы еще здесь? С собакой?!

– Какая же это собака?! – разозлился Нюма. – Это еще щенок!

– Тем более! За щенком не уследишь, – взвился продавец. – Привяжите на улице к штакетнику. Или уходите.

Нюма ругнулся и решительно закинул рюкзак за спину, собираясь выйти из магазина.

– Хотите, я побуду с собачкой на улице? – участливо предложила женщина. – Постою, покурю.

Женщина подобрала коробку со своей вещицей и шагнула к Нюме. Она оказалась невысокого роста, в мешковатой дубленке. Повязанный у горла крупный узел пушистого шарфа подпирал бледное лицо, забранное в ушки меховой шапки.

– Точка с посторонним не пойдет, – пробурчал Нюма, – будет нервничать.

«Ты что, дед?!» – запротестовала Точка и помахала хвостом, одобрительно глядя на незнакомку. – С удовольствием подожду на улице, понюхаю».

– Точка?! – улыбнулась женщина. – Какое милое имя... Пошли, Точка, подышим воздухом.

Нюма, словно под гипнозом, боязливо протянул ей поводок. Казалось, сознание Нюмы внезапно оплавили смутные воспоминания. Подобно каплям стеарина, что стремительно натекли к основанию свечи...

Несколько секунд он таращился в дверь, хлопнувшую за женщиной и собачкой.

– Слушаю вас! – голос продавца вернул Нюму к его заботам.

Торопливо стянув рюкзак, Нюма вытащил майолику – три подростка со счастливыми лицами играли в кости. По загустевшему взгляду антиквара было ясно, что предложенное его заинтересовало.

Нюма выпрямился и огляделся...

С настенных стеллажей, из стеклянных шкафов и с подвесных полок смотрели в магазинное пространство старинные предметы. Бронза, фарфор. Иконы. Картины в дубовых багетах. Часы в замысловатых футлярах. Брелоки, кулоны. Наборы старинной посуды: сервизы, позолоченные и серебряные обеденные приборы. Красочные напольные вазы тянули свои узкие шеи...

Антиквар, крючконосый тип, с запавшими небритыми щеками и обширной лысиной, убрал в стол толстенный каталог. Удовлетворенно крякнул и посмотрел на Нюму сквозь очки.

– Так я и думал... Итальянская майолика. Девятнадцатый век, – воодушевленно проговорил антиквар, – редко нам приносят майолику. И в приличном состоянии.

– Вот... принес, – пробормотал Нюма.

– Да еще в рюкзаке. Вещь хрупкая, керамика. Могли и расколоть, – укорил антиквар. – Могу принять. За тысячу рублей... Паспорт с вами?

Значит, не обманула та гражданка, подумал Нюма и проговорил:

– При чем тут паспорт?

– Как же! А может вещь ворованная? Нужен паспорт.

– С собой не взял, – ответил Нюма, не понимая, к чему этот разговор, он уже оценил вещь у специалиста – надо уходить.

– Без паспорта не приму. Здесь не скупка, – антиквар аккуратно приподнял майолику и поставил перед Нюмой. – Работаю без обеда до восьми вечера.

Входная дверь приоткрылась, и в проеме показалось женское лицо, забранное ушками меховой шапки.

– Вы скоро? – спросила женщина. – Мы с Точкой уже замерзли.

– Иду, иду, – ответил Нюма и, глядя в захлопнувшуюся дверь, добавил раздумчиво: – Ну, а если...

– Без документа никаких разговоров! – оборвал антиквар.

– А если поменять? – продолжил Нюма.

– Поменять? Что? Не понял.

– Майолику на что-нибудь равноценное. Но более... компактное.

– Вот еще... Новости! – растерялся антиквар. – Компактное... А что? Это интересно.

Антиквар поднялся со стула и проворно юркнул в подсобку. Через минуту он появился с миниатюрной скульптуркой...

– Вот! – сдунув пыль, воскликнул антиквар. – «Римский лучник». Бронзовое литье. Чеканка. Скульптор Лансере. Франция. Девятнадцатый век, – он перевернул вещицу и прочел. – Фабрика Шопена!

– Фабрика Шопена? – подозрительно произнес Нюма.

– Да! Вот выбито. Можете убедиться, – он протянул «лучника» Нюме.

Холодный металл приятно тяжелил ладонь. Нюма прилежно уперся взглядом в едва заметные закорючки...

– Фабрика Шопена, – важно заключил Нюма, возвращая «лучника».

Он подумал: «Действительно, вещь компактная. К тому же бронза, не расколется при тряске, как майолика, – обожженная глина, покрытая глазурью...»

– Но все равно нужен паспорт, – уныло осадил антиквар, – а по бартеру, так на так, даже неплохо.

Нюма кивнул, уложил майолику в рюкзак, сказал, что все обдумает, и вышел из магазина.

Едва он показался на улице, как Точка живым снежком ударила Нюму в живот всем своим белым тельцем. И захлебнулась счастливым лаем...

«Что же ты, Нюмка, как чужой, ей-богу?! – лаяла собачка. – Оставил меня на холоде с незнакомой теткой, а сам трендел в теплом магазине! Узнал что надо – уходи! Нет, начал морочить голову с бартером. И без Самвелки! Смотри, советуйся, раз вы компаньоны».

Строгим голосом Нюма пытался успокоить взволнованную Точку. Женщина терпеливо ждала, когда Нюма справится с собачкой и возьмет в руки поводок.

– Извините, пожалуйста, – бормотал Нюма. – Немного задержался...

– Все в порядке? – женщина кивнула на дверь магазина.

Нюма окинул ее скользящим взглядом. И вновь память пробудили смутные воспоминания, неясные и робкие. Он напрягся, силясь сложить их в более четкий рисунок, но тут Точка метнулась в сторону с радостным лаем.

– Узнала, узнала, сучка! Я это, я, – услышал Нюма голос дворника.

Галина подошла ближе, повязав любопытным взглядом Нюму и женщину в рыжей дубленке...

– Наум Маркович?! – со значением воскликнула Галина. – Никак к Яшке-антиквару намылились, как и ваш сосед-армян?

– Что вы, Галина, – растерянно пробухтел Нюма, невольно обращаясь к дворнику на «вы».

– Да мы что? – злорадно подметила Галина. – Можем слово замолвить перед Яшкой за вас. А то он, гад, прижимистый, из ваших, даст не ту цену.

Галина поднялась по ступенькам, задержалась у дверей магазина, по-бабьи подбоченилась, оглядела Нюму и незнакомку в дубленке. Чему-то хмыкнула и вошла в магазин...

– Дворник она, – Нюма взял поводок из рук женщины, – подрабатывает тут, убирает.

– Наум? – вопросила женщина. – Наум Бершадский.

Сквозь хрипотцу прокуренного голоса прорвалась какая-то знакомая, приятная, давно забытая интонация...

– Женя?! – мгновенно, подобно цветным лепесткам калейдоскопа, в памяти Нюмы сложился четкий, давно забытый образ. – Женя... Роговцева...

– Роговицына, – поправила женщина. – Да, Наум. Это я.

– Боже ж, мой! – воскликнул Нюма. – Сколько лет прошло?!

– Много, Наум, лет сорок, не меньше, – в блеклых глазах женщины вспыхнули голубые искорки, возвращая им давно утерянный небесный свет.

«Ну, Нюмка, бабник! – ревниво тявкнула Точка. – Постыдись, дед! Нам еще на Сытный рынок мотать. Или забыл?»

– Сейчас, сейчас Точка, – пробормотал Нюма. – Такая встреча...

Давно это было... Женя Роговицына считалась институтской подругой покойной Розы. Ну, не разлей вода! Внешне они выглядели антиподами – крепкая, с ярко выраженными формами, брюнетка Роза и худощавая, статная блондинка Женя. В институте их удачно окрестили «Пограничный столб» – как единение черного цвета и белого. Дружба продолжалась и после института. Хотя тут случилась неувязка. По распределению Женя попала в «закрытое КБ», а Розу в Конструкторское бюро не направили из-за «пятого пункта». Женя все возмущалась. «Идиотизм! – говорила она. – Наш научный руководитель, академик, сам "инвалид пятой группы"». Тем не менее – факт! «Пограничный столб» стоял крепко еще несколько лет. И покосился лишь после того, как к нему прислонился бывший одессит Наум Бершадский. Роза начала ревновать. Признаться, не без оснований – обаятельный и спортивный Наум нравился подруге. И простодушная Женя этого не скрывала. «Пограничный столб» рухнул задолго до рождения дочери Фиры, а Фире уже двадцать пять. С тех пор Нюма не слышал о Жене Роговицыной...

– Ах, Наум, Наум, как я рада тебя видеть, – Женя отступила на шаг и оглядела Нюму.

Тот неуклюже топтался, не зная, что ответить давней своей знакомой.

– Вот, понимаешь, – проговорил Нюма, – какой-то пес решил полюбезничать с Точкой. А досталось мне, брюки разорвал, понимаешь.

– Где? – живо заинтересовалась Женя, вглядываясь в Нюмины штаны. Нюма простодушно задрал брючину, демонстрируя оборванный обшлаг.

– Ерунда, – заключила Женя. – Зашьешь и будут, как новые... Хорошо, что самого не зацепил. А то вкатили бы тебе дюжину уколов от бешенства...

Женя засмеялась и пальцем погрозила Точке, мол, из-за тебя эти неприятности.

– То ли еще будет! – проговорила она.

Собачка конфузливо прижала ушки и разок тихонечко скульнула...

Наум согласно кивнул. Сквозь тронутое временем лицо подруги покойной жены, прямо на глазах, проступали знакомые черты той, давней Женьки Роговицыной, которую он когда-то знал. Точно не прошло четырех десятков лет...

– Что ты так смотришь, Наум? – чем-то смутилась Женя.

– Да так... Вспоминаю, какой ты была, – признался Нюма.

– Безнадежная затея. Время нас не жалеет... Как ты себя чувствуешь, Наум?

– Что тебе сказать? По паспорту. А ты?

– Я? Уже не по метрикам, но еще не по паспорту, – улыбнулась Женя. – Держусь пока. Много гуляю, мало ем. Словом, в соответствии с этой перестройкой. Только год, как вышла на пенсию, все не отпускали...

Они умолкли. Точно уперлись в глухое препятствие перед следующим логичным вопросом при подобной встрече...

И Точка почувствовала эту ситуацию. Нетерпеливо и заливисто пролаяла.

«Что вы себе думаете, старые клячи?! Сколько можно болтать на улице? Да еще с таким выражением лица! В вашем возрасте это неприлично, – означал ее лай. – А если закроют рынок? Хорошенькое дело!»

– Перестань! Ишь ты, расшумелась, – прикрикнул Нюма и виновато улыбнулся. – Не знаю, знаешь ли ты... Роза умерла, в восемьдесят восьмом.

– Знаю, – проговорила Женя. – Мне девочки звонили...

– Девочки, – усмехнулся Нюма. – Помнится, еще в Одессе... Мне было лет пять. Мама укладывала меня спать с бабушкой. Я был ужасно недоволен. И на вопрос мамы: почему, ведь это твоя бабушка? – отвечал: потому, что она девочка.

Женя засмеялась, отмахиваясь рукой, свободной от сумки. Точно отгоняла настырного комара. Меховая шапка сползла на затылок, высвободив короткие золотистые волосы, тронутые блеклыми прядями седины.

– Да. Мне девочки позвонили. Наши, институтские. Из тех, кто еще жив. – Женя успокоила смех. – Я была тогда в командировке.

Дверь антикварного магазина приоткрылась, и в проеме возникло лицо дворника Галины. Порыскав взглядом, Галина высунула руку с каким-то чумным половиком. Приподняла его и, силой встряхнула, разгоняя облако пыли...

– Это еще что?! – возмутилась Женя. – Впервые вижу. Чтобы в Ленинграде... Точно в Ереване, где я была в командировке. Там запросто могли выплеснуть из окна грязное ведро...

«Она Нюмку ревнует, дура!» – догадливо пролаяла Точка, оборотив мордашку к двери магазина.

– Ладно, Наум, не пропадай. Сколько там нам осталось, – Женя сдвинула шапку на лоб, упрятав лицо в оклад из ушек серого заячьего меха. – Звони, Наум. Буду рада... Если надо заштопать брюки, тем более звони.

Женя повернулась к Нюме утлой спиной, обтянутой потертой дубленкой, с сальными пятнами на поясе.

– Но у меня нет твоего телефона, – проговорил Нюма.

Женя задержалась, полезла в сумку, нашла волглый серый прямоугольник.

– Вот. Остатки прежней важности. Кандидат технических наук, бывший главный специалист «Союзспецавтоприбора» Евгения Фоминична Роговицына... Звони. И не откладывай. Говорят, с первого июня вместо «двушки» будем бросать в автомат пятнадцать копеек...

Она протянула визитку Нюме, наклонилась к Точке, желая потеребить ее за ушами. Известно: собачки обычно тащатся от такой ласки... Точка присела на задние лапы, повернула голову и зарычала, ощерив игольчатые мелкие зубы...

Женя боязливо отдернула руку.

– Ты что?! – изумился Нюма. – Как тебе не стыдно? Никогда такого еще не видел.

– Ревнует, Наум, – серьезно проговорила Женя. – Все как прежде. Тебя всегда ревновали женщины...

Женя выпрямилась и отошла быстрой, молодой походкой, отмахивая в сторону свободную руку...

Точка с укором посмотрела на Нюму. «Что, старый блядун, может, направимся, наконец, на Сытный рынок?! – говорил ее взгляд. – Интересно, что бы волосатик сказал о твоих проделках! И об этой тетке! Особенно после того, как она сказала, что в Ереване выливают помойное ведро прямо на улицу. Думаю, Самвелке

122

это не очень бы понравилось... Да не стой, как каменный! Пошли давай!»

— Пошли, Точка, — ответил Нюма на взгляд собачки и поправил рюкзак.

Предвкушая чудные запахи, а может, и более что-то вещественное, Точка бодро бежала перед Нюмой. Тонкий белый хвостик, трогательно беззащитный, торчал подобно свечке за три копейки. Казалось, не Нюма держит собачку на поводке, а, наоборот, Точка ведет угрюмого Нюму. Временами она придерживала бег, останавливалась и оборачивалась назад. «Извини, дед! — говорил ее взгляд, — возможно, тетка и неплохая... Даже не знаю, с чего это я на нее взъелась. Может, на мгновение почувствовала себя человеком, не знаю».

— Беги, Точка, беги, — Нюма встряхивал поводок.

И Точка вновь устремлялась навстречу чудным запахам.

У поворота на рынок она остановилась и осторожно заглянула за угол. Единственная сила, которая могла остановить ее бег к рынку, был трамвай. Она боялась это грохочущее красное чудище... Трамвай ей напоминал вытянутый мусорный контейнер во дворе детского сада, где прошло ее младенчество. Особенно, когда он, зараза, был набит пассажирами. А грохот был такой же, с каким контейнер уволакивали на пересмену...

На этот раз улица ничем не грозила.

К концу дня Сытный рынок выглядел уныло и нище. Он и в середине дня был не особенно богат, скажем, как Кузнечный в центре города или Некрасовский. Те даже в начале безрадостного девяностого ухитрялись сохранить столичный вид. Правда, цены были «мама не горюй!» А на Сытном и цены были пониже, и ассортимент пожиже. В основном, картошка и сало. Молочные продукты – творог, сметана, сыр – из Эстонии. Ну и соленья, что повытаскивали из закромов сельские люди, бежавшие от голодухи из области. В надежде пережить эти безумные дни драчки за власть...

Вместе с тем на Сытном уже пригрелись непуганые валютные менялы. Эти спутники денежных комбинаторов, чья деловая энергия питала расплодившиеся коммерческие структуры, пышно расцветшие в последующие годы...

Один из таких менял – Сеид Курбан-оглы Касумов – расположился в бывшем ларьке «Союзпечать», под крышей Сытного рынка, рядом с самообъявленной чайной, которой ведал его единоверец Илюша Гулиев. Собственно говоря, он был по паспорту Ильяс Музафар-оглы Гулиев, но живя в Ленинграде пять лет и будучи женат на русской, стал Илюшей. Однако, в отличие от пожилого Сеида, приехавшего в Северную столицу из Армении, тридцатилетний Илюша был коренным азербайджанцем, из Кировабада... В ведении Илюши значились еще две чайные – несколько слабоногих дачных столиков под клеенками и две-три алюминиевые табуретки рядом. Чайные размещались и на других рынках, но эта, на Сытном, считалась главной. Особых проблем с начальством у Илюши не возникало – платил ежемесячно директору рынка, районному начальнику милиции, да раз в месяц еще кое-кому из крепких ребят за «крышевание». И жил без волнений. Единственная проблема – это сахар. Его отпускали учреждениям по разнарядкам, а физическим лицам ограниченно и только по визиткам от ЖЭКа, после предъявления паспорта. Илюша выкручивался. К чайному стакану «армуди», что напоминал формой грушу, теперь придавался кусочек рафинада, завернутого в голубую бумажку с изображением поезда. А еще полгода назад к одному стакану чая добавлялось два кусочка рафинада. Так что времена становились все труднее...

Именно об этом Илюша рассказывал сейчас Сеиду. Они сидели за столиком и пили чай. Илюша не позволял себе сидеть с клиентами, но Сеид был не какой-то «кянчи», деревенский житель из крикливых торгашей рынка, а человек, наверняка уважаемый в прошлой жизни, Илюша это чувствовал. Хотя Сеид не отличался откровенностью.

– Тогда как было, – говорил Илюша по-азербайджански, – я приходил к завмагу, давал деньги, брал двадцать-тридцать кило сахару и уходил. А теперь? Я даже ездил в Баку за сахаром. Там тоже не просто, и все же... Я даже кусковой сахар доставал...

– Да. С кусковым сахаром у чая даже вкус другой, – соглашался Сеид. – Я часто приезжал в Баку, в командировку. Приходил на морской бульвар пить чай. С кусковым сахаром, щипчиками расколотым на мелкие кусочки...

– Да, на бульваре была замечательная чайная. У парашютной вышки... Люди пили по десять-пятнадцать армуди. Были такие, кто и больше, – ностальгически подхватил Илюша. – А что, в Ереване не было чайных?

– Как не было?! Еще какие были чайные! И между прочим, во многих из них работали азербайджанцы.

– Да. Что-что, в чае мы понимаем...

– Армяне тоже в чае понимают, – справедливости ради обронил Сеид.

Они умолкли, грея пальцы на теплом стекле армуди... Их знакомство состоялось в середине прошлого, девяностого года. Хотя Сеид приехал в Ленинград в восемьдесят восьмом... Как-то заглянув в чайную на Сытном рынке, он взял армуди и сел, нахохлившись, за крайний столик, положив мятую шляпу на соседний стул. Это Илюше не понравилось. В такое время каждое место на счету. Тем более что две женщины-эстонки, из молочного ряда, стояли со стаканами в руках. Илюша подошел к клиенту. Тот жевал серый бублик, запивал чаем, устремив куда-то бездумный взгляд. Илюша приблизился к клиенту и вежливо попросил убрать со стула шляпу. Клиент извинился, как-то боком, исподволь, взглянул на хозяина затуманенными глазами, подобрал шляпу, встал и пошел прочь. Илюша, чувствуя неловкость, поспешил за ним, как был, в замусоленном переднике. Со стороны могло показаться, что он кого-то преследует за неоплаченную услугу...

Нагнав незнакомца, Илюша принялся извиняться, мол, он только попросил убрать шляпу, а тот обиделся... Со стороны подобные антимонии могли бы выглядеть смешными, но надо знать традиции. Почтение перед пожилым единоверцем – «гоча киши» – вошло в плоть молодого человека из провинциального Кировобада... «Гоча киши» это хорошо знал и принял извинение «чайханщика» с пониманием. Сказал, что рад молодому человеку, который даже в городе, где люди избегают смотреть друг другу в глаза, не забывает закон. Пообещал, что еще придет в чайную. И пришел. Они подружились... Только Сеид, в отличие от говоруна Илюши, неохотно рассказывал о себе. Так, самую малость... Он и жена попали сюда из Еревана после известных событий в Закавказье. В Баку не поехал, потому как в Ленинграде обещали работу. Из-за этой перестройки планы сорвались. Да и жена у него армянка, ей в Баку путь заказан. Пока живут у знакомых и ищут работу. Он инженер, а жена, пианист-концертмейстер. Вот и все. Тогда Илюша и предложил Сеиду работу...

На киоск «Союзпечати», рядом с чайной, как говорится, положили глаз крепкие ребята. То ли «казанские», то ли «тамбовские». Словом, бандюганы. Илюша не вникал. Главарей Илюша не знал, он имел дело с «шестерками». Те приходили раз в месяц брать оброк за «крышу»... Однажды они выбросили на помойку весь скудный ассортимент киоска, обили его жестью, провели телефон и посадили женщину менять валюту. Илюше эта затея пришлась по душе. Люди потянулись к киоску и, заодно, заглядывали в чайную. Так продолжалось с полгода. Пока женщину не увезли в Первый «мед» с инфарктом. Тогда Илюша и предложил Сеиду замолвить словечко относительно этой работы. Да где он найдет лучше? Сиди, меняй. В самый раз для инженера, не собьется со счета. А крепкие ребята в обиду не дадут. И зарплата не стыдная, проценты с оборота... Сеид согласился. Ребята было закочевряжились, мол, азербайджанец, чего доброго прихватит капитал и даст деру в свой край. Потом пораскинули, что, наоборот, хорошо – можно перед их, рыночной мафией, козырь выставить, мол, вашего человека привечаем. Да и залог есть, если что – того же Илюшу-чайханщика привлекут. С него и спросят...

Так инженер Сеид Касумов стал менялой.

И сейчас, сидя за стаканом армуди, он вел неторопливый разговор на родном языке с чайханщиком. У Илюши возникла мысль, предложить жене Сеида, пианистке, позаниматься музыкой с его пятилетним сыном Даудом.

– Маленький еще, – выразил сомнение Сеид.

– Ничего! – твердо сказал Илюша. – Пусть сидит, стукает по пианино, вместо того, чтобы баловаться.

– Надо спросить у жены.

– Еще найдем желающих. Анвяр-зеленщик. У него трое детей. Расул с винзавода, у него девочка... Целый класс наберем.

– А инструмент?

– Какой инструмент? Молоток, отвертка?

– Пианино.

– Куплю. Поставлю у себя дома. Сейчас, что хочешь можно купить. И недорого. Люди последние штаны продают... А?! Что скажете, мюаллим Сеид?

Назвав Сеида «учителем», Илюша выразил крайнее уважение не только к своему собеседнику, а и к его близким.

И Сеид поблагодарил сдержанным кивком.

– Есть, Ильяс, еще очень непростой вопрос. Моя жена, как ты знаешь, армянка.

– Я думал об этом мюаллим Сеид, – вздохнул Илюша. – Люди, которых я назвал... это другие люди... И потом, зачем им знать?! А дети? Что дети? Конечно, они дома слышали обо всем... Им тоже не надо знать... Учительница музыки и все! Пусть думают, что она... еврейка. Евреи похожи на армян. Такой же нос...

– Как раз у моей жены нормальный нос, – поправил Сеид не без обиды.

– Извините, мюаллим Сеид, – смиренно проговорил Илья. – Не хотел обидеть. У моего дяди Гашима был такой нос. Его даже звали Гашим-армяни. В Кировобаде армян было не меньше, чем в Ереване.

– Зато сейчас их там столько, сколько азербайджанцев в Ереване, – криво усмехнулся Сеид и послал крепкий, безадресный маток.

Впрочем, по интонации, адрес угадывался: глупость человеческая...

Некоторое время они бездумно оглядывали полупустые торговые ряды неотапливаемого рынка, похожего на огромный сарай, закутанных в тряпки продавцов – не легко торчать на одном месте весь студеный день. Оглядывали покупателей, что слонялись между рядами, точно вороны у мусорного бака... И появление между ними пожилого мужчины с рюкзаком за спиной не вызвало особого интереса, если бы не собачка на поводке.

– Когда вижу человека с маленькой собачкой, клянусь, сердце радуется, – проговорил Сеид.

– У меня тоже есть собака, – простодушно отозвался Илюша, – кабан, а не собака. Жрет, как не знаю кто... На нее работаю, честное слово.

Сеид улыбнулся, не сводя глаз с пожилого мужчины. Интуиция подсказывала, что это его клиент...

Нюма приблизился к киоску, наклонился к опущенной решетке приемного окна и прочел слово «абед».

– Сейчас приду! – крикнул издали Сеид и принялся торопливо допивать свой чай.

– Если небольшие деньги, идите сюда! – вмешался Илюша и ответил на недоуменный взгляд менялы. – А что, ащи́... Пока откроишь-закроишь свой сейф...

Сеид улыбнулся и покачал головой. Его умиляло это уличное грубоватое «ащи», среди ереванских азербайджанцев его редко услышишь...

Нюма сделал несколько шагов к чайной, всем своим видом показывая, что сумма у него небольшая и все можно совершить без особой волокиты.

Точка же была явно недовольна. В ее планы никак не входила задержка из-за обмена валюты, когда голову кружил целый рой запахов. Точка тянула в сторону и повизгивала.

– Да погоди, ты! – Нюма удерживал поводок.

– Послушайте, у меня есть немного хаши, – вспомнил сердобольный Илюша, – собаки любят хаши. Мой пес из-за него Родину отдаст.

– А что это такое? – насторожился Нюма.

– Жидкий студень, – пояснил Сеид.

– А понос от него не будет? – подозрительно спросил Нюма.

– Какой понос, дорогой?! – обиделся Илюша. – Тогда бы я целый день не слезал с горшка, честное слово. Как собаку зовут?

– Точка, – буркнул Нюма.

– Дочка? – засмеялся Илюша. – У такого папаши, такая дочка!

«Ну что ты, Нюмка, опять начинаешь? Это у меня от манной каши будет понос. – Точка два раза тявкнула. – Давай свой хаши, тюрок! Не медли!»

Едва Илюша вынес из подсобки миску с хаши, как у Точки закружилась голова от предвкушения. Такого густого и вкусного запаха она никогда не знала. А когда миска оказалась перед ее носом, счастливее собаки в мире не было. Негромко урча и поглядывая искоса с презрением на Нюму, Точка черным носиком елозила по миске. Замечательное хаши уменьшалось с такой скоростью, что ей почудилось, нет ли дырки на днище миски? И, ступив лапой на край, она опрокинула миску вверх дном, вывалив на землю остатки хаши. Что явно не понравилось хозяину чайной...

– Вай-мэ! Такая маленькая собачка и такая большая неряха! – завопил он . – Ит гызы (что означало по-азербайджански «собачья дочь»).

На брань Точка не обиделась. А чья она дочь? Не жирафа же! Хотя свою мать Джильду она не помнила. А вот относительно неряхи, это неправда. Можете спросить у Нюмы...

Нюма же в эту минуту был занят менялой Сеидом. Он наблюдал, как Сеид разглядывает на свет физиономию великого американского ученого на стодолларовой купюре. Словно любуется его длинными женскими локонами...

Просмотрев первую купюру, он придирчиво принялся за вторую сотенную.

А Нюма всматривался в острое лицо менялы. В его узкий смуглый лоб, в его небритые сизые щеки, черные брови, обильно проросшие даже на переносице, выпяченный ковшиком подбородок...

– Скока? – спросил меняла.

– Триста, – ответил Нюма.

– Давайте третью, – попросил меняла, откладывая вторую купюру.

Очередную купюру меняла рассматривать не стал и спрятал доллары в боковой карман пиджака.

– Я вам должен девять тысяч девятьсот рублей. По тридцать три рубля за штуку, – проговорил меняла после непродолжительного шевеления узкими губами.

Он полез во внутренний карман полушубка, достал обандероленную пачку денег, сорвал маркировку, вытянул сотенную бумажку и протянул пачку Нюме.

– Пожалуйста. Ваши деньги!

– Это разве деньги? – вмешался Илюша. – Деньги, уважаемый Сеид, вы положили в пиджак. А это просто... талоны, раскрашенные картинки. Какие это деньги?!

– Что делать? – усмехнулся Сеид. – Все мы раскрашенные картинки, играющие в человеков.

131

Нюма пожал плечами. Эти люди ему были непонятны. Так же непонятны, как и его сосед. Но к Самвелу он привык, он многое понимал в его судьбе, многому сочувствовал. А эти... Скажешь что-нибудь не то, неприятностей не оберешься, люди они горячие, кавказские. Пожилому еврею лучше не влезать в их разборки, что-то советовать, о чем-то судить. Хотя так уж повелось, что евреи всюду суют свой еврейский нос, нередко за это больно получая... И все-таки, этот меняла по имени Сеид его чем-то тронул. В нем таилась печаль, и в то же время пружина гнева, что, распрямившись, перешагнет через печаль, несмотря ни на что. Тогда мало не покажется...

Нюма подобрал с пола поводок, брошенный в экстазе обмена денег. Точка на прощанье с надеждой посмотрела на Илюшу – нет ли еще какой-нибудь вкуснятины? Но выражение лица чайханщика не обещало ничего хорошего...

«Ну так перевернула его миску. Чего не сделаешь с голодухи! Я ведь все потом вылизала, – думала Точка, спеша за Нюмой. – Нельзя быть таким обидчивым. Подумаешь, миску ему перевернула...»

Так, размышляя каждый о своем, Нюма и Точка добрались до Бармалеевой улицы. Под сводчатой аркой дома собралось несколько человек. Они расположились кругом, в центре которого стояла дворник Галина. Сложив на груди руки, Галина слушала нарекания председателя жилконторы Маргариты Витальевны. О том, что двор стал совершенно запущен: мусор не убирается, снежная хлябь вровень с крыльцом подъезда, в подвале хозяйничают бомжи, вот-вот устроят пожар со своей электроплиткой...

– Третий раз их выгоняю, вешаю замок, срывают, – вставил участковый Митрофанов.

– А все нет догляда дворника, – кивнула Маргарита Витальевна.

– У меня вчера ботинок сполз в грязь у самого подъезда! – объявил жилец со второго этажа. – Пока елозил, спасал – простудился...

– Так сиди дома, лечись! – в укор ему вставила соседка по квартире. – Нет, явился жаловаться. Простуженный!

– Спокойнее, граждане! Не вносите сюда личные отношения, – осадила Маргарита Витальевна. – Идет разговор о состоянии вашего двора. Кругом грязь, собачье дерьмо, а вы...

– Собачитесь, – подсказал участковый Митрофанов.

– Вот именно, – согласилась Маргарита Витальевна. – И, потом, ты, Галя, стала филонить, редко появляться. Хорошо, сейчас я тебя тормознула. Подхалтуриваешь где-то, так и скажи...

Тут с лица дворника сползла загадочная улыбка Моны Лизы.

– А ну вас всех в жопу! – сказала она спокойно. – Я, блин, вторую неделю жду суку-мусорщика с его машиной! А вам говорить, Маргарита Витальевна, все одно, что в лужу пернуть! Никакого толку!

– Галя, Галя! – участковый Митрофанов покачал головой.

– А ты, старые яйца, приткнись со своим замком! – набирала голос дворник. – Платят тебе бомжатники бутылкой.

– Да ты... – Митрофанов порозовел с лица.

– Думаешь, я не знаю?! – Галина порушила знаменитую наполеоновскую позу и вскинула руки. – Что касается собачьего говна, известно откуда. В доме одна собака...

– Совесть имей, Галя! – возмутился Нюма. – Тебе ли говорить? Будто ты нас не знаешь?! Если что Точка и сотворит, так я тут же...

«Не унижайся, Нюмка, не оправдывайся! Мстит она нам за ту тетку у антикварного магазина, – тявкнула Точка. – Ревнует тебя, а ты и поддался! Пошли домой, Самвелка заждался».

Хотел Нюма, как говорится, «вставить пилюлю» – рассказать, где подхалтуривает дворник, да умолчал. Разве проживешь на те гроши, что она получает от Маргариты Витальевны. А то, что Галина и впрямь его приревновала к Жене Роговицыной, Нюме и в голову не пришло...

ЧАСТЬ ВТОРАЯ

Весна ворвалась неожиданно, как горячая вода в ржавые трубы дома на Бармалеевой улице. И так же, как горячая вода, вновь пропала через три дня, чтобы уступить привычной, промозглой погоде конца марта. Весна-то все же наступит, а вот в появление горячей воды никто не верил...

Самвел с раздражением захлопнул форточку и выругался по-армянски.

– Клокэт ку...м! – что по-русски бы прозвучало совершенно неприлично. – Уеду в Ереван, клянусь мами! Разве это климат?! Почему царь Петр пробивал здесь окно в Европу? К шведам. Не мог он пробивать окно в Азию? К туркам... И у нас, армян, проблем не было бы из-за этих турок.

– Он об армянах не думал, – ответил Нюма. – Он думал: как мог Наум Бершадский прожить столько лет и не иметь нормального костюма?

– Выходит, и царь Петр думал про вас? – с намеком проговорил Самвел.

– Выходит, так, – усмехнулся Нюма.

– Интересно, почему ты вдруг заговорил о костюме? – спросил Самвел.

Нюма не ответил, зарывшись головой в распахнутые дверцы платяного шкафа, из чрева которого валил тяжелый дух лежалых вещей...

«Так тебе он и ответит, жди, – подумала Точка, чутко поводя черным холодным носом, уложенным на вытянутые лапы. – И почему вещи стариков так кисло пахнут?! Вот Нюмкина дочка, Фира. Тоже противно пахла французскими духами, но не так смрадно, как пахнут старики. И их вещи. Когда же, наконец, Нюмка захлопнет шкаф, все утро там шурует. А мне жранькать пора, сегодня четный день».

– Ты собаку кормил? – спросил Самвел. – Твой день.

– Не успеешь передохнуть, как опять мой день, – пробурчал Нюма из глубины шкафа.

– Ара, что делать, в нашем возрасте время скачет быстро, – мирно произнес Самвел. – И все в одном направлении.

Честно говоря, очередность кормления Точки соседями давно не соблюдалась, собачке подбрасывали еду походя, кому как выпадало. И разговоры на эту тему были бессмысленны. Они вдруг возникали, когда необычное поведение одного соседа вызывало недоумение у второго. Как и на этот раз...

Самвела изнуряло любопытство. После того, как неделю назад Нюма принес рубли взамен Сережкиных долларов, на круглое лицо соседа нет-нет, да наползала загадочная улыбка. Даже упрек Самвела, что можно было поторговаться, что во времена анархии барыги дают до пятидесяти рублей за доллар, не изменил блаженного настроения Нюмы. Он лишь ответил, что Самвел мог бы и сам пойти к менялам, когда утихнет боль в спине...

– Ты последнюю газету читал? – благодушно проговорил Самвел.

– А что там пишут? – Нюма вылез из шкафа с какой-то серой хламидой. – Царь вернулся?

– Пишут, что установлен официальный курс в один рубль восемьдесят копеек за доллар. У этих людей, что наверху, вместо головы кирпичи. Точно они живут на Луне! Рубль восемьдесят за один доллар!

– Видишь. А я тебе поменял доллары из расчета тридцать три рубля. И довольно об этом, надоело...

Неожиданная встреча у антикварного магазина с Женей Роговицыной не прошла бесследно для Нюмы. Почему, он и сам не знал. Впрочем, знал! Определенно знал... Женя обратилась к нему настоящим его именем – Наум. А не слюняво-домашним Нюма, с которым он свыкся, как с кожей. Конечно, его нередко называли полным именем и даже по отчеству – на работе, до пенсии, но это звучало как какой-то компромисс, что ли. А от Жени повеяло чем-то своим, уважением к долгой жизни и к почтенному возрасту.

После смерти Розы он неоднократно отбивал атаки бывших подруг жены с целью познакомить его с приличной женщиной. Слишком свежа была память о покойной. Потом проявлялось некоторое мужское высокомерие. А в дальнейшем, когда он свыкся с участью вдовца, вопрос отпал сам по себе. Да и присутствие Самвела сыграло определенную роль...

В одиночестве есть иллюзия упоения свободой. Состояние зыбкое, обманчивое, подверженное испытаниям бытом, каждодневными заботами. Все это укрощало норов куда более стойких представителей мужского пола. А Нюма был слаб, податлив минуте. Нельзя сказать, что Роза его осчастливила, наоборот. Роза обладала жестким характером. К тому же, она была... глуповата, ум у нее был какой-то практичный, а не духовный.

Хотя и сам Нюма не отличался особой духовностью, он где-то завидовал интеллектуалам. Тогда как Роза ими демонстративно пренебрегала, всецело погруженная в мелочные заботы чужих людей, чья жизнь ее занимала больше, чем жизнь мужа, дочери, да и собственная тоже. Хотя для постороннего глаза Роза была образцом женщины, преданной семье. Она упивалась чужими тайнами. Только Нюма и дочь Фира знали ей настоящую цену... Память о покойной жене почти полностью себя исчерпала, и если бы не фотографии на стене и календарь на кухне, Нюма наверняка забыл бы даже облик Розы...

Серый костюм, найденный в чреве шкафа, вернул память Нюмы в минувшие годы семейной жизни. Нюма не любил костюмы. И всячески избегал ими пользоваться, предпочитая куртки и отдельные брюки. За всю жизнь у него и было-то два-три костюма. Этот числился среди них... Старый фасон с каким-то школьным хлястиком на пиджаке, широченные штаны, с высокими обшлагами на брючинах. Да еще резкие вмятины и прелый запах.

Нюма держал костюм навесу, соображая, зачем он вытащил из шкафа эту рухлядь.

– На свадьбу идешь? – ехидно вопросил Самвел.

– А если и да? – неожиданно для себя ответил Нюма.

– В таком костюме надо в гроб ложиться, – прокомментировал Самвел. – Лучше зашей брюки, что порвала собака.

– Ниток нет. Только белые.

– Ара, отнеси в мастерскую, наконец. Столько дней ходишь, как бомж, в тренировочных штанах.

– Не твое дело. Что, у меня брюк нет? Полный шкаф.

– Тогда зачем такой костюм вытащил? Он еще Сталина помнит.

– Не твое дело, говорю. Что ты все крутишься вокруг меня? Все что-то выпытываешь... Спроси у Точки, мы были вместе.

«Так я ему и рассказала про тетку у антикварного магазина, жди, – Точка вскинула ушки. – Он же тебя на смех поднимет. Или зарежет кинжалом. Ты для него стал роднее жены. Он даже нас с тобой ревнует, не замечаешь?! У меня собачий нюх».

– Вообще, ты должен оплатить мне ремонт штанов, – объявил Нюма, – как производственные издержки...

– У нас общий бизнес.

– Но ты генеральный директор, – настаивал Нюма. – Плати за ремонт штанов.

– Только через суд!

«Хватит хохмить! Жранькать давайте!» – тявкнула Точка и тотчас, залаяв всерьез, бросилась в коридор.

Кто же это мог быть? Вроде они никого не ждали... После проклятий в адрес входного замка, дверь с липким шуршанием отворилась. За порогом стояла Фира с внушительной сумкой в руках. И какой-то тощий долговязый тип...

– Во те на! – воскликнул Нюма. – Доча вспомнила старого папашу. Сурприз!

Фира перешагнула порог. Плотный запах духов, точно под давлением, мгновенно вытеснил из прихожей затхлый дух старого жилья. Что явно не понравилось Точке. Она промолчала и спряталась под широкой полой халата Самвела.

– Заходи, Зальцман! – пригласила Фира своего спутника.

Долговязый тип перешагнул порог и виновато улыбнулся. Видно, он не сразу сориентировался – кто есть кто из двоих пожилых людей.

– Мой папаша, Нюма, – помогла Фира. – А это Самвел Рубенович, квартирант. Здравствуйте, Самвел Рубенович!

Самвел кивнул. Непонятно, чем объяснить визит этой эффектной молодой женщины. До срока оплаты за комнату оставалось дней десять. Да и Нюма явно обескуражен. Самвелу интуитивно почудилось, что визит Фиры имеет какое-то отношение к нему...

– А это Александр Борисович Зальцман, мой начальник. Лицо, приближенное к мэру, его левая рука, – с некоторой развязностью в голосе, представила Фира. – Ты, папа, о нем уже слышал... И кстати, это он сломал ваш дверной замок, много лет назад. С тех пор он не пьет...

– Фира, – Зальцман покачал головой.

Его бледное лицо, полуспрятанное за оправой больших очков, улыбалось, сменив строгое выражение на какую-то шаловливую детскость.

– А это велосипед, – продолжала Фира, тронув перчаткой ржавое колесо на стене. – «Мерседес» моего детства. Причина постоянного скандала с родителями. Когда у меня появится новая квартира, я заберу велосипед...

– И выбросишь наконец его на помойку, – буркнул Нюма.

Фира поставила на подоконник сумку и по-девчоночьи запрыгала, сбрасывая с плеч серую мерлушковую шубку.

«Однако!» – подумал Нюма, глядя на дорогую шубку, и промолчал.

– Раздевайся, Зальцман, – предложила Фира и стянула с подоконника сумку. – Сейчас мы будем пить и закусывать...

– Слушай, у нас совещание в Смольном, – Зальцман принялся неуклюже стягивать кожаную куртку.

– Без нас не начнут. Подождут! – отрезала Фира. – Могу я посидеть со своим отцом в кои веки раз?!

Неловкость, которую испытывал Самвел с момента появления хозяйки его комнаты, обернулось плохо скрытым раздражением.

– Извините. Неважно себя чувствую. – Самвел повернулся и пошел к себе.

Точка, которая скрывалась под полой халата, оказалась на виду.

– Ты, Фирка, весьма бестактна. – Нюма глянул вслед обидчивому соседу.

– О-е-ей... Могу же я побыть со своим отцом, – безвинно проговорила Фира и наклонилась над собачонкой. – Кого я вижу?! Точка моя, Точка... Все собаки – просто собаки, а Точка хо-ро-шая собака!

Фира вытянула пальцы, собираясь почесать собачку за ушками. Точка отпрянула на задние лапы и, ощерив зубки, прорычала.

– Ты что?! – Фира отдернула ладонь. – Я оставляю деньги тебе на корм, а ты?! Нехорошая собака...

«Шла бы ты, кукла! – Точка продолжала рычать. – Развонялась своими духами! И парень у тебя – дебил в очках! Чем вам волосатик помешал?!»

– Она обиделась за Самвела, – определил Нюма.

– Круговая оборона, – серьезно проговорила Фира. – Ну, засели, коммуняки! Кстати, Зальцман, мой папаша никогда не состоял в их партии...

Широким твердым шагом Фира направилась в комнату отца. Следом шествовали Зальцман и Нюма. Собачка, с видом великого одолжения, замыкала процессию... Поравнявшись с дверью комнаты квартиранта, Фира придержала шаг и бросила непонятное «Вот здесь!» Зальцман кивнул, окидывая дверь быстрым взглядом. А на недоуменный вопрос Нюмы, Фира пояснила, что показала гостю дверь, за которой прошли ее былые годы...

«Врет! – тявкнула Точка. – Фирка задумала какую-то подлянку».

На предупреждение собачки никто не обратил внимания...

Распахнутые дверцы шкафа и разбросанные вещи привлекли внимание Фиры. Комната явно не ждала гостей... Фира оставила сумку, процедив сквозь зубы: «Ну и срач!», принялась наводить порядок. Ловко и быстро. Точка, в ожидании дальнейших событий, свернулась калачиком под столом, чтобы не мозолить Фире глаза. Зальцман присел на стул и уткнулся в газету, временами поглядывая на часы.

«Ну и типоша, этот Зальцман, – думал Нюма. – То ли смущается, то ли важничает. Неужели ему так трудно сказать пару слов?» И, не удержавшись, спросил:

– Что там нового, Александр Борисович? О чем вопиет пресса?

– Ничего существенного, Наум... э-э-э, – промычал из-под газетного листа гость.

– Наум Маркович, – подсказала Фира. – Или, попросту, Нюма. Папу все так зовут.

– Одно время я любил читать газеты, – доброжелательно проговорил Нюма. – Теперь только выписываю. По инерции... После августовских событий прошлого года.

– Вы сочувствовали государственному перевороту? – лениво вопросил Зальцман из-за газеты.

– Просто вижу, что хрен редьки не слаще, – простодушно ответил Нюма.

– Папа, папа, – засмеялась Фира. – Прошло так мало времени. Подожди урожая. Может, хрен будет слаще твоей редьки...

– В Одессе говорили: «Пока солнце взойдет, роса очи выест».

– Еще говорили: «Не плюй в колодец, пригодится воды напиться», – хохотнул Зальцман, продолжая обнюхивать газету.

– А это при чем? – недоуменно спросила Фира.

– Не при чем! Просто вспомнил, – еще раз хохотнул Зальцман, прошуршав газетным листом.

Его вид говорил, что не стоит тратить время на такую кочерыжку, как Фирин папаша.

– Остряк! – пожала плечами Фира.

«А по-моему, просто мудак, – не удержавшись, тявкнула из-под стола Точка. – Пришел в гости, а сидит, как король на именинах».

– Ты еще там тявкаешь! – прикрикнула Фира. – Напрасно стараешься, ничего не получишь.

Нюма наблюдал, как легко над столом витают чуть полноватые, красивые руки дочери. Расставляя по клеенке разные вкусности: колбасу твердого копчения, сыр, простреленный крупными дырами, буженину с розоватым, добротным тельцем... Какие-то «дары моря» в яркой упаковке...

Давненько Нюма не видел такой аппетитной картины. И все это, как пояснила Фира, «с работы».

– Хорошо пристроились, – с непонятной интонацией произнес Нюма.

– Раньше в том буфете, говорят, было лучше. – Фира откинула со лба прядь светлых прямых волос. – Садись, папа... Зальцман, к столу!

– Фирка, через час совещание! – не преминул напомнить Зальцман, отложив газету.

– Тогда жуй быстрей и поезжай. Я приеду позже, пришли машину, – Фира поспешила на кухню за чайником.

Нюма сидел сгорбившись. Казалось, он пришел в гости... к самому себе.

Нежданный визит Фиры поверг его в смятение. Может, она решила представить этого Зальцмана как будущего мужа? А ведь он как-то спрашивал о Зальцмане. И Фира уклонилась от ответа. Теперь, значит, все решили? Тогда почему этот Зальцман ведет себя, как болван? Или он и есть болван, опупевший от важности.

– Извините, Наум Маркович... я не такой, каким могу вам сейчас показаться, – проговорил Зальцман. – Просто меня втянули в дело, которым бы мне не хотелось заниматься.

– Нет, нет. Что вы?! – Нюма смутился проницательностью гостя. – У каждого свой характер... Вы первый раз в доме...

– Ну, не первый раз, – лицо Зальцмана вновь осветила лукавая улыбка. – Когда-то здесь я получил оплеуху от вашей супруги.

– Тогда меня не было дома, но я в курсе... – засмеялся Нюма.

– От страха я выломал дверной замок. Это был номер, я вам скажу. Тигр, в сравнении с вашей женой, жалкий котенок...

«А он не такой уж болван», – подумал Нюма и дружески накрыл ладонью мягкую, с длинными ухоженными пальцами, руку гостя.

– Так в какое вас втянули дело? – спросил Нюма.

Но разговор прервался – в комнату вернулась Фира с чайником. И по выражению лица молодого человека Нюма догадался оставить свои вопросы.

– Да, папа... Зачем ты вытащил тот дурацкий серый костюм? Его даже моль брезгует жрать, – спросила Фира, разливая чай по стаканам.

– Я... порвал брюки, – тон Нюмы прозвучал неуверенно. – И решил подобрать что-нибудь из старого.

Несколько минут они молча вкушали замечательную еду. А сознание теребила обида – иной раз дочь могла бы и побаловать отца такой вкуснятиной из своего буфета.

– Это что... вам тоже продают по «визиткам»? – не удержал Нюма свою обиду.

– Вообще-то нет, свободно. Только ограниченно и по спискам, – беззаботно ответила Фира. – А Зальцману поблажка. Как крупному демократу. У них отдельное корыто....

Хлынувшие со стола запахи доводили Точку до обморока. Она крепилась, пока кусок буженины не свалился на колени Нюмы, вогнав под стол совершенно умопомрачительную волну. А Нюма, вместо того, чтобы сбросить буженину на пол, вернул ее с коленей на тарелку...

И Точка не выдержала. Это не было привычным тявканьем. Под столом раздалось нечто среднее между волчьим воем и воплем взрослой собаки. Звук, в котором сочетались чувства голода, гордости со злобой и жаждой мести за обиду.

Сидящие за столом тревожно переглянулись. Они слышали трубный глас с небес, исходящий почему-то из-под стола...

– А-а-а... Смирилась, гордячка?! То-то! – злорадно воскликнула Фира и швырнула на пол кусок буженины.

Щедрый кусок, ничего не скажешь, не какое-то подаяние... Вой из-под стола стих, а в следующее мгновение раздался с новой силой.

– Что это с ней? – возмутилась Фира. – Она не хочет списочную буженину? Слушай, Зальцман, может, она отравленная, а мы едим?

– Совершенно свежая, – ответил Зальцман. – Сегодня завезли с нашей базы...

Нюма наклонился, подобрал буженину и вновь положил на то же место.

Тотчас вой стих, из-под клеенки вынырнула голова собачки, она цапнула лакомство и вновь спряталась под столом с довольным урчанием.

– Ах ты, стерва! – всерьез возмутилась Фира. – Не хотела брать из моих рук?

– Выходит, так. – Зальцман поднялся из-за стола. – Все! Извините, Наум Маркович, спешу.

– Вы на автобусе, на трамвае? – засуетился Нюма.

– Его ждет шофер, – буркнула расстроенная Фира.

– Как, шофер? Почему ж он не поднялся к нам?

– Ах, папа, оставь, – Фира повернулась к Зальцману. – Взглянем на мою комнату. Минутное дело.

Зальцман посмотрел на часы с каким-то обреченным видом.

– Папа, мы сейчас... Хочу показать Александру Борисовичу стены, в которых прошла моя молодость. Надеюсь, Самвел Рубенович не будет против.

Зальцман раскинул руки, мол ничего не поделаешь, кивнул Нюме и вышел в коридор следом за Фирой.

Точка выскочила из-под стола, взволнованно обежала комнату, остановилась рядом с Нюмой и, вытянувшись, положила передние лапы ему на колени.

– Что, моя хорошая? – Нюма потрогал холодный нос собачки. – Не так все просто? Вот и терплю, а что делать...

«Да, Нюмка, – говорили плачущие глаза Точки, – не просто. Думать надо было тогда, лет сорок назад. А не жениться впопыхах. Гены, дело серьезное... Дурень слабохарактерный. Вот и терпи!»

– Вот и терплю, а что делать? Годы! – повторил Нюма, взял из тарелки кусок копченой колбасы и бросил на пол.

Колбасу Точка тоже уважала, хотя пробовала первый раз в жизни. Сглотнув, почти не прожевав, вновь уставилась на Нюму плачущим взором.

– Хватит! Понос будет! Тебе только дай волю, – строго проговорил Нюма. – А о Самвеле ты подумала?!

Точка замерла и в следующее мгновение стремительно бросилась под стол – в комнату вернулась Фира...

– Ну, как тебе Зальцман, папа? – спросила она с порога.

– Он что, жених? – вопросом ответил Нюма.

– О чем ты говоришь?! В моей жизни ему отведена роль. И он ее играет...

– Однако, – Нюма окинул взглядом дочь.

Фира сейчас была необычайно хороша. Голубоватый замшевый пиджачок и синяя, с глухим воротом «водолазка» сдерживали полную грудь. Черные изогнутые брови, над серыми глазами, контрастируя со светлыми прямыми волосами, придавали ее облику особый магнетизм. Это была та внешняя скромность, которая посильнее любой распущенности распаляет мужское любопытство... Нюма в который раз задавался вопросом: как это у него и его брюнетки-жены появился светловолосый ребенок? «Она пошла в прабабку, мать моей мамы, – уверяла Роза. – Та была классическая блондинка». Нюма особенно и не вникал, себе дороже. А вот натурой Фира пошла в мать, только, пожалуй, побойчее умом...

Фира села, приподняла край клеенки и заглянула под стол.

– Ты еще здесь?! – вопросила она грозным тоном и заелозила ногой.

Точка хрипло, по-взрослому, зарычала.

– Оставь ее! – воскликнул Нюма. – У нее инстинкт.

– Инстинкт? Интересно, какой я вызываю инстинкт...

– Женский. Она ревнует... Неужели не понимаешь?

– Вот как?! – Фира вновь заглянула под стол. – Приревновала? К кому? К папе? Или к этому... Зальцману? Бери себе Зальцмана, дуреха. – Фира откинула голову и захохотала. – Расскажу в Комитете, вот будет веселье, – проговорила она сквозь смех.

Потом ухватила с тарелки щепоть буженины и швырнула под стол.

– Не сори, – проговорил Нюма. – Она опять не возьмет.

– И черт с ней. Все меня ревнуют к Зальцману. Только врагов из-за него наживаю...

– Что ж, парень как парень. Видно, с положением...

– Мэр в нем души не чает... Ты был тогда на Исаакиевской площади, у Мариинского дворца, в прошлом году, в августе?

– Не был, – неохотно ответил Нюма, – у Самвела болела спина... Да и вообще, не хотелось. Видел по телевизору. Нас бы там затоптали... А что?

– Когда Собчак выступал на Дворцовой площади, среди единомышленников был и Зальцман. Он примкнул к Собчаку, еще когда тот баллотировался в депутаты. И был из тех, кто свалил его конкурента Севенарда на выборах мэра... Зальцман очень сильный оратор. И вообще, умница. В институте он считался чуть ли не вундеркиндом. Его даже приняли, несмотря на «пятый пункт»...

– Как и тебя, – добавил Нюма.

– Что я? Дура я против Сашки.

Из-под стола раздался шорох. Точка высунула голову и затем резво припустила к дверям. Толкнула лапой полуприкрытую дверь и сквозанула в коридор.

– Куда это она? – спросила Фира.

– К Самвелу. Надо проведать, как он там, – уверенно ответил Нюма. – Умница. Самвел ее прозвал Маргарет Тэтчер.

– Суровый какой-то твой сосед. Букой смотрел на меня и Зальцмана. Сказал пару слов и все «ара», да «ара»... Что такое «ара»?

– Тебе лучше знать. Ты, кажется, встречалась с его племянником.

– С Сережкой? Он никогда не произносил это слово. Поотерся в Ленинграде. Красивый был, сукин сын. Нравился он мне. Жаль, аборт сделала. Был бы у тебя красивый внук.

– Знаю. Мама мне рассказывала.

– Если бы не мама, был бы у тебя сейчас внук. Это она настояла на аборте. Убедила меня, что Сережка не будет мужем, что он по натуре бабник и авантюрист...

– Мать была проницательна, – буркнул Нюма.

Слово за слово, Нюма рассказал о затее Сережки. И что они уже передали эстонскому его напарнику несколько вещей «на пробу»...

– И ты ходил по скупкам и антикварным магазинам? – поразилась Фира.

– Ходил. Вместе с Самвелом... А что? Стоянку автомобилей, где мы подрабатывали сторожами, закрыли на ремонт...

Нюма запнулся. Подумалось, что Фира примет как упрек его стенания на трудности стариковской жизни. А впрочем, почему бы и нет?! Судя по ее виду, могла бы и подкинуть отцу что-нибудь иногда. Хотя бы те деньги, что она взимает с соседа за комнату. И то – подмога...

Но, коротко поразмыслив, решил не касаться этой темы. Фира раскричится, наговорит гадостей, встречных упреков. Как тогда, из-за ржавого велосипеда в прихожей. Нет горше печали, когда на тебя кричит родной ребенок. И ты парализован своим бессилием. Дело вовсе не в любви к нему. Даже, если честно, любовь к нему как-то иссякла с годами, оставив не менее сильное чувство привычки. Дело в обиде, саднящей душу с силой зубной боли. В старости и без обиды родного человека терпишь много обид, а тут еще – от родного...

– Я, папа, приехала... поговорить с тобой. – Фира пристально посмотрела на отца. Словно решая – продолжать или нет...

– О чем? – Нюма почувствовал беспокойство. – Слушаю тебя.

– Нам надо... разделить ордер на квартиру.

– На какую квартиру? На эту? – Нюма не понял.

– Да. На эту. Мне надо официально закрепить за собой вторую комнату.

– Где живет Самвел? – от неожиданности глупо спросил Нюма.

– Да. Она ведь как бы считалась моей. И я по-своему распорядилась: впустила Сережкиного дядю. Теперь мне надо официально ее оформить... Необходимо твое согласие как ответственного съемщика.

– Ты впустила Самвела в так называемую свою комнату, не спрося согласия ни у меня, ни у мамы... – Нюма проговорил это как-то механически, вовсе не желая. Хотя тот поступок Фиры наверняка сыграл не последнюю роль в смерти Розы. – Так почему сейчас тебе понадобилось какое-то мое согласие?

– Ну... при маме квартирант не так длительно и жил с вами. Он почти сразу попал в больницу и пролежал довольно долго, – Фира уловила недосказанное отцом и продолжила старательно спокойным тоном: – Твое согласие необходимо, чтобы я оформила ордер на себя. С тем, чтобы сдать эту комнату городу.

– Не понял, – промолвил Нюма, не веря услышанному. – Ты сказала сдать комнату городу?

– Именно так, папа, – кивнула Фира. – Мне обещана трехкомнатная квартира на Литейном, угол Жуковского. В самом центре. Зальцман пробил через мэра. Но для этого я должна сдать свою площадь... Ну, не сдать, все будет оформлено в порядке обмена...

– А как же я? – обронил Нюма.

– За тобой останется твоя комната... Захочешь, будешь жить со мной, на Литейном. А свою комнату сдашь. Хотя бы тому же Самвелу Рубеновичу.

– Жить с тобой? – криво усмехнулся Нюма.

– А что? – Фира пожала плечами. – Жил же ты с мамой? А у нее характер был не лучше.

– Да. У мамы характер был не сахар. Но она не была... вероломна.

Нюма уже жалел о сказанном. Он смотрел, как дочь вскочила с места и заметалась по комнате широким мужским шагом. Задевая какие-то предметы. А стул, на котором сидел Зальцман, опрокинулся. Да так и остался лежать, ощеряясь четырьмя гнутыми ножками...

– Я вероломная?! Если хочу жить по-человечески, я вероломная! – вскрикивала Фира...

Волосы картинной волной опадали на ее плечи в такт каждому шагу. Лицо сковала бледность.

– Вы с мамой переломили мою судьбу. Выгнали из дома. Отняли жизнь моего ребенка, своими советами...

– При чем здесь я? – лепетал Нюма. – Ты ведь знаешь...

– Знаю! Все случалось из-за твоего молчания. Ты был тряпкой в ее руках... Она прилепила тебе дурацкое прозвище, как маленькому. А ты – Наум! У тебя гордое, красивое имя...

– Меня с детства называли Нюмой, – растерялся Нюма. – И что?

– А то, что это прозвище определило твою судьбу. Маленького и безвольного человека. Чего ты добился? Всю жизнь проработал тихим экспедитором, ты, с инженерным образованием...

– Неправда, я не был тихим... Я воевал... В пехоте, между прочим...

– И что?! Что ты навоевал? Прозвище «Нюма»?! Тихую жизнь? Когда весь город был перед Мариинским дворцом. Когда перед коммуняками решалась судьба демократии, ты сидел у телевизора...

– Какой демократии, дура?! Вашей демократии? Специальной жратвы, шикарных квартир и дач?! – заорал Нюма. – Тебе, кажется, еще и дача светит через постель крупного демократа Зальцмана, да?

Прилив ярости исказил его мягкое лицо. Наплывший бурый цвет кожи четко проявил темные траншейки морщин. Веко правого глаза дергалось тиком... И все это возникло мгновенно. Как падение в темноте. Словно в крике они коснулись самого больного места...

– Вам кажется, что вокруг слепые и немые. Что красивые слова скроют ваше паскудство и жалкое хапанье... Погодите, еще не то будет потом, при вашей этой дерьмократии! Жаль только мне не дожить. Когда вы попрячетесь в Смольном или в том же Мариинском дворце...

Мысли Нюмы метались в голове, подобно зверьку, загнанному в западню. Он понимал, что не убедителен, что не то говорит и не так говорит. Им владеют чувства ограбленного человека. Он во власти долгих своих обид. Во власти нервного срыва, безудержного и алогичного. Из которого сейчас один выход – слезы. Он старался их сдержать, всеми мускулами лица. Сохранить хотя бы достоинство.

Фира подошла к окну, взглянула на улицу и принялась копошиться в сумке.

– Ладно, папа. За мной приехали, – и, остановившись на пороге, добавила: – Извини, папа... Я тебя понимаю. Но и ты пойми меня...

Из глубины коридора донесся скрежет норовистого замка входной двери и глухие проклятия дочери.

«Зальцмана поблагодари за замок», – злорадно думал Нюма.

Осторожно, прижав щеку к боковине оконной рамы, чтобы не увидели с улицы, Нюма посмотрел в окно.

Черный лакированный автомобиль, точно плоское корыто, по-хозяйски взгромоздился на противоположный тротуар улицы.

Заметив Фиру, шофер бодро выскочил со своего места и предупредительно открыл заднюю дверь. Фира садилась в машину медленно, картинно, словно знала, что за ней наблюдают. Наконец раздался тяжелый, сытый хлопок двери, шофер вернулся на свое место, и автомобиль, бесшумно, подобно огромному ластику, стер себя с замызганного тротуара.

– Фирка въехала в политику, – буркнул Нюма и вернулся к столу.

Какое-то время он сидел, уставившись на тарелки с вкуснятиной, на полупустые стаканы с остывшим чаем, на непочатую коробку конфет с фотографией жены Пушкина в белом пышном платье...

– Все они такие, – пробормотал Нюма, чувствуя непривычную тяжесть в пальцах рук и ног...

Глухую тишину комнаты нарушили звуки под столом. Нюма знал, что это Точка. Тем не менее наклонился и приподнял край клеенки. Точка, празднично урча, подбирала кусочки буженины...

– Ты тоже такая же, как и они, – пробормотал Нюма. – Своего не упустишь.

«Оставь, Нюмка, на самом деле, – урчала собачонка, прилежно расправляясь с лакомством. – Все вы хороши!»

Заслышав поступь Самвела, Нюма опустил клеенку и выпрямился.

– Моя Фирка въехала в политику, – проговорил он навстречу Самвелу.

– Ара, знаю. Видел в окне. – Самвел поднял перевернутый стул и сел. – Вы так орали, что я думал сейчас будет труп, клянусь своей спиной!

Подобную клятву Нюма слышал впервые. И промолчал.

– Бери ешь, пей, – Нюма повел подбородком в сторону тарелок. – Хорошо живет наша власть.

– Для этого туда и рвутся, – Самвел ткнул вилкой в ломтик сыра, оглянулся, целясь куда его положить.

– Клади в тарелку Зальцмана. Она чистая, нетронутая, – подсказал Нюма.

– А он мне понравился, тот Зальцман, – проговорил Самвел. – Вошел в комнату, огляделся и сказал сходу: «Четырнадцать с половиной метров». Наверно, Фира предупредила.

– Вряд ли! Обыкновенный вундеркинд!

Самвел задумчиво жевал, подкладывая в тарелку все новые кусочки деликатесной еды...

Нюма хмыкнул. Негромко, словно про себя. Самвел понял, положил вилку и провел языком по губам.

– Получим от Сережки деньги, я тебя тоже угощу, – заверил он.

– Что-то не верится, – мстительно обронил Нюма. – Сколько времени прошло.

– Ара, где Америка, где мы! Соображать надо.

– Кстати, о твоем племяннике... С его подачи мы могли стать родственниками через общего внука.

– Об этом я тоже слышал.

– Ну и слух у тебя, – усмехнулся Нюма.

– Твоей дочке повезло. Какой из Сережки муж?

– Это твоему племяннику повезло.

Самвел засмеялся. Когда он смеялся, то разворачивал назад плечи, а шея, вытягиваясь, сглаживала подбородок...

– Сейчас у тебя типично «кувшинное рыло», – смеялся Нюма.

– Ара, на себя посмотри! «Колобок» знаешь, нет? Посмотри на свое лицо в зеркало. Настоящий «колобок», клянусь твоим здоровьем!

– Ара, своим клянись! – подначил Нюма. – Ладно! Кушай еще. Угощаю, как несостоявшегося родственника.

– Так и быть, – снисходительно произнес Самвел и подобрал ломтик сыра.

Некоторое время они сидели молча, вперив взгляды в пространство комнаты. Так сидят в предчувствии какого-то важного и неприятного откровения...

Ощущение невольной вины, что владело сейчас душой Нюмы, повергало его в смятение. Самвел слышал

155

его разговор с дочерью, – пусть и выразит свое отношение, ведь и его это касается...

– Вчера я ходил в нашу церковь, на Невском, – проговорил Самвел. – Повидал людей. Все говорят о войне с азербайджанцами. Говорят, вот-вот начнется. Молодежь составляет списки, собираются ехать в Ереван, добровольцами.

– Я читал в газете, – Нюма сцепил пальцы замком и положил руки на стол, – Все из-за Нагорного Карабаха... Странно. Столько лет жили мирно...

– Ничего странного. Карабах, считай, армянский анклав на территории Азербайджана. Там четыре пятых населения армяне. А все начальство – азеры. Справедливо?

– Анклав-манклав... – Нюма побарабанил пальцами. – Война, понимаешь... Я знаю, что это такое.

– Не один ты знаешь, – пробурчал Самвел. – А что делать?

– Не воевать. Договариваться.

– Твои еврейцы могут договорится с арабами? – Самвел поднял вверх раскрытые ладони в знак правоты своих слов. – Пока существуют разные религии, люди никогда не договорятся.

– Я же с тобой договариваюсь, – мирно проговорил Нюма. – Хотя ты и живешь на моей территории. Считай, армянский анклав в еврейской квартире. Малый карабахский конфликт.

– Ладно тебе! Не до шуток, – отмахнулся Самвел. – Как я понимаю, наш конфликт скоро разрешится. В отличие от того.

Нюма поднялся с места и подошел к смежной стене, отделяющей комнату соседа. Когда-то на ней висел толстенный ковер, который неплохо приглушал звук. Ковер Роза убрала под предлогом, что он рассадник моли.

Нюма подозревал, что ковер мешал подслушивать ей, что делается в комнате дочери. Со временем о ковре забыли, а после ухода Фиры проблема звукоизоляции стала неактуальной. Особенно, если сосед не очень храпел. К сожалению, в последнее время Самвел стал бойчее похрапывать...

– Анклав-манклав, – пробурчал Нюма и постукал по стене костяшками пальцев. – И как ты относишься к нашему конфликту?

– Думаю, твоя дочь права. Нельзя упускать шанс... Что касается меня, доктор сказал: еще три-четыре месяца, потом посмотрим. Пятый год живу здесь, сколько можно... Уеду к родственникам, в Ереван. Или к Сережке, в Калифорнию. Там богатая армянская община. А медицина, сам знаешь...

– Сразу надо было ехать, – буркнул Нюма.

– Ара, глупости говоришь. Как я мог поехать, когда, как бревно, лежал в больнице...

– Сукин сын твой племянник. Мог бы и дождаться тебя, не рвать в эмиграцию. – Нюма знал, что задел самую горькую обиду соседа, но не удержался. – И моя дочь такая же! Как будто ее сырым мясом кормили. Могла бы и поинтересоваться, как я отношусь ко всему. Как я буду жить с чужими людьми в этой квартире!

– Со мной же живешь?

– Ты что, с ума сошел? – Нюма всплеснул руками. – Ты, Самвел, мне как брат, разве не чувствуешь?!

– Ара, не обижайся, матах! – скользящим касанием Самвел чиркнул ладонью одной руки по ладони другой, что выражало особое возбуждение. – В крайнем случае свою комнату сдашь и будешь жить с дочкой...

Нюма привалился спиной к стене, сунул руки в карманы замызганных спортивных штанов и посмотрел

157

исподлобья на соседа. Самвел заронил голову в плечи, уперся руками о сиденье и втянул ноги под стул. С видом искреннего раскаяния. Да, мол, виноват, сморозил чушь, понимаю.

Но не в натуре Самвела испытывать долгое раскаяние. Не его вина, что Бершадские так воспитали дочь, что проживание с ней под одной крышей все одно, как в джунглях, среди диких зверей...

– Ара, а где Точка? – воскликнул Самвел, придав унылой физиономии благодушное выражение. – Где собачка?

– Под столом, наверное, – Нюма тоже стряхнул с себя груз тягостных размышлений.

Он приподнял край клеенки. Там собачки не оказалось. Как и малейших следов подкинутой вкуснятины. Ни крошки. Все вылизано, подчистую...

– Точка, Точка! – Нюма прислушался в ожидании привычного цоканья коготков по линолеуму коридора.

Но широкий проем двери отзывался сырой тишиной...

Тем временем Точка неторопливо трусила по мокрому тротуару Малого проспекта, старательно обегая крупные лужи...

Своей полной свободе собачка была обязана все той же малоприятной особе, что невыносимо пахла французскими духами. Это она, неприлично выражаясь, пыталась справиться с дверным замком. А когда справилась, зло выскочила на площадку, не заботясь – закрылась ли за ней дверь или нет. Чем, впоследствии, и воспользовалась собачка...

Порой любопытство толкает на самые опрометчивые поступки. Подчиняя себе довольно взрослых собак, чего уж говорить о маленькой собачонке. Им, маленьким собачкам, на свободе, без поводка, каждая струйка из водосточной трубы казалась Ниагарским водопадом, перед которым в испуганном восхищении можно простоять без обреченного ожидания, что тебя силой потащат от упоительного зрелища. Пусть даже по-доброму, как это делали Нюмка или волосатик Самвел. И эта завороженность полной свободой сейчас была сильнее привязанности к своим старикам...

Так, обнюхивая каждую подозрительную деталь, Точка добралась до улицы Ленина и свернула к трамвайной остановке. Память кольнула встреча с псом, что разодрал штанину хозяина. Нюмка до сих пор ее не зашил, не иначе хитрый старик что-то надумал. Что ж, как говорится, поживем – увидим...

Точка добежала до антикварного магазина на месте бывшего продуктового. Запахи здесь не столько сейчас прельщали ее, сколько гнали прочь при мысли встретить халду Галину. Честно говоря, Точке не хотелось портить с дворником отношения. Собачка может пописать, а то и покакать во дворе, дело житейское. А дворник поднимала бузу. Точка подозревала, что Галина гнала волну из-за Нюмки. Она была к нему неравнодушна, несмотря на тридцать лет разницы в возрасте. Будучи женщиной грубоватой и необразованной, полагала, что скандал – лучший способ увлечь собой старого тюхтяя Нюмку. Это ж надо – Галина явно ревновала Нюмку к собачке. Ведь когда собачку выгуливал Самвел, дворник молчала в фартук... А как Галина взъярилась, когда у антикварного магазина застукала Нюмку с той теткой в заячьей шапке?! Да, Нюмке, с ишемией и гипертонией, надо держать ухо востро с этой кобылой-дворником. Да и на ту, с заячьей шапкой, особенно губу не распускать, помнить о своем возрасте и болезнях.

Словом, все чувства Нюмы и Самвела должны всецело принадлежать ей, Точке. И от этой ласковой картины становилось теплее на душе, словно Точка вновь нашла свою маму Джильду...

Так, путаясь в мыслях, Точка приблизилась к проспекту Горького и осторожно выглянула за угол: нет ли поблизости трамвая? К счастью, было тихо. Лишь два-три воробья и голубь о чем-то договаривались между рельсами. Точка не стала вникать и припустилась прямиком к Сытному рынку.

Деловито миновав малолюдные ряды, Точка оказалась во владениях чайханщика Илюши, у трех кривоногих столиков, за одним из которых сидел сам Илюша и его приятель меняла Сеид. Они пили чай из армуди-стаканов и о чем-то негромко толковали. По-азербайджански Точка не очень понимала. Тем не менее уловила – речь шла о кабинетном рояле фирмы «Шнайдер», якобы купленном Илюшей у какого-то музыканта из бывшего симфонического оркестра Мравинского. И для того, чтобы втащить рояль в квартиру, Илюше пришлось снять с петель дверь. Зато теперь жена Сеида может давать уроки музыки и немного подзаработать...

Тема беседы была интеллектуальная, не о еде, и тем самым раздражала собачку. Вообще-то она не была голодна – столько умяла вкуснятины из буфета Смольного – дело касалось принципа...

Точка подошла ближе и оказалась в поле зрения чайханщика.

– Сян, не истиир сян?! – без обиняков, вопросил Илюша по-азербайджански, однако, будучи не уверенным, что собачка его поняла, перевел на русский: – Тебе что надо?!

Что могла собачка ответить на такой глупейший вопрос?! Неужели этот болван чайханщик полагает, что она

160

прибежала с Бармалеевой улицы обсуждать межнациональные проблемы?! Или марку инструмента, который будет звучать в квартире чайханщика? Глупости!

Точка присела на задок и по-кошачьи обвилась хвостом. Некогда тоненький, как елочная свечка, хвостик уже оформился в упругий, с бахромой хвостец...

– Бура бах, Ильяс-бала, – проговорил Сеид на своем языке, привлекая внимание чайханщика. – Помнишь, приходил старик менять американские деньги на наши талоны, как ты тогда выразился?

– Конечно, помню, мюаллим Сеид! – обрадовался Илюша. – Его собачка еще перевернула миску с хаши... Как не помнить!

Илюша вгляделся в Точку. Разве можно забыть? У какой еще собачки были такие плачущие глаза?

– А где старик? – огляделся Илюша. – Может, ходит по базару? А собачка вырвалась за хаши?

– Тогда почему на ней нет поводка? – вопросил проницательный Сеид и наклонился к собачке. – Где твой хозяин, дорогая?

Подобного обращения Точка не слышала даже от сентиментального Нюмы, не говоря уж о суровом Самвеле...

Точка прижала уши и признательно шлепнула хвостцом по асфальту чайной.

– Хаши хочет, – вздохнул Илюша. – Что у меня, хашная? Могу дать крылышко цыпленка.

– Цыпленка маленьким собакам нельзя, могут поперхнуться, – проговорил Сеид.

– Тогда пусть идет домой, – решил Илюша. – Иди домой, собачка!

Точка поднялась, сделала несколько шагов и вновь уселась, с укором глядя на чайханщика и менялу.

– Жалко, эстонцы уехали, у них для собачки что-нибудь бы нашлось, – посетовал Илюша.

– Эстонцам сейчас не до этого, – кивнул Сеид. – Утром радио слушал... Хотят к Европе уйти. Облаву на своих коммунистов устраивают... Горбачев уже руки опустил, не знает, что делать...

– Не хотел бы я быть на его месте, – проговорил Илюша. – Какой он президент! Вся страна, расползается, как тесто между пальцами. Был бы Сталин...

И они заговорили о политике, то и дело вспоминая какого-то Сталина. Точка в политику не вмешивалась. Помнится, большой черный пес пытался выяснить ее мнение о текущей политике в связи с заколоченным мясным ларем. Рассказал, как народ, под горячую руку, прогнал его с площади у Мариинского дворца. Тогда Точка поддержала мнение народа – не собачье дело, эта политика. Когда где-либо обсуждается политика, надо молчать и не тявкать...

И сейчас она выжидала, глядя плачущими глазами на чайханщика и менялу.

Неожиданно Илюша прервал разговор и посмотрел куда-то вдоль рядов рынка.

– «Шестерки» идут, выручку снимать, – предупредил он менялу. – Идите к себе, мюаллим Сеид, пусть видят, как вы горите на работе.

– Успею. Пока они обойдут всех клиентов, успею. – Меняла поднялся и направился к бывшему киоску «Союзпечать». – А кто там сегодня? Разглядел?

– По-моему, этот крохобор Толян с пацанами, – ответил Илюша.

Сеид убрал с окошка картонку «Абед» и скрылся за дверью киоска. А Илюша зашел в подсобку, но вскоре вернулся с миской, наполненной какой-то кашей.

– Жри! – проговорил он без злости и поставил миску перед Точкой. – Сама разберись, что здесь.

Точка опустила нос в миску. Дух от содержимого миски шел аппетитный, мясной, только вид был не вполне презентабельный. Чего только не намешано! И рис, и греча, и картошка. Особенно выделялся жареный лук... Только вот мяса нет. Видно, мясо выбрали, а дух еще держался...

Точка раздумчиво водила носом по поверхности варева, брезгливо щупая язычком...

– На нее смотри! – удивился Илюша. – Моя собака вместе с миской бы слопала, а эта...

– Что случилось, Илюша? Что ты нервничаешь?!

Точка услышала со стороны грубый мужской голос.

– А-а-а... Толян?! – заискивающе вопросил Илюша, словно появление мужчины было неожиданным. – Вот, понимаешь, не жрет, собака. Я жру, а она не жрет.

– Вы у нас многое чего жрете, что наши собаки не жрут! Да, пацаны? – обратился грубый голос к тем, кто, видимо, остановился поодаль.

И те одобрительно гмыкнули в ответ...

– Зачем так говоришь, друг? – не стерпел Илюша. – По-моему, мы вас не обижаем.

– Ладно, не сердись, – благодушно обронил грубый голос. – Сеид на месте?

– На месте, – буркнул Илюша.

Точка подняла голову от миски и испуганно замерла. Она увидела здоровенного мордатого типа в распахнутой кожаной куртке. Маленькие глаза под черными прямыми бровями, казалось, пытаются спрятаться за тяжелую плюху носа. Лишь пухлые, словно с другого лица, детские губы как-то смягчали бандитскую образину... Конечно, это был он! Тот самый тип, которого своим лбом припечатал Самвел у скупки на Большой Разночинной. Только тогда он был в дубленке... «Вот так встреча! – подумала Точка и оглядела стоящих поодаль двоих таких же мордоворотов. – Надо поскорее сматываться...»

– Слушай, Илюша, откуда у тебя эта собака? – спросил Толян, и у него что-то шевельнулось в башке.

– Приходил тут один старик к Сеиду. Деньги менял. Его собака, – неохотно ответил Илюша. – А сегодня сама прибежала. С поводка сорвалась.

– Где-то я ее видел. Такая морда, как будто плачет, под глазами слезы, – Толян шагнул к собачке и нагнулся, выпятив широкий зад. – А как ее зовут?

– Откуда я знаю? – Илюша с удивлением оглядел Толяна. – Кажется, старик ее назвал Дочка. А что?

Точка прижала голову к земле и попятилась, свалив на сторону хвост.

– Дочка, Дочка, – Толян опустил руку и помусолил пальцы, подманивая собачку. – Ее хозяин ничего не говорил про скупку на Большой Разночинной? Так, между делом.

– Нет. Я бы запомнил... Это скупка под вашими ребятами, я знаю, – ответил Илюша. – Нет, не говорил. Поменял деньги, ушел.

Толян ниже опустил руку и зонтиком расправил ладонь над головой собачки.

Точка оскалила зубы и рычала, продолжая пятиться к выходу.

– Смотри, Толян, цапнет, – предостерег один из дружбанов, рыжий парень. – На кой хрен тебе эта дворняга?

– Не твое дело! – бросил Толян. – Выход подстрахуйте!

«Во, попала! – испуганно думала Точка, щеря в страхе зубы. – Он же одной лапой меня порешит из-за Самвелки».

– Слушай, я такого пса тебе доставлю, любого разорвет, – не унимался рыжий дружбан. – Зачем тебе эта шавка?

– У меня счет к ее хозяевам. Пусть, паскуды, хоть так помучаются, – ответил Толян. – Будет жить у меня, красавица.

– Смотри, Толян, дети пойдут, – хохотнул рыжий.

Точка вскочила на лапы и с отчаянным лаем метнулась в сторону. Укрыться было негде, вокруг только худосочные ножки столиков и стульев. А в дверях заходились смехом дружбаны Толяна. Точка прижалась спиной к стене, вертела головой и уже не лаяла, а жалостливо скулила...

Толян продел руки под передние ее лапы и приподнял, обнажая розовый животик.

– Это ж надо, – удивился Толян. – Описалась сучка.

– От тебя, со страху, и насрать могла, – проговорил рыжий дружбан.

– Запросто! – поддержал второй дружбан.

– Ты, Вован, снеси Дочку в машину, а я тут возьму выручку и приду, – Толян протянул собачку рыжему напарнику и направился к киоску.

– Сердце-то, сердце как бьется. Чистый пулемет, – испуганно проговорил Вован, прижимая собачку к себе. – Еще помрет...

– Я-те помру, – Толян пригрозил кулаком Вовану и скрылся у менялы.

День, когда пропала Точка, Нюма обвел в календаре красным карандашом.

После бессонных ночей и дневных хождений по ближним и дальним дворам, после многочисленных опросов знакомых и незнакомых, Нюма и Самвел окончательно пали духом...

И сегодня, на кухне, стоя по разные стороны от невидимой полосы, разделяющей «Восток» и «Запад», они готовили еду и устало переговаривались.

– Я говорил тебе: надо ее приучать к самостоятельности, – вздохнул Самвел, надо было отпускать гулять без поводка. А ты? «Маленькая еще, пусть дома сидит!»

– Вали на меня, вали, – горестно ответил Нюма, – еще про замок вспомни.

– И вспомню, – подхватил Самвел. – Каждый раз, когда выхожу, час с замком договариваюсь...

– Не знаю, я уже привык, – отбивался Нюма. – Поставить новый замок, такая же проблема, как зашить штаны.

– Ара, хватит намекать на власть, надоело. Скажи этой жопастой Гале. Дворники все могут устроить...

– У меня с ней конфликты...

– Ты плохо знаешь женщин... Сколько у меня в Баку было баб! Я никогда не ошибался. Инту-и-ция! Попроси Галю! Завтра же замок поставят и штаны зашьют.

Пропажа собачки затмила все проблемы Нюмы... Надо было пойти в жилконтору, к Маргарите Витальевне, порасспрашивать: как официально закрепить за Фиркой вторую комнату. С чего начинать? Ох, взметнутся сплетни-пересуды...

Фирку и так в доме недолюбливали, а тут такая история. Скажут: дрянь-девка! Мать в могилу свела, теперь вот хочет продать комнату отца, под старость лет в коммуналку поселить. Нюму тоже такая перспектива не воодушевляла. Самвел и впрямь стал ему как родной.

Да, они нередко цапались по чепухе, а то и по серьезным вопросам, не разговаривали неделю, другую. И все равно, в душе Нюма знал, что ближе Самвела нет у него никого, так уж получилось. Хорошо, если город вселит к нему приличного человека, а могут и небольшую семью вселить. Тогда он возьмет Самвела к себе и заживут обычной коммуналкой. А если подселят какого-нибудь алкаша? Или, вообще, пьющую семью? Что тогда? Самвел, конечно, слиняет в свой Ереван или к племяннику, в Америку. А он куда? К Фирке, на Литейный, угол Жуковского? Да лучше к черту на рога...

Обида тупым колом из глубины живота сдавливала сердце и проникала в горло, сбивая дыхание и выжимая слезы, – такое было физическое ощущение обиды. Умом он понимал – дочери выпал шанс, и она его не хочет упустить. Ведь он, отец, не смог дать ей такой простой радости, как своя квартира. И вообще, он многого ей не мог дать, такая у них сложилась судьба. И вот, когда дочь сама пытается устроить свою жизнь, его гложет эта подлая обида. Умом Нюма понимал, но ничего не мог с собой поделать – обида терзала его, доводя до исступления. Голая обида, без всяких меркантильных соображений...

Томительное однообразие буден сгущало старость, придавая душевному одиночеству Нюмы физическое бессилье, и тут вспыхнуло каким-то блицем новое желание. Дважды он звонил по телефону «кандидату технических наук Евгении Фоминичне Роговицыной». И каждый раз женский голос с акцентом отвечал, что Жени дома нет. Неудача распаляла желание Нюмы, придавала ему мальчишеский азарт, подтверждая истину, что годы лишь понятие физическое... Почему по телефону отвечал незнакомый женский голос, да еще с акцентом, не смущало Нюму... Только печальная история пропажи собачки, подобно урагану, разметала все его желания. Подобной тоски, если честно, он не испытывал даже после смерти жены....

— В твоей душе Точка оставила только добро, – согласился Самвел, когда Нюма поделился своим чувством. – А жена... одна Фира, что стоит. Как две половины лимона, извини меня...

— Почему... лимона? – усмехнулся Нюма.

— Ну, не яблока же. Хотя и яблоки бывают кислые, ответил Самвел. – Ты другое мне скажи. Почему молочный порошок иногда закипает, как настоящее молоко, а иногда, как вода. Столько жду, а все кипит, как вода.

Нюма, не переставая чистить картошку, обернулся и посмотрел из-за спины на кастрюлю соседа.

— Что, не веришь? – Самвел отстранился, чтобы Нюма увидел кастрюлю.

— Может, мыши в порошок наделали? – высказал мнение Нюма.

— Ара, ты что?! Откуда у нас мыши?

— Не у нас. Ты где купил этот порошок?

— В магазине, рядом с почтой давали.

— Рядом с почтой, вообще, хороший магазин, – Нюма запнулся и проговорил раздумчиво: – Слушай... ты помнишь того мальчишку, который принес нам Точку? Шмендрика. Его, кажется, звали Дима...

— И что? – Самвел выключил газ и взглянул на соседа.

— Он сказал, что живет в доме, где почта. Я еще послал его за газетами. Помнишь? Так вот, я подумал... Дать ему денег, пусть метнется по своим каналам, может, разузнает что?

— По своим каналам, говоришь? – усмехнулся Самвел.

168

– Да, – серьезно кивнул Нюма.

– Его каналы, это когда он пописает, – буркнул Самвел.

– Какой ты злопамятный человек! Не можешь мальчику простить разбитый кувшин! – вскричал Нюма. – Я немедленно иду в дом, где почта. Найду этого шмендрика. Кто знает – может, нам повезет.

Нюма оставил недочищенную картошку и направился в прихожую. Самвел последовал за ним...

Двор дома, где размещалась почта, напоминал дно заброшенного колодца. Сырые по весне стены впивались в квадрат низкого набухшего неба. Закупоренные с зимы окна, никаких людей. Все подъезды под немыми дверьми, покрытыми ржавой облупившейся краской...

– Постоим, подождем, может, кто-нибудь покажется, – вздохнул Нюма.

Самвел топтался на месте и тихо что-то бормотал на своем языке.

– Что ты лопочешь? – Нюма уже терял терпение.

– Это двор? Двор – когда люди видят друг друга, смеются, разговаривают... Это даже не жильцы. Это пленные!

– Ладно, хватит! – разозлился Нюма. – Там, у тебя... Соседи смеялись, разговаривали друг с другом. А потом друг друга избивали и убивали...

Начинался очередной спор. Но на этот раз встречная фраза Самвела повисла в воздухе...

Дверь ближайшего подъезда, подобно старческим сухим губам, разлепилась и во двор вышла девочка.

– Послушай, здесь живет Дима? – разом воскликнули Нюма и Самвел.

– Вы из милиции? – девочка пытливо прищурила глаза.

– Почему из милиции? – спросил Самвел.

– Димку должна взять милиция, – ответила девочка. – Он наш сосед. Вчера напился и подрался. Мама вызвала милицию. А они все не идут. Со вчерашнего вечера.

– Напился? – удивился Нюма. – Он же еще совсем шкет.

– Совсем шмендрик, – поддержал Самвел. – Ты что-то путаешь.

– А какой вам нужен Дима? – почему-то озлилась девочка. – У нас три Димы. Один ходит в детский сад, второй в школу, а третий, что напился...

– В школу, в школу, – замахал руками Нюма.

– Тогда – на третий этаж. Тот Димка тоже хорош гусь! – девочка посторонилась, перепуская стариков в подъезд, и пробормотала вслед: – Ходют тут, а милиции не дождаться...

Кнопка лифта была продавлена. Нюма задрал голову. Шахта лифта ржавым позвоночником крепила площадки верхних этажей.

– Мертвое дело, – вздохнул Нюма, – придется идти пешком.

Самвел сурово молчал. Сказывалось настроение, вызванное незавершенным спором, прерванным появлением девчонки....

– Ладно, не злись, – Нюма перебирал ступеньки замызганной лестницы и старался наладить дыхание. – Я согласен. Здесь живут пленные.

– Ара, – бурчал через плечо Самвел, – ты всегда со мной споришь. Такой характер.

– Да. Вот такое я говно, – согласился Нюма, глядя в сутулую спину соседа. – И в бабах ничего не понимаю.

170

– Да, не понимаешь, – без намека на перемирие, подтвердил Самвел.

Тон переговоров явно вел к новому спору. Они уже ступили на площадку третьего этажа. Единственная деревянная дверь была покрыта веснушками звонков. Какая из них прятала шмендрика, непонятно...

– Жми на все! – сварливо посоветовал Самвел.

– Будет скандал, – боязливо ответил Нюма.

– Что, так и будем стоять? – Самвел решительно поднес ладонь к звонкам.

Но нажать не успел. Дверь открылась. На пороге стоял шмендрик Дима собственной персоной. В ногах у него восьмеркой выхаживал здоровенный кот...

– Вы к кому? – спросил Дима.

– К тебе, – подобострастно улыбнулся Нюма. – Не узнаешь?

– Ты нам собачку приносил, – поддержал Самвел. – Точку! Забыл?

Дима боязливо отступил на шаг, откинул ногой кота и закричал в глубину квартиры:

– Мама! Евреи пришли!

– Кто пришел? – послышался озабоченный голос из пещерной глубины коммуналки. – Иду, иду...

– Почему евреи? – всерьез возмутился Самвел.

– Ну не нанайцы же, – засмеялся Нюма.

– Я, мальчик, ар-мя-нин! – строго проговорил Самвел.

– А это кто такие? – поинтересовался Дима.

– Древнейший народ! – веско ответил Самвел и вздохнул. – Жаль, что ты этого не знаешь.

– У нас плохая школа, – посетовал Дима.

– Вы из школы?! – подошла мама шмендрика.

Невысокая, грудастая, довольно миловидная особа, в зеленом домашнем халате. Выкрашенные хной кудряшки кокетливо покачивались над широкими ее плечами. Придерживая пухлыми пальчиками ворот халата, она задержала удивленный взгляд на Нюме:

– Господи! Так это же Нюма! – воскликнула она простодушно. – Каким ветром Наум Маркович? Не узнаете? Я Вера! Вера Михайловна! Кассир. Вы у меня каждый месяц пенсию получаете...

– Да, да! Узнаю! – засуетился Нюма. – Так вы Димина мама? Теперь я понимаю, кто тогда послал к нам Диму со щенком...

– Я и послала, – радовалась женщина. – А что он натворил, мой оболтус?!

И женщина легонько смазала шмендрика по затылку.

– Ничего я не натворил, – захныкал Дима и поднял на грудь кота.

– Оставь животное! – интеллигентно посоветовала Вера Михайловна. – Я уже устала отмывать Димку от всяких блох. Как кого увидит, в дом тащит! В вашем доме есть горячая вода?

– Была. Три дня, – вежливо вступил Самвел. – Опять отключили.

Вера Михайловна окинула Самвела одобрительным взглядом...

– И у нас отключили, – поддержала Вера Михайловна. – Да что мы стоим, как бедные родственники. Проходите в комнату...

Она широким жестом указала вглубь квартиры, разгоняя крепкий дух лука, жаренного на постном масле.

Самвел подмигнул Нюме и двинулся за хозяйкой. Подмигивание поразило Нюму, и он, лунатиком, последовал за ними. Дима, с котом на руках, замыкал процессию...

Комната оказалась самой последней в ряду насупленных дверей коммунальной квартиры. Бесчисленные белоснежные льняные вышивки на серванте, тумбочках, телевизоре, кровати и тахте придавали помещению вид площади, засиженной чайками и голубями. Особенно поражал абажур над столом, он походил на чайную бабу в широченной снежной юбке...

— Сами вышивали? – галантно поинтересовался Самвел.

— А то... – ответила Вера Михайловна. – Вы тоже ходите в нашу сберкассу?

— Теперь обязательно приду, – ответил Самвел. – Меня зовут Самвел Рубенович.

— Какое... романтичное имя, – Вера Михайловна улыбнулась.

— Он армянин! – вставил Дима.

— А ты иди к себе, со своим котом! – строго воскликнула Вера Михайловна и кивнула на дверь смежной комнаты. – Слово не даст сказать.

— Он как раз нам и нужен, – заторопился Нюма.

— Ладно. Унеси кота и возвращайся. Послушаем, что ты еще натворил. – Вера Михайловна повернулась к неожиданным гостям: – Хотите чаю?

Самвел призывно взглянул на Нюму. Но тот с нетерпением и надеждой смотрел вслед мальчику Диме.

— Нет, спасибо, – вздохнул Самвел.

— Как раз закипел чайник. У меня есть яблочный джем, – Вера Михайловна направилась было в кухню, но остановилась в дверях. – Вы смотрели вчера по телику «600 секунд»?! Ужас! Просто жить не хочется. Гниющие свиньи, из которых делают колбасу. Бр-р-р... А люди, что живут в уличных туалетах, среди крыс! Вот времечко, а?! Да озолоти, чтобы я теперь вошла в убор-

173

ную на улице! И еще этот репортер хитрожопый...
Простите, уже зла не хватает. Я бы его, мерзавца, в
тюрьму упекла на всю жизнь...

Мальчик Дима вернулся в комнату и встал у стены,
настороженно поглядывая на неожиданных визитеров
и заранее готовясь каяться...

– Ну?! Что ты еще отчебучил? – Вера Михайловна
погрозила Диме пухлым пальцем. – Вообще-то Димка
мне внук, а не сын. Его мать, моя дочь, уехала с мужем в
Туву, он геолог. А Димка со мной уже шесть лет, матерью называет...

– Они засранцы! – вдруг воскликнул Димка. – Я их не
люблю!

– Нельзя так о родителях! Они тебя народили! – осадила Вера Михайловна. – Я и забыла про чай! Сейчас,
сейчас...

Хозяйка скрылась в коридоре. Нюма подошел к мальчику.

– Слушай, Димка... у нас беда. Точка пропала. Выбежала куда-то и пропала. Может, поможешь ее отыс-
кать...

– По своим каналам! – с непонятным возбуждением
вставил Самвел.

Нюма взглянул на соседа, пожал плечами и вновь
обратился к мальчишке:

– Помоги нам, Дима. Попытайся. Мы тебе и денег
дадим...

Мальчик Дима с интересом вскинул на Нюму быстрые, с хитринкой, глаза.

Минуты растягивались в часы. Часы, куда живее, чем
минуты, чередовались сменяя друг друга. Не говоря уж
о днях, неделях и месяцах. А то и годах! Эта загадка

всех пожилых людей занимала и Наума Марковича Бершадского, известного в миру как Нюма...

Казалось, он еще испытывает томительное ожидание, когда сдвинется минутная стрелка, а стенные часы уже показывают шесть вечера. А ведь только-только было четверть третьего. Значит, он не просто задремал, а спал, крепко, как ночью. В кресле, на которое присел после жилконторы... Понятно, тот визит доставил Нюме мало удовольствий. Вроде бы все было нормально. Председатель Маргарита Витальевна, озабоченная делами, поверхностно вникла в суть. Решила, что Нюма с дочерью «намылились» эмигрировать из страны. В последнее время к ней часто обращались по такому вопросу. «Народ кинулся в эмиграцию». Почему? Загляни в магазины, почитай газеты, послушай радио, выйди на улицу, когда стемнеет. Не то что в эмиграцию – на кладбище запишешься. А тут еще упростили выезд, подавай документы – и уезжай...

Маргарита Витальевна протянула Нюме «Форму № 9», главный документ, требующий заполнения. И еще какие-то строгие бумаги. Все это необходимо заполнить – на себя и на Фиру – и вернуть в ЖЭК... Нюме надо было все спрятать и уйти, так нет, он принялся рассматривать, задавать вопросы. И тут в контору ввалилась дворник Галина. «Что, Нюма? Сваливаешь к своим, в Израиль? – спросила Галина дрогнувшим голосом. – Хочешь Родину предать?» Подобного обвинения Нюма не стерпел. И рассказал все как есть... Что тут началось! Галина вообще не отличалась деликатностью, а тут, словно ее наскипидарили. «Фирка не дочь, а сучка, которой начхать на родного отца», – было самое изысканное ее выражение... Даже Маргарита Витальевна возмутилась. «Галия! – приструнила она дворника

175

татарским именем. – Ты что поперла на Нюму?! Какое твое дело до их семейных отношений, Галия?!» Дворник швырнула на стол грязные перчатки и выскочила из конторы, прижав в дверях невесть откуда взявшегося участкового. Напоследок она так выругалась, что участковый Митрофанов раскрыл в изумлении рот. А Митрофанов редко когда удивлялся крепкому словцу...

После визита в жилконтору Нюма и подустал, и расстроился. Он шел по Малому проспекту и думал, что не мешало бы призвать свой опыт экспедитора Торгового порта и поставить на место бранчливую дворничиху. Она думает, что до сих пор на Руси татарское иго?! Что Москва платит дань Мамаю... Пользуется, понимаешь, что Маргарита за нее держится, и разевает безнаказанно свой рот. И Самвел еще берется утверждать... Странная манера выражать свою женскую благосклонность. Может быть, у дворников так принято? А свары, что они порой затевают между собой раним утром, не что иное, как любовное токование?! И потом, какой он им всем Нюма?! Он Наум Маркович! И все! И кончено! Три года, как нет Розы, а все Нюма да Нюма... Каждого не одернуть, но уж дворника... Или ту маму-бабушку шмендрика, кассира сберкассы! Это ж надо! Она для него Вера Михайловна, а он для нее – Нюма?!

Взволнованные думы, подобно реактивной тяге, убыстряли движение Нюмы, и когда он ввалился в квартиру на Бармалеевой, то чувствовал себя опустошенным и крайне усталым. Дверь комнаты соседа была плотно прикрыта, как всегда, когда Самвела не было дома...

Нюма добрался до своей комнаты и опустился в кресло как был, в куртке из искусственной кожи. Посмотрел на стенные часы. Было четверть третьего... ...А теперь вот шесть вечера. Надо бы подняться с кресла, снять куртку, пройти на кухню, поставить чайник. Но не хотелось шевелиться. Так бы и сидел в прострации, слушая, как секундная стрелка часов нарезает тишину на равные дольки. И дольки тишины падают в комнату, как в большой таз...

После пропажи Точки тишина в квартире стала особенно изнурительна. Порой, когда Нюма оставался один, без Самвела, он распахивал дверь в коридор и громко звал: «Точка, Точка! Иди сюда собачка...» И замирал в ожидании цокота коготков по линолеуму. Наваждение и только... Как ни странно, после этого становилось легче на душе, какой-то гипноз. Нюма даже признался в этом соседу. В ответ Самвел сказал, что испытывает то же самое. Он поднял вверх палец и важно произнес: «Ара, па-ра-психологический эффект!»

Нюма разогнул в колене правую ногу, дотянулся до двери и толкнул носком ботинка. Едва он собрался выкрикнуть утешительный зов, услышать цоканье коготков по линолеуму, как слух уловил какой-то шорох и приглушенные голоса. Что такое?! Нюма напряженно вслушался. С испугом и любопытством. Слова не различались, а звук он распознал. Один голос, чуть хрипловатый, принадлежал Самвелу, второй, незнакомый, был, несомненно, женский...

Нюма оцепенел и вдавил себя в глубину кресла.

Послышалось скворчание упрямого входного замка...

Нюма поднялся, осторожно шагнул к двери и, пружиня пальцами, плотно прикрыл дверь комнаты. Затем приблизился к окну, чуть отодвинул штору и прильнул щекой к боковине. В щели шторы обозревалась часть улицы, примыкающая к арке дома. Ждать пришлось недолго. Из-под арки вышла женщина. Миновав окно Нюмы, она поравнялась с окном смежной комнаты. И, видимо, привлеченная призывным стуком о стекло, обернулась, разметав крашенные хной волосы. Помахала рукой и улыбнулась. Никакой не могло быть ошибки... Вера Михайловна, мама-бабушка шмендрика...

Нюма отошел от окна и обескураженно повалился в кресло. Словно сраженный вопросами, что материализуясь, обрушили на него свою тяжесть. Прыть, с какой Самвел затащил в свою берлогу даму, – а ведь, считай, они три дня, как познакомились. Это первый вопрос! Второй вопрос: а как же спина? Ведь Самвел, бывало, не мог согнуться из-за боли в спине. И, наконец, третий вопрос – и главный: неужели Самвел достойно проявил себя как мужчина, ведь ему семьдесят семь лет? Но судя по улыбке кассира ближайшей сберкассы, Самвел не уронил честь родного народа. Известного своим кавказским темпераментом... Но и он, Нюма, когда-то не давал скучать женщинам. Правда, у него их было не так много, и все же. Он закрыл эту тему лет десять назад. Роза, при всей своей энергии, не отличалась особым любопытством. А в практике на стороне, с годами, забот становилось куда больше, чем удовольствий. Не говоря уж об аденоме, из-за которой Нюма покидал постель не один раз за ночь. Но и Самвел страдал аденомой! Сколько раз их интересы пересекались у дверей туалета... А может быть, совсем иное! Совсем-совсем иное! Захотелось пожилому мужчине побыть в обществе женщины. Наедине! Почувствовать запах женщины, поговорить. Или даже помолчать. Сколько можно видеть рядом с собой опостылевшую физиономию такого же старика-соседа?! Наверняка так и было, уверял себя Нюма. Иначе и быть не могло. Если было бы иначе, он бы все слышал, как слышал Самвел его разговор с Фирой. Потому как интимная встреча, это тот же скандал, только с противоположным знаком. Впрочем, он так крепко уснул в кресле, что мог и не слышать всего...

Так, перекидывая мысли, подобно волейбольному мячу, Нюма исподволь примерял случившееся к своей судьбе. Конечно, он уже не тот Нюма, понятное дело, тем не менее хотелось хотя бы высунуться из каменеющей скорлупы старости...

Подогреваемый этим желанием, Нюма поднялся с кресла и направился в кухню, стаскивая на ходу куртку. Самвел стоял у раковины и мыл посуду. Розовая рубашка льнула к спине, рисуя угловатые мальчишеские лопатки. Закатанные рукава выпростали тощие руки, покрытые густым пушком.

– Ара, ты дома? – Самвел от неожиданности упустил миску и та со стуком упала в раковину.

– Ара, да! – съязвил Нюма. – Шел-шел и оказался дома.

– Почему я не слышал?

– Откуда я знаю? – Нюма направился в прихожую, повесил куртку и вернулся на кухню. – Может, ты спал?

Самвел с подозрением покосился на соседа.

– Я тоже думал, что тебя нет дома, – Нюма распахнул дверцу шкафчика и принялся обозревать полки.

– Звонил тот парень, из Эстонии, – Самвел взял полотенце и вытер руки. – Сказал, что Сережке наши вещи понравились. Просит прислать еще что-нибудь.

– Ты по этому поводу принарядился? – Нюма снял с полки пакет с суповым набором.

– Ара, старая рубашка, – ответил Самвел. – Лежит, лежит... Думаю, дай надену, пусть Нюма посмотрит.

– Ну, я посмотрел. Иди снимай.

Самвел усмехнулся. Подозрение, что Нюма хитрит, что он кое-что знает, все росло и росло... Следовало бы ему рассказать, скрытность наверняка набросит тень на их отношения. А с другой стороны, почему он должен посвящать постороннего в личную жизнь. Он не мальчик, чтобы кичиться сердечными успехами. Да и в прошлом не замечал за собой бравады в таких вопросах. Помнится, когда он сблизился с Сусанной, как исходили любопытством его приятели. Особенно из комбината «Дом быта», с одним из них он даже подрался... О чем он расскажет Нюме?! О том, что всегда испытывал слабость к русским женщинам? И когда в прихожей коммуналки увидел, как Вера придерживает ворот халатика, пряча свою грудь, он испытал такое головокружение, что думал, упадет? Вообще, женская грудь всегда была его страстью. Он даже этой стерве Фирке может многое простить из-за ее груди, правда, задница у Фирки плосковата. А у Веры все было точно нарисовано... Рассказать, как наведался в сберкассу и ждал Веру у служебных дверей с цветами? Как напросился к ней в гости, пил чай, под приглядом этого шмендрика Димы? Как уговорил ее прийти к нему домой? И что было потом? Как он восхищался ею и как собрал всю свою волю и силы? А потом боялся умереть, такое было сердцебиение. И совсем забыл о спине...

Так и не решив: поверять Нюме свою тайну или нет, Самвел вздохнул и спросил участливо:

– Ты был в жилконторе?

– Был. Опять эта Галя показала свою симпатию ко мне. – И Нюма рассказал о том, что произошло в жилконторе...

– Вот видишь! – вскричал Самвел. – Я прав – ей небезразлична твоя судьба!

И Самвел принялся убеждать соседа в загадках женской души. В том, что женщина в своем отношении к мужчине, который ей небезразличен, способна на самые алогичные поступки, только не на равнодушие. Точно своей горячностью Самвел пытался внушить соседу, что и он не так уж одинок. И тем более должен понять его, заброшенного судьбой на чужбину. И если сосед знает о его тайном увлечении женщиной из сберкассы, то пусть будет великодушен...

– Ладно! Хватит о дворниках! – грубо прервал Нюма, давая понять, что он ни на грош не верит болтовне соседа. – Что сказал эстонец?

– Назначил встречу у метро «Петроградская», – запнулся Самвел. – На восемь часов.

– Так уже без двадцати!

– Как?! – всполошился Самвел. – Вот зараза. Я просил его прийти к нам домой! Нет, говорит, некогда. Еще сказал, что ваша паршивая собака, написала на его куртку...

Нюма и не знал об этом. Он тогда не провожал эстонца, обиделся на их «сепаратные» переговоры с Самвелом в его комнате. Значит, Точка так отомстила за его обиду. И вновь тоска по собачке сжала сердце.

Самвел, бормоча проклятия по-армянски, ушел к себе, переоделся и выскочил из квартиры с необычной резвостью.

Вот что делает любовный порыв, невзирая на возраст и инвалидность, усмехнулся Нюма, отметив, что Самвел не пригласил его на встречу с эстонцем. Правда, Нюма бы отказался. Ему расхотелось бегать по скупкам и антикварным магазинам. Но почему не пригласил? Ведь пока они компаньоны. Хитрит что-то Самвел, хитрит...

Вода в кастрюле закипала лениво. Ожидание раздражало. Да и какой суп в восемь вечера?! Нюма заменил кастрюлю на чайник и вернулся в свою комнату. Старый костюм с хлястиком на пиджаке вот уже несколько дней отвисал в шкафу, ждал своего часа. Нюма вытащил костюм на свет и осмотрел. И чего его так раскритиковал Самвел? Тоже франт выискался, а у самого приличной пары брюк нет. А те, что есть, времен раннего Брежнева, или, скорее, позднего Хрущева – с широченной штаниной. Да и Фирка хороша! Вместо того, чтобы купить отцу пару приличных брюк, тоже навела критику. А костюм не так уж и плох. Если аккуратно срезать этот школьный хлястик, вообще отличный костюм. Особенно, когда отвиселся...

Нюма вернул костюм в шкаф и посмотрел на телефон. Но трубку не взял. Он чувствовал особое томящее наслаждение, оттягивая момент, когда поднимет трубку и наберет номер телефона кандидата технических наук Евгении Фоминичны Роговицыной. И в то же время он испытывал физический испуг от того, что ему вновь ответит чужой женский голос с акцентом. И сообщит, что Жени нет дома. Это будет уже третий его звонок...

Нюма поглядывал на телефон, точно кот на загнанного в угол мышонка в предкушении удовольствия. Да и телефон, казалось, отвечал Нюме своими десятью круглыми глазенапами, подзадоривая и усмехаясь. Мол, бери пример с соседа, он тоже не мальчик, а ты даже позвонить не решаешься. И кому? Стародавней знакомой, общение с которой лет сорок назад разрушила ревнивая Роза...

Поэтому дверной звонок на мгновение озадачил Нюму, ему показалось, что это дал о себе знать телефон. Бухтя под нос что-то невнятное, Нюма поспешил в прихожую. Мутное очко дверного глазка рисовало физиономию под лыжной вязаной шапочкой...

– Это я, Дима. – раздался голос шмендрика. – Откройте. Я нашел вашу собаку.

Волнение лихорадило Нюму. Никогда еще он так не проклинал себя за неисправный замок...

Наконец дверь распахнулась. Круглое лицо мальчика Димы лукаво улыбалось. А кулачок сжимал кончик бельевой веревки, которая тянулась к нише со ржавой трубой. В скудном освещении подъезда Нюма видел, как в глубину ниши забилась белая собачонка.

– Точка, Точка, – спазмы сдавили горло Нюмы. – Иди сюда, моя хорошая. Я тебя так искал...

– Боится, – проговорил мальчик Дима. – Бегала по улице. Голодная и холодная. Боится.

– Как боится? – растерялся Нюма. – Точка меня боится? Чушь собачья! Точка, девочка моя! Кто же тебя так напугал? Иди сюда.

– Иди сюда! – прикрикнул мальчик Дима и потянул веревку.

Сопротивляясь всеми лапами, собачка захрипела.

– Постой, задушишь! – вскрикнул Нюма. – Дай мне веревку.

– А где награда? – без обиняков спросил мальчик Дима, пряча за спину веревку.

– Будет тебе награда, шмендрик, – торопливо проговорил Нюма. – Сто рублей!

– Мало! – отрубил Дима. – Столько дней ее выслеживал.

– Где?!

– Везде. По всем улицам.

– Ладно! Прибавлю тридцатку. Сто тридцать, – вздохнул Нюма. – Больше у меня нет, клянусь.

– Так и знал, что обманете, – обиделся Дима. – Хорошо. Гоните деньги. Я подожду.

Нюма предупредил Диму, чтобы тот не тянул верёвку, и поспешил за деньгами. Хотя и жалко было, почти треть его пенсии... Вернувшись, он застал Диму в той же позе, с верёвкой в руке...

– А другой дядька, который армян, не подкинет награду? – с надеждой сорвать побольше, поинтересовался Дима. – Ведь это и его собачка.

– Не знаю, – Нюма заглянул в нишу. – Он ушёл по делам.

– Знаю, по каким делам, – вздохнул мальчик Дима. – К мамке моей вяжется.

Нюма выпрямился и уставился на шмендрика.

– А что?! – продолжал мальчик Дима. – Сам видел.

– Вот тебе раз! – прикинулся Нюма. – Она ему в дочки годится... Сколько ей лет, твоей маме-бабушке?

– Скоро пятьдесят восемь стукнет, – простодушно ответил Дима. – Ладно, сам ему скажу, пусть подкидывает. Приду домой и скажу. Он, наверно, у нас сидит, чай пьёт.

– Вот как?! – расстроился Нюма. – Ну, где там Точка?

– А деньги? – канючил Дима.

– В кармане. Приму собачку и получишь! – зло отрезал Нюма. – Не обману.

Он присел перед нишей, заглянул в полутьму и просунул руки. Собачка зарычала и тявкнула.

– Что это с ней? – Нюма одёрнул руки и посмотрел на Диму.

Тот стоял расстроенный.

– Да что с ней чикаться?! – воскликнул Дима и решительно потянул верёвку.

Тявкая и рыча, собачка оставляла укрытие. Едва показались передние лапы, как Нюма, не заглядывая в мордочку, подхватил лапы и поднял над собой. Перед

184

глазами Нюмы оказалось розовое брюшко собачки, оттянутое задними лапами.

– Это что ж такое?! – вскричал Нюма. – А, шмендрик?!

– Что? – невинно вопросил Дима.

– Что это за... восклицательный знак?! Я тебя спрашиваю!

– Где? – нахраписто спросил Дима.

Нюма повел подбородок в сторону покорно повисшего между задними лапами маленького хоботка.

– Что это такое? – Нюма наливался злостью разочарования.

– Хвостик! – держался из последних сил пристыженный мальчик Дима. – Какая разница! Тоже хорошая собака!

Нюма опустил песика на пол.

– Аферист! – выкрикнул Нюма и перешагнул порог прихожей.

Прежде чем захлопнуть дверь, он залез в карман, нашарил деньги, отсчитал тридцать рублей и протянул мальчишке.

– И этого тебе много, головорез! Представляю, что из тебя получится.

Мальчик Дима сунул деньги в курточку.

– Почему сразу: головорез?

Нюма захлопнул дверь.

День для Евгении Фоминичны Роговоцыной сложился на удивление удачно. Даже не верилось. Две недели она наведывалась на завод, пыталась получить договорные деньги за двухмесячную работу. И все безрезультатно. Она уже отчаялась. Решила, что ее, как говорится, кинули. А сумма немалая, две тысячи шестьсот рублей – при ее месячной пенсии в пятьсот сорок – вообще сумасшедшие деньги... И вдруг утром позвонили и предложили прийти на завод, в бухгалтерию. Так что можно не отчаиваться, не бегать по антикварным магазинам. Повременить...

Евгения Фоминична посмотрела на горку, где за стеклом прятались остатки фамильной роскоши семьи Роговицыных. Среди мраморных, бронзовых и серебряных вещиц затесался и тот самый «Погонщик мула», которого отверг привереда-антикварщик. Что касалось мула, то отломился всего лишь кусочек морды, да и то незаметно – место закрасили, как и палец погонщика-араба. Когда-то фигурка принадлежала графу Шувалову, подарок какого-то дипломата. А прапрадед Роговицыной приятельствовал с графом и выиграл «Погонщика» в карты. Вообще-то в семье было много приметных старинных вещей, да со временем порастерялись. Еще бы – двадцатые годы с их голодухой, тридцатые с их страхом реквизиции, сороковые с блокадой, пятидесятые с чем-то еще и так далее. Ведь всегда денег не хватало, приходилось что-то продавать. И эти девяностые свалились нежданно-негаданно...

Сколько раз Евгения Фоминична корила своих пращуров, что те не уехали из России, ведь была возможность, в далекие уже двадцатые годы. А все дед, ученый-физиолог, ученик академика Павлова. Уехал же в Париж его брат, химик... И не столько корила Евгения Фоминична, как ее дочь Анна и особенно внук Володька. Тот вообще оборзел со своими друзьями патлатыми, поэтами-собутыльниками из кабака «Сайгон», что на углу Владимирского проспекта и Невского. Бывало, ввалится подшофе к бабке и попрекает: «Эх, Женька, Женька, ты же умная старуха. Ведь была возможность вывезти всю кодлу во Францию, к двоюродному деду, когда де Голль якшался с Хрущевым. Сколько приличных людей ломануло к лягушатникам, объединялись с родственниками, а ты? Родился бы я в Париже и был бы мусьём, а не сраным товарищем...» Родился бы он в Париже, еще вопрос. А в России он родился – и это факт. А кто отец, неизвестно. Дочь Анна забеременела на четвертом курсе. Тоже, как впоследствии и ее сынок, шастала по разным «сайгонам» и кухонным тусовкам, пока мать вкалывала, как Папа Карло. Особенно после смерти мужа. Надо было тянуть все семейство. И с чем осталась? С жалкой пенсией и крохами былого добра. Остальное из вещей она отдала дочери, когда та переехала с сыном в отдельную кооперативную квартиру, выстроенную Евгенией Фоминичной...

Так что первая сегодняшняя удача – денежная. Вторая удача – даже не понятно: удача ли это? Скорее, приятная неожиданность, дуновение ветерка из давно минувшей молодости – предстоящий визит Наума... Признаться, неожиданная встреча в антикварном магазине взволновала Евгению Фоминичну. И дернуло же ее натянуть тогда на голову жуткую заячью шапку. Еще засаленная дубленка, в которой она выглядела, как бомжиха... А ведь Лаура, квартирантка, просила ее надеть пальто, замечательное пальто-реглан с меховым воротником, что она купила в Ереване. Нет, надела дубленку. Думала, ее несчастный вид растрогает антикварщика и тот даст нестыдную цену за «Погонщика мула». Старая дура! Странно, как антикварщик вообще не выгнал ее, как ту смешную собачонку Точку... Ну да ладно! У нее есть, что натянуть на себя к приходу гостя. Хотя бы бирюзовый костюм, в котором она делала доклад на конференции в Турку, лет пять назад. Тогда ее внешний вид произвел большее впечатление, чем сообщение о «методике разводки печатных плат»...

Евгения Фоминична поднялась с кушетки, подобрала сигареты и вышла на лестничную площадку покурить.

Лимонный солнечный блик уютно разлегся на сколотых гранитных ступеньках. Когда-то окна подъезда украшал витраж и солнце отражалось на ступеньках цветным коллажем. Даже в блокаду витраж устоял, а в «перестройку» не удержался и позволил солнышку напрямую заглянуть в сизую хмурь подъезда.

Прикрыв глаза, Евгения Фоминична с наслаждением втягивала сигаретный дымок, подставив лицо случайному ноябрьскому теплу. Под ласковым компрессом мысли как-то плавились, становились обтекаемыми, «толерантными»... Она уже без особого раздражения думала о том, что выкинула Анна, – пристроилась петь в крематории, когда отпевали покойников. Ее заметили там знакомые. Ничего зазорного. Но стоило ли заканчивать физтех? На гневный упрек матери Анна ответила: «Захочешь жрать, запоешь не только в крематории. Ты ведь знаешь, что творится в моей лаборатории! Со мной, между прочим, стоит в клире инженер-конструктор с двадцатилетним стажем. Так что, Женя, помалкивай». И Евгения Фоминична помалкивала... Она и по своему «Союзспецавтоприбору» отлично знала, какие наступили сумасшедшие времена. Из девятнадцати сотрудников в лаборатории осталось семеро, да таких, которых вообще к технике нельзя подпускать. А все головастые разбежались кто куда. Одни на дому сколачивали «мини конструкторское бюро», уповая на частные заказы. Другие плюнули на все и подались в торговлю. Кто продавал доски для строительства, кто, прямо на улице, развешивал из мешка дефицитный сахарный песок, Евгения Фоминична сама видела. И это высококлассные электронщики! Да и на заводе, где она консультировала разработку нового прибора, черт-те что творилось. Цеха обезлюдели, производство простаивало. Появились слухи, что в ближайшее время начнется приватизация. Всем раздадут какие-то чеки-ваучеры, по ним любой человек заимеет право на частичку государственной собственности. Если вложит эти ваучеры в акции какой-нибудь компании. А мудрец, который это надумал, – некий Чубайс, – наобещал каждому владельцу ваучера по автомобилю «Волга» в ближайшее время. И даже два автомобиля. Каждому! «Нет, без лукавого здесь не обошлось, – Евгения Фоминична пригасила сигарету о жестянку на подоконнике. – И фамилии какие-то диковинные: Чубайс, Собчак. Да и сам президент этот, Ельцин. Вроде из таежных елей и вышел».

В шахте лифта раздалось резкое бряканье металла – кто-то влез в кабину. И через мгновение ржавый трос, натуженно кряхтя, принялся тащить свой груз на этаж...

Возможно, Лаура возвращалась со своих занятий. За время, что Евгения Фоминична поселила у себя знакомых из Еревана – инженера Сеида Касумова и его жену-пианистку Лауру, – она привязалась к своим постояльцам. То было не новое знакомство. С ведущим инженером химкомбината имени Кирова Сеидом Курбановичем Касумовым она познакомилась лет десять назад во время командировки в Ереван. Толковый специалист-механик, он закончил Индустриальный институт в Баку и был направлен в Ереван на работу, где вскоре возглавил отдел по разработке новых технологий. Женился на армянке Лауре Сосунян и бездетно жил в центре города неподалеку от церкви Святого Саркиса. В их просторной трехкомнатной квартире неоднократно останавливалась Евгения Фоминична, когда приезжала на комбинат. «Какой может быть шашлык в гостиницах?! – говорил Сеид Касумов, перевозя чемодан Евгении Фоминичны из гостиницы в свой замечательный дом, отделанный красным армянским туфом. – Разве в гостинице вам дадут настоящий эчмиадзинский бозбаш?! Да никогда в жизни. В лучшем случае дадут суп с горохом на ошпаренной баранине. А моя Лаура приготовит настоящий бозбаш с поджаренной бараниной и сумахом. Пальчики оближете, клянусь Аллахом!» К тому же Лаура оказалась замечательной пианисткой. Вечерами – мягкими южными вечерами, – когда на просторном балконе квартиры собирались друзья Сеида «на ленинградскую гостью», Лаура музицировала. С высоты балкона далекий контур снежной шапки библейского Арарата и сполохи карбитных печей комбината пробуждали в душе Евгении Фоминичны острое ощущение какой-то чистоты бытия. Какой-то нужности существования ее и всех этих славных людей, что так неназойливо и тепло выказывали ей свое уважение...

И как это не вязалось с зимним вечером восемьдесят восьмого года, когда в квартире Евгении Фоминичны раздался телефонный звонок. Взволнованный, временами всхлипывающий голос Лауры поведал о том, что в сознании Евгении Фоминичны не укладывалось, что Сеид, как азербайджанец, вынужден покинуть Армению. Что его выбросили с комбината, как собаку. С комбината, которому Сеид отдал пятнадцать лет жизни. И пять лет не слезал с «Доски почета». Что соседи грозят его убить! За что?! За то, что он азербайджанец!

Требуют, чтобы Сеид отдал им их Карабах! Она же, армянка, хоть и может оставаться, но как ей бросить любимого мужа. А в Баку с Сеидом ей, армянке, ехать нельзя – в лучшем случае, не впустят... Что Сеид, опытный инженер. Возможно, он найдет работу в Ленинграде? У него много печатных статей, его имя знают. Да и она не белоручка, может преподавать хотя бы сольфеджио где-нибудь в училище. Они бы приехали, сняли где-нибудь комнату... На протяжении всего разговора Лаура, беспрестанно повторяла, что муж не знает о ее звонке. что у него депрессия, что он опустил руки, что просил не звонить в Ленинград, но Лаура не послушалась и позвонила...

Евгения Фоминична, не раздумывая, пригласила их к себе. Работу Сеиду она нашла, хотя ненадолго. И вот уже год, как Сеид где-то днями пропадает, ищет работу. Говорит, что подрабатывает. Во всяком случае, деньги приносит, и даже платит Евгении Фоминичне за постой. Да и Лаура пристроилась. У кого-то на квартире она, частным образом, преподавала музыку детям.

Нудный поскрип троса оборвался, и кабина лифта с лязгом остановилась у площадки этажа. Точно лошадь на полном скаку. Казалось, Евгения Фоминична даже услышала ржанье... Двери кабины распахнулись, и на площадку вышла Лаура с букетом гвоздик. Увидела хозяйку и улыбнулась, растягивая напомаженные губы под едва заметным пушком, точно робким посевом мальчишеских усиков. Лаура не только не стеснялась этих «усиков», а, наоборот, посмеивалась над ними. Говорила, что в школе ее называли Буденным. Что же касалось мужа, то Сеид, поглаживая гладко выбритое лицо, приговаривал: «В настоящей кавказской семье должен хоть кто-нибудь быть с усами!» Правда, в последнее время Сеид не очень следил за собой и в семье наметилось пополнение усатых...

– Тетя Женя, дорогая, простудитесь, – Лаура обхватила тощие плечи хозяйки и направилась к порогу квартиры. – А цветы, это вам... От меня и моих учеников.

В прихожей она сбросила плащ и принялась подбирать под цветы удобную посудину.

– Давно у нас не было в квартире свежих цветов, – Евгения Фоминична растерянно осматривала полки, желая помочь квартирантке.

– Теперь появятся. У одного моего ученика отец торгует цветами, – Лаура подобрала вазу, налила в нее воду и поставила цветы. – Кстати, как там ваш знакомый? Придет? Я угощу вас долмой. Утром приготовила. Сеид вчера принес неплохое мясо.

– Спасибо. Договорились на пять, – Евгения Фоминична посмотрела на часы.

Уже пятый час. Надо бы привести себя в надлежащий вид – переодеться, подкраситься, хоть это и забавно в такие годы. Ее всегда потешали подобные ветхие кокетки. А вот, поди же... Недавно Сеид подарил французский косметический набор. Евгения Фоминична собиралась передарить его дочери, да все не было оказии. Ладно, Анька обойдется, наверное, сшибает на этих отпеваниях нестыдные деньги – народ мрет с таким энтузиазмом, словно ждал, когда власть возьмут демократы, чтобы потерять последнюю надежду на приличное существование...

Евгения Фоминична придвинула к зеркалу банкетку, села и достала бархатную коробочку с косметикой. Интересно, откуда у Сеида деньги на такой недешевый подарок? Говорит, что подрабатывает на рынке, приглядывает за электрохозяйством и холодильной уста-

192

новкой. Но что-то не особенно верилось. Вряд ли на зарплату электрика можно особенно разгуляться...

Забранный в старинную красного дерева раму серебристый овал зеркала проявил лицо пожилой женщины. Гладкая, не по годам, смугловатая кожа набухала мешочками под серыми глазами. На ровный, чуть выпуклый лоб падала прядь льняных волос с нитями седины. Когда-то вздернутый носик – предмет гордости Евгении Фоминичны – слегка загнулся вниз. И все равно выглядел мило над пухлыми, не по возрасту, губами, с чуть приспущенными уголками большого, волевого рта. Аккуратные уши проглядывали из-под прически, помеченные изящными коралловыми сережками. Подарок мужа в день их серебряной свадьбы. Вскоре после которой муж внезапно скончался.

В былые времена Евгения Фоминична ловко справлялась с косметикой. С годами навык пропал. И торчание перед зеркалом с вытаращенными глазами ее раздражало. Да еще и веки щипало от черной туши на ресницах. «Ну, форменная дура! – попрекнула она себя. – Придет Наум и увидит форменную дуру! Да пошел он к черту, этот Наум! Буду я еще себя малевать. Он и сам похож на старый матрац!»

Она вытащила из шкафа любимый бирюзовый костюм с белыми воланами на воротнике. Поднесла к окну и придирчиво рассмотрела. В этом костюме особенно рельефно рисовалась грудь. «Бывшая грудь!» – хмыкнула Евгения Фоминична раздраженно... Какого рожна Наум с такой истовостью названивал, напрашивался в гости? Да и какие могут быть гости в наше время?! Нахальный бездельник-старик. Она дала ему визитку из вежливости. Ну, может... не только из вежливости – хо-

193

телось и похвастать. Его Роза за всю свою жизнь – прости Господи! – добилась лишь сального кухонного фартука. Это вовсе не повод напрашиваться в гости! Да еще ввалится со своей собакой! Наверняка прихватит собачонку... Может, не поздно позвонить ему, сказать, что разболелась голова?! Она почувствовала неприязнь к Науму Бершадскому. Просто какую-то злость...

– Женечка! Какая вы у нас красивая! – Лаура заглянула в комнату.

– А все твой муж со своей косметичкой, – буркнула Евгения Фоминична.

– Неправда. Вы ею и не пользовались, я вижу.

– А ресницы?

– Ну только чуть-чуть. В этом костюме у вас... такая фигура!

– Была когда-то, – с тайным удовольствием обронила Евгения Фоминична. – Ну... Что он там не идет, мой гость?!

– Еще нет пяти, – ответила Лаура. – Да и кто приходит ровно?!

– Только короли! – засмеялась Евгения Фоминична.

Нюма не был королем. Он уже минут десять топтался у подъезда дома Жени Роговицыной, поглядывал на часы и мучительно соображал – явиться ли точно в условленное время или чуть опоздать? Вообще этот визит вызывал тягостные вопросы. Первый вопрос: идти вообще в гости или нет? Даже после того, как они договорились по телефону! Второй вопрос: что надеть? Не являться же шаромыжником? Да и голову помыть не мешало, а тем более постоять под душем. Что, в отсутствие горячей воды, являлось проблемой. Третий вопрос: как прийти с пустыми руками? У Самвела в шкафу стояла бутылка вина. Просить ее, значило вызвать подозрение. А учитывая появление в жизни Самвела «мамы-бабушки» шмендрика, просьба о вине заранее обречена на отказ. Конечно, можно бы и купить, но сама мысль о «вино-водочной» очереди вгоняла в страх. Люди занимали очередь с ночи – ради бутылки водки или двух бутылок «сухаго» в одни руки. Дрались, лезли по головам к заветному окну в магазине. Сколько раз Нюма наблюдал эту картину... А если прихватить пару банок «сгущенки»?! Эту идею Нюма вынашивал почти двое суток, деля мучительные раздумья между сгущенным молоком и пачкой сахарного песка...

И вот, решив все эти вопросы, он маялся перед подъездом дома на улице Скороходова. В его руке томились три гвоздики, завернутые в газету «Смена». А взор следил за минутной стрелкой, повергая Нюму в томительное состояние ожидания. В четверть шестого он стеснительно вошел в подъезд... Даже нажимая кнопку звонка, Нюма задавался вопросом – для чего он затеял этот визит? И не шмыгнуть ли обратно в кабину лифта?!

Дверь квартиры приоткрылась, и в проеме показалась моложавая особа в ярком домашнем халате.

– Проходите, проходите! – голос ее прозвучал с уже знакомым кавказским акцентом.

– Я к Жене, – проговорил Нюма и добавил: – К Евгении Фоминичне...

– Знаем, знаем, – кивнула особа.

– Наум?! – прервал ее хрипловатый голос завзятой курильщицы. – Долго ты ко мне добирался. Сорок лет и пятнадцать минут!

– Ну... такая точность, – подхватил смешливую интонацию Нюма. – Так ведь транспорт отвратительно ходит, сама знаешь.

– И цветы принес? – Евгения Фоминична покачала головой.

– Да, вот, – Нюма неуклюже протянул газетный кулек.

– О, сегодня у нас гвоздичный день! – довольным тоном проговорила Евгения Фоминична. – И не знала, что Наум такой ухажер.

– Ты многого не знаешь, – радовался Нюма, что угадал с подношением.

В блеклых глазах Жени вспыхнули голубоватые искорки. Словно магической силой отсылая память Нюмы в далекие пятидесятые годы...

– Если ты, Женя, на пенсии, то я вообще...

– Мафусаил, – подсказала Евгения Фоминична, помогая стянуть куртку с плеч гостя. – Ну, Наум... В костюме ты молодой Мафусаил. Мафусаильчик!

– Правда?! – с детской наивностью Наум похлопал ладонями по накладным карманам серого костюма.

– Особенно мне нравится этот хлястик! – язвила Евгения Фоминична. – Словно наш Масуфаильчик только вернулся из школы.

Лаура громко захохотала.

– Другого у меня нет, – буркнул растерянно Нюма.

– И не надо! – не удержалась Евгения Фоминична. – Глядя на тебя в этом костюме, я чувствую себя школьницей...

Она мягко подхватила локоть гостя и шагнула к дверям своей комнаты.

– Женя, долму давать? – вопросила Лаура.

– Не сразу же! – бросила через плечо Евгения Фоминична. – Кстати, Наум, это Лаура. Она с мужем живет у меня. Приехали из Еревана.

Нюма обернулся и кивнул.

Евгения Фоминична прикрыла за собой дверь и подвела Нюму к креслу. Сама же пристроилась на диване у окна.

Нюма огляделся. Просторная комната была полна добротными надежными вещами – шкаф, кресла, массивный стол на узорных ножках, портьеры, бронзовая люстра с фарфоровыми подвесками, несколько картин в темных рамах, множество старинных вещиц за стеклом горки...

– Наум, Наум... Ты, словно маклер, оценивающий жилплощадь, – засмеялась Евгения Фоминична, – взгляни на меня. Я специально вырядилась в честь нашей встречи.

– Да, да, – Нюма ловил себя на том, что избегает смотреть на хозяйку дома, точно знает о какой-то давней обоюдной вине. – Какое неожиданное имя – Лаура...

– Армяне нередко носят подобные имена... Гамлет, Офеля, Марксэн – Маркс-Энгельс... Я часто бывала там в командировке...

– У меня тоже живет армянин. Самвел. Только он из Азербайджана... Бежал от этого ужаса...

– Вот, вот... И мои так же. Только ее муж – азербайджанец. Они бежали уже из Армении... Просто сумасшедший дом! Соседи требовали, чтобы Сеид отдал им Карабах! Соседи, с которыми годами жили бок о бок. Знаешь, как на Кавказе! Это не то, что у нас. Они там все как братья были. И вдруг... В голове не укладывается...

– Вот, вот... И с Самвелом такая же история, – вздохнул Нюма. – Давно они к тебе приехали?

– В восемьдесят восьмом. Четыре года живут.

– И Самвел в восемьдесят восьмом...

– В год, когда умерла Роза, – произнесла Евгения Фоминична.

– Да, – Нюма пожал плечами.

– А чему ты удивляешься? Мы столько лет были самыми близкими подругами. Хоть и не виделись... институтское братство... не все еще поумирали.

– Да. В восемьдесят восьмом, – уклонился Нюма. – Наша дочь, Фира, сдала ему комнату... Вскоре Роза и умерла.

Они помолчали. Из глубины квартиры слышался стук посуды, шум воды...

– Кажется, нам не очень повезло с дочерьми, – обронила Евгения Фоминична и воскликнула: – Слушай, как ты справился со своей штаниной? Сам зашил? И, кстати, где твоя прелестная собачка? Думала, что ты явишься ко мне с собачкой...

Мягкое лицо Нюмы посырело, словно лежалое тесто. Отчего глаза запали в глазницы. Он втянул воздух и закашлялся...

– Не говори, – сквозь кашель произнес Нюма, – пропала моя собачка.

– Как пропала?

– Так и пропала, – справился с приступом Нюма. – Фира оставила открытой дверь. Точка и выбежала... Я с ума схожу.

– Представляю, – посочувствовала Евгения Фоминична. – И Самуил переживает.

– Какой Самуил? Мой сосед? Он Самвел.

– Самвел, это тот же Самуил.

– Интересно! – удивился Нюма. – Я и не знал.

– Все от вас пошло, – засмеялась Евгения Фоминична.

– Надо сказать Самвелу. Чтобы не задавался, – Нюма развеселился.

Евгения Фоминична, в смехе, откинула голову назад. Нюма видел, как кончик ее носа точно подпрыгивает над подбородком. А бугорок кадычка разглаживает смугловатую кожу шеи совсем молодой женщины. Еще этот бирюзовый костюм с воланами на воротнике удивительно молодил ее сухощавую фигурку. Да и смех – низкий, скачущий – как-то срывал годы, возвращая образ той, давней Жени. О чем, не удержавшись, Нюма и сказал Евгении Фоминичне.

– Не всякий смех, Наум! Ха, ха! – через силу отвечала Евгения Фоминична. – А такой... «Смех-бельканто»...

В комнату заглянула удивленная Лаура. Что, почему-то, еще больше развеселило Евгению Фоминичну и Нюму.

– Лаурочка! – продолжала хохотать хозяйка. – Ты музыкантша... Бывает «смех бельканто»?

– Ну... если у знаменитых певцов, – серьезно ответила Лаура. – Долму давать?

– Давай, давай свою долму-бельканто, – Евгения Фоминична кончиком платка пыталась вытереть тушь у глаз. – Наум, ты не представляешь, Лаура прекрасная стряпуха. Стряпуха-бельканто!

– Ну вас, Женя! Скажете тоже, – махнула рукой Лаура. – Сейчас принесу.

Лаура вышла. А когда вернулась с тарелками и хлебницей, в гостиной слышался негромкий и неторопливый разговор... О том, что скоро лето и Евгения Фоминична переедет на дачу в Комарово. К огорчению, поселок в полном запустении. Некогда пристанище ленинградской интеллигенции, Комарово превратилось в черт знает что. Дачи-погорельцы... Их специально ломают и разрушают какие-то негодяи, чтобы заставить хозяев продать по дешевке. Даже на знаменитую «будку Ахматовой» покушались... На даче стало страшно находиться. Иногда слышны выстрелы. Никакой власти. Милиция трусливая, где-то прячется.

В поселке появился какой-то бандюган по фамилии – смешное совпадение – Комаров. Так он, наглец, прямо рядом с обкомовской дачей воздвиг целую крепость из красного камня – с бойницами, башнями, крепостной стеной. И вооружен до зубов, сукин сын. Люди говорят, у бандюгана даже пушка припасена...

– А у тебя дача есть? – спросила Евгения Фоминична.

– Нет, – ответил Нюма. – Фирка сейчас суетится. Она в Смольном работает.

– Ну, те, в Смольном, себя не обидят, – проговорила Евгения Фоминична. – А то живи у меня летом. Я одна. Аня работает...

– Где она работает? – перебил Нюма.

– Закончила Электротехнический, – нехотя ответила Евгения Фоминична. – Но работает... Она поет... Вроде, у нее прорезался неплохой голос... Словом, дача пустует. Вселяйся. Да и мне будет не так страшно.

– Спасибо, Женя. Посмотрим. – Нюма наблюдал, как Лаура ловко выкладывает на тарелку упругие зеленые тушки долмы.

Пряный запах вкусно щекотал нос. Нюма вогнал вилку в упругое тельце, завернутое в виноградный лист. Из проколотого отверстия брызнул сок...

– Ты кефиром полей, – Евгения Фоминична облила долму кефиром.

– Ничего. Я так, – Нюма прикусил долму.

Непривычный кисловатый вкус ударил в нёбо. Нюма зажмурился – то ли от наслаждения, то ли обжегся.

– Можешь и Самуила с собой взять на дачу, – продолжала Евгения Фоминична. – Втроем нам будет там спокойнее.

У Нюмы кольнуло сердце. Что это? Неужели он ревнует? Подумать только! Еще эта долма во рту...

Нюма сделал усилие, проглотил горячий катышок и вскинул на Евгению Фоминичну... плывущий взгляд.

– Самвел не поедет, – проговорил Нюма и добавил мстительно: – У него появилась дама сердца.

– Ну?! – изумилась Евгения Фоминична. – Молодец какой! А сколько ему лет?

– Мы почти ровесники.

– Вот! – воскликнула Евгения Фоминична. – А ты?! Штрипки на штанах у него оборвались... Да ты еще ого-го! Да, Лаура?!

Молодая женщина пожала плечами и смущенно улыбнулась.

– Как вам долма? – вежливо спросила Лаура.

Нюма одобрительно промычал.

– На всякий случай, ты спроси у него, – не отступала Евгения Фоминична, – может, взять с собой и даму сердца. Дом большой, двухэтажный. И мансарда просторная...

– Самвел не поедет, – проговорил Нюма. – Вообще, неизвестно, что с ним будет. Комната, которую он занимает, может скоро отойти городу. А там, как город распорядится...

– Не поняла, – Евгения Фоминична посмотрела на Нюму. – Эта комната в твоей квартире? При чем тут город?

– Фира затеяла шахер-махер, – Нюма поведал историю, что задумала дочь.

Евгения Фоминична слушала, глядя куда-то поверх головы своего гостя. Нюма даже оглянулся, желая проследить взгляд потухших, как ему показалось, глаз.

– Ты что это, Женя? – вопросил Нюма.

– Так, – помедлив, ответила Евгения Фоминична. – У нас с тобой, Наум, не очень удачные дети...

– Они дети своего времени, Женя... Мы были другими.

– Мы тоже были детьми сволочного времени. Но мы были другими. Мы верили во что-то вне нашего времени. У нас были свои, не очень осознанные идеалы, которые обтекали наше время...

– Я помню, как ты пыталась пристроить Розу в КБ, – невпопад проговорил Нюма, – а ее не взяли из-за пятого пункта...

– Я, Наум, не о том, – поморщилась Евгения Фоминична и, помолчав, спросила: – Ты, Наум, был счастлив в те годы?

– Что ты имеешь в виду? – напрягся Нюма.

– Обыкновенную жизнь, – Евгения Фоминична наблюдала, как Лаура собирает со стола опустевшие тарелки. – Обыкновенную жизнь, Наум. Ты был счастлив?

– Как тебе сказать? – взгляд Нюмы заметался по комнате, словно пытался где-нибудь укрыться. – Я жил. Я просто жил. Ходил на работу. Возвращался домой. Я просто жил...

– Как сотни других людей, – с иронией произнесла Евгения Фоминична.

– Да, – с вызовом кивнул Нюма. – Как и ты сама.

– Нет, Наум. Я была счастлива... Я вышла замуж... равнодушно. После того, как ты отдал предпочтение Розе, я вышла замуж за своего Митю равнодушно. Митя был старше меня на двадцать три года. И вскоре от моего равнодушия не осталось и следа. Я влюбилась в своего мужа. Да, я просто жила, как ты говоришь. Ходила на работу, возвращалась с работы... И я была счастлива. Я любила... Разница в возрасте сыграла свою трагическую роль только в том, что Митя ушел в самый расцвет нашей любви... Когда мне было сорок два года.

– Вы вместе работали? – осторожно спросил Нюма.

– Нет. Он был директором театра, – Евгения Фоминична повернула голову и посмотрела на дверь. – Кажется, пришел мой квартирант, муж Лауры.

И Нюма зачем-то посмотрел на дверь.

– Позови Сеида, – предложила Евгения Фоминична. – Пусть поест твою долму.

– Лучше мы там! – Лаура махнула рукой в сторону.

– Позови, позови, – настаивала Евгения Фоминична. – Пусть познакомится с человеком, от которого я когда-то была без ума.

Лаура лукаво взглянула на Нюму и растянула в улыбке свои милые усики.

– Он еще и сейчас ничего, – смешливо проговорила Лаура.

– А каким он был! – воодушевилась Евгения Фоминична. – Орел! Фигура! Осанка! Добрейшая душа! Смелое сердце! Помнится, мы летом отправились в Гагры, после четвертого курса... Или после третьего... И там к нам, девчонкам, пристали грузины. Особенно им нравилась Роза. У нее была замечательная задница...

– Женя, – с укоризненным кокетством проговорила Лаура.

– А что?! У любого человека есть задница. Только у одних она замечательная, а у других, как у меня... Так вот, Наум, разметал тех парней, как Тузик грелку. Помнишь, Наум? – Евгения Фоминична вытянула шею и посмотрела за спину гостя. – А вот и Сеид! Познакомься, Нюма. Это мой друг Сеид Курбанович Касумов.

Нюма обернулся, уперся руками о подлокотники кресла и вежливо привстал.

– Сидите, сидите, – предупредительно проговорил муж Лауры и шагнул к гостю.

Нюма смотрел на высокого, тощего пожилого мужчину с типично кавказской внешностью. Запавшие щеки покрывала седая колючая щетина. Глубоко посаженные темные глаза. Нос с горбинкой, утонченный в переносице, у которой соединялись широкие, черные с проседью, брови...

Где я его уже видел, думал Нюма, отвечая на рукопожатие сухой горячей ладони Сеида. И, не удержавшись, спросил. На что Сеид лишь пожал плечами...

– А почему долма без вина? – Сеид раскинул руки. – Не годится. Не по-нашему... Лаура, как ты могла допустить?! А сыр сулугуни? А маринованный чеснок? Водку тоже принеси, может, кто захочет.

– Ладно. Счас! – Лаура вышла из комнаты.

– И о чем вы разговаривали? – общительно спросил Сеид.

– Я рассказываю, каким молодцом был когда-то Наум, – продолжила Евгения Фоминична. – А помнишь, Наум, как ты врезал каким-то пошлякам на катере. Мне рассказала Роза. Они прокатились по поводу роскошных форм Розы. И ты им задал перцу.

– Ну и память у тебя, Женя, – пробормотал Нюма. – Тебя послушать... Нашла драчуна.

– Думаю, что и сейчас ваш Наум может постоять за честь дамы, – проговорил Сеид, с одобрением глядя на заставленный снедью поднос, что внесла Лаура. Среди тарелок высились бутылка вина и поллитровка «Московской».

– Еще как! – Евгения Фоминична встала, подошла к буфету и достала бокалы.

– Наум, и в его годы... Ты бы, Сеид, видел, как мы с ним встретились. И где? В антикварном магазине на Ленина. Пришел Наум с собачкой. Как та чеховская дама. У него была прелестная собачка... К сожалению, собачка куда-то сбежала...

— Женя! — Наум смотрел, как Сеид разливает вино по бокалам.

— Если можно, мне немного водки, — попросил Нюма.

— Конечно, конечно, — Сеид сорвал нашлепку с пол-литровки.

— Вот мы и выпьем, чтобы нашлась твоя Точка, — Евгения Фоминична подняла бокал, призывно оглядела всех и задержалась на госте. — Пей, Наум! За свою любимую собачку.

Нюма кивнул и выпил махом. Водка плюхнулась в горло тяжелым горьковатым комом. Покрутив головой, Нюма потянулся к сыру сулугуни.

— Долма уже еле теплая, — проговорила Лаура. — Хотите, погрею?

— Теплая она вкуснее, — Евгения Фоминична отпила вино и поставила бокал. — Между прочим, Сеид, у Наума тоже живет человек. Армянин из Баку.

— Вот как? — усмехнулся Сеид. — Встречные поезда... Один из Еревана, другой из Баку... А машинисты — мерзавцы, сукины дети. Не думают, что в поезде люди.

— Какие люди?! Кому нужны люди! Ты тоже, Сеид, такие слова говоришь, — Лаура сложила пальцы рук в куриную гузку и поднесла к лицу. — Стадо баранов! Какие люди?! Человека выгоняют с работы, отнимают дом! Из-за того, что он азербайджанец с одной стороны. Или армянин, с другой стороны! И все вокруг понимают, что это не только глупость. Что это преступление...

— Ладно, Лаура, хватит, — произнес Сеид. — Ты тоже начинаешь... Налить вам еще, Наум?

Нюма кивнул и пододвинул свою рюмку.

– Что «хватит»?! – Лаура вскинула над головой обе руки, точно в итальянском кинофильме. – Что «хватит»?! Клянусь мамой! У нас, на Зангезуре был пастух Нестор. Ты помнишь его, Сеид? У него дочка – дирижер в филармонии...

– Помню, – покорно сказал Сеид, – рыжая такая.

– Да. Хной красилась, весь оркестр смеялся, – еще пуще завелась Лаура. – Этот Нестор рассказывал. Два авторитетных барана из-за какой-нибудь овцы могут все стадо развалить. Да так, что пастух весь день бегает, как помешанный, стадо собрать не может...

– Хорошо, что ты хочешь сказать?! – воскликнул Сеид.

– Хочу сказать что?! – пылала Лаура. – Хочу сказать... Этих начальников, которые ищут в чужом кармане себе деньги... И дураков, которые им помогают... Я бы не знаю, что сделала! Уф-ф-ф... Клянусь мамой!

– И главное, столько лет! – поддержал Сеид жену. – Еще со времен Османской империи дурят народы. То с одной, то с другой стороны...

– Клянусь, я знаю от кого человек родился! – не утихала Лаура. – Человек родился от барана! Как они кричали, чтобы я разошлась с мужем. Особенно надрывался Грант, сосед с пятого этажа. Зараза...

– Ты Гранту давно нравилась, я замечал, – смеялся Сеид. – Он думал...

– Ты, Сеид, тоже дурак, – на мгновение Лаура запнулась и вновь точно вскочила на коня. – Он кричал: «Зачем тебе муж другой нации?! Мало хороших наших мужчин?!» После таких слов я Гранту по морде дала! Сеид видел!

– Сеид, что? Слышал и молчал? – заметила Евгения Фоминична. – Даже не верится.

– Ара, что он мог сделать? Весь двор так думал! Кричали, чтобы Сеид отдал им Карабах, идиоты...

– Не все кричали! – справедливым тоном оборвал Сеид. – Манукяны...

– Манукяны?! – переспросила Лаура. – Манукяны, да! Старик Манукян вышел на балкон, как большевик Киров, и сказал: при чем тут нация, если любовь! Клянусь мамой!

«Как они любят клясться, – думал Нюма. – И Самвел такой же: как что – клянется!» – Нюме сейчас было хорошо... Он, кажется, уже опьянел. Он ел вкусную еду – ведь, кроме долмы, на столе было много кавказской еды... Он млел, когда Женя обращалась к нему с каким-нибудь пустяком. И, не вникая в суть, смотрел, как в глубине ее глаз зажигались синие огоньки... Еще эти люди: Сеид, чей внешний облик продолжал тревожить память, и его жена, боевая дама с таким романтичным именем... То, о чем они говорили, уже не возмущало Нюму. Он этим долго болел после рассказов Самвела. И переболел. История Сеида и его жены звучала, хоть и дико, но не вновь.

Нюма видел перед собой пылающее гневом лицо моложавой привлекательной женщины. Несколько полноватой, вероятно, вполне во вкусе ее мужа... И думал – зачем он здесь? Ему хотелось видеть только Женю. Посидеть, поговорить, вспомнить. Ведь у него почти никого не осталось от той жизни, мелькнувшей, как след молнии...

А то, что происходило где-то на Кавказе, за много тысяч километров от этого дома на улице Скороходова, честно говоря, его сейчас беспокоило куда меньше, чем свалившиеся на него проблемы. И самая болезненная – потеря собачки...

– Я пойду, Женя, – Нюма поднялся из-за стола.

– Хорошо, Наум, – Евгения Фоминична направилась в прихожую следом за Нюмой. – Сеид тебя немного проводит.

– Зачем? Я и сам...

– Проводит, проводит! – настойчиво проговорила хозяйка. – По-моему, ты слегка опьянел. А у нас бомжи совсем обнаглели...

Сеид надел свою куртку и предупредительно раскинул плащ гостя в терпеливом ожидании.

– Не пропадай, Наум, – Евгения Фоминична обняла крепкие плечи Нюмы и проговорила не без удивления: – А ты еще, Наум, ого-го. Молодец, не сдаешься.

– Держусь, – пробормотал Нюма, касаясь губами вялой щеки хозяйки.

Он влез в свой утепленный плащ и натянул вязаную шапочку. Отчего круглое лицо Нюмы приобрело детское выражение.

– Звони, Наум, не пропадай, – напоследок в спину гостя произнесла Евгения Фоминична. – И я буду звонить.

Что-то буркнув через плечо, Нюма направился к лифту. Он и впрямь немного перебрал.

– Замечательная женщина, – Сеид нажал кнопку вызова. – И прекрасный специалист по печатным платам. Она часто приезжала к нам на комбинат...

Наум смотрел в тощее лицо провожатого. И вновь им овладела мысль, что он уже встречал этого человека. Просто наваждение...

– Напрасно вы меня провожаете, Сеид, – проговорил Нюма, ступая в кабину лифта. – Конечно, спасибо... Но напрасно.

У Нюмы появилось ощущение, что Сеид провожает его не только из вежливости.

После света хилой лампочки в подъезде улица встретила их глухой темнотой и липким холодом. Где-то в конце квартала улица Скороходова пересекала Кировский проспект, в просвете которого, подобно зайцам в тире, шмыгали автомобили...

– Возвращайтесь, Сеид, – остановился Нюма. – Тут вполне спокойно...

– Я вот что хотел сказать, Наум... Извините, я не знаю вашего отчества...

– Ничего, ничего, – поторопил Нюма.

– Когда Женя что-то сказала о вашей собачке, я вспомнил вас... Вы приходили на рынок менять доллары.

– Да, да! – воскликнул Нюма. – И я думаю: где вас видел? Просто измучился... Только моя собачка пропала.

– Она не пропала. Ее присвоил Толян.

– Какой Толян?! – Нюма повернулся, чтобы лучше видеть Сеида.

– Вы его не знаете. Один бандюган. Он из тех, кто крышует Сытный рынок. Еще у него несколько точек. Какие-то магазины на Пушкарской. Скупка на Большой Разночинной...

– В подвале? – заволновался Нюма.

– Что в подвале? Скупка? Не знаю. Может быть, – Сеид пожал плечами. – Словом... Ваша собачка забежала на базар, а тут появился Толян, кассу у меня снимать. – Сеид запнулся и догадливо тронул Нюму за плечо. – Ах, черт... Я вспомнил! Толян еще спросил у меня и у Илюши-чайханщика – не поминал ли хозяин собачки скупку на Большой Разночинной?!

Нюма и Сеид стояли молча, словно вникая в сказанное. Каждый по-своему...

– У меня к вам просьба, Наум, – проговорил Сеид. – Не рассказывайте Жене, чем я занимаюсь. Ей будет очень неприятно...

– Ну, что вы, Сеид! Даю вам слово. Такое время, – волновался Нюма. – А вы не знаете, где живет этот Толян?

– Понятия не имею, – развел руками Сеид. – Он приезжает с дружбанами, снимает кассу. И уезжает. Может быть, чайханщик знает, но вряд ли он захочет вмешиваться... Сами понимаете.

– Конечно, конечно, – пробормотал Нюма.

Распрощавшись с Сеидом, он поспешил к Кировскому проспекту...

Несмотря на непозднее время, проспект был по-субботнему пустоват и хмур. Красивые в дневном свете здания, сейчас глухо сливались друг с другом, разлучаясь лишь при встречных улицах, чтобы, минуя их, вновь взяться за руки в немом каменном экстазе. Еще никогда путь домой, на Бармалееву, не казался Нюме таким долгим и нудным. Хотя идти было всего ничего – до Большого, а там налево и несколько еще кварталов... Проспект словно процеживал Нюму своим тупым предзимним равнодушием.

Дойдя наконец до Подковырова, Нюма решил схитрить и по Малому выйти к своему дому. На корявом, в лужах и трещинах, тротуаре он замедлил шаг и крыл себя за глупость – столько лет шастает по этим улицам и забывает, что тут сам черт ногу сломит. Неспроста они названы – Подковырова, Подрезова, да Плуталова, венцом которых слыла его Бармалеева... То-то звучит – Литейный, угол Жуковского, где поселится Фирка, думал Нюма. А вдруг Фирка и поможет, если она такая важная птица, мелькнуло в голове Нюмы. А что?! Власть они или не власть, если сидят в Смольном! С этой мыслью Нюма добрался до своего дома...

Остановился напротив окон комнаты Самвела и, в полупьяном нетерпении, приподнялся на цыпочках. Сосед часто пользовался настольной лампой, свет ее не очень был заметен с улицы. «Видимо, Самвел или спит, или ушел к "маме-бабушке" шмендрика, – с досадой подумал Нюма. – Всегда, когда он нужен, когда надо посоветоваться по важному вопросу – его нет дома или он спит». Нюма был неправ – Самвел обычно коротал время в своей комнате. А не спал из-за бессонницы. Сейчас Нюма был возбужден и не совсем трезв, поэтому несправедлив...

Нашаривая ключи в карманах плаща, Нюма вошел под арку дома и направился к своему подъезду. Громоздкий мусоровоз со скрежетом закидывал в свое чрево бак с дворовыми отходами. И слышалась какая-то перебранка...

«Не могут это делать днем, – подумал Нюма, – жильцов тревожат». Он было поднялся на крыльцо, как услышал окрик дворника Галины: «Бершадский!»

«Ее еще мне сейчас не хватало», – зло подумал Нюма, оборачиваясь.

– Ну, что еще? – нетерпеливо вопросил Нюма, озадаченный таким официальным к себе обращением. – Мне некогда!

– Слушай, Бершадский! Приезжала «неотложка». Твоего соседа-армяна увезли в больницу! – крикнула Галина из-за ограды подсобки.

Нюма почувствовал, как что-то внутри него потяжелело и сковало дыхание.

211

– В какую больницу? – пролепетал он, едва раздвигая губы.

– Сказали, по субботам дежурит «Девятка». Я знаю ту больницу. Не больница, а морг. Там мой свекор лежал, – Галина вышла в холодную сутемь двора. – Я встречала мусорку, гляжу, он на ступеньках лежит. А шапка валяется в луже.

– Кто лежит? Свекор? – проговорил Нюма словно «в отключке».

– Какой свекор? Твой сосед-армян! Видать, он возвращался. Или уходил. Его и прихватило на ступеньках. Мы с водилой мусорки втащили его в подъезд и вызвали «неотложку».

– Что же делать? – пробормотал Нюма.

– Что делать? – Галина развела руки. – Ждать. Иди в дом, а утром позвони по телефону, узнай.

– А где эта «Девятка»?

– Далеко. На Крестовском острове, – Галина пристальнее оглядела Нюму. – Ты что? Выпил?

– Мне надо туда поехать, – пробормотал Нюма.

– Сейчас?! Уже одиннадцатый час ночи... Да и чем ты поможешь?

– Не знаю, – Нюма решительно направился со двора, – такси поймаю.

– На такси вся твоя пенсия уйдет! – крикнула вдогонку Галина.

Нюма молча отмахнулся и вышел на улицу. Тишина ночной Бармалеевой закладывала уши... Может, и действительно дождаться утра? Чем он сейчас поможет? Да и такси сейчас не поймать, только что если выйти на проспект...

В сомнении он уже добрался до угла улицы, когда его догнала Галина.

– Бершадский, подожди! – Галя старалась справиться с дыханием. – Я Витьку упросила. Он подбросит.

Бренча железным горбом, с ними поравнялся мусоровоз. Шофер Витька, перегнувшись с водительского места, распахнул дверь кабины.

– Прыгай, дед! – крикнул Витька и поправил зачуханную подстилку на сиденье.

Цепляясь за холоднющие поручни, Нюма полез в кабину.

– Езжайте! – подсаживая Нюму за талию, проговорила Галина. – А Витьке все равно где болтаться в ночь. Чем людей тревожить, пусть добро сделает.

– Да ладно, ладно! – прокричал шофер Витька. – Две ездки на тебя запишу!

Шофер Витька тронул свою колымагу и сходу принялся рассказывать про какого-то Андреева, что, подлец, работает начальником по уборочной технике Петроградского района. Раньше, говорят, ведал кладбищами и наел такую ряху, что в телевизор не вмещалась, когда давал, сука, интервью в программе «600 секунд». Теперь в депутаты Ленсовета натырился, прохиндей. Вот времечко! Как говорится: «Погляди вокруг себя – не е...ет ли кто тебя!», – ржал Витька...

Нюма морщился. Пытался отогнать голос парня от своих мыслей. И о Самвеле, и о Жене... А главное, о досаде, вызванной состоянием соседа. А так хотелось поскорее обсудить весть, полученную от рыночного менялы. Порой Нюмой овладевала дрема, пропуская сквозь туман сознания грохот мусоровоза вперемежку с голосом водилы Витьки.

– Все! Приехали! Вылезай дед, я возвращаюсь на участок, – Витька перегнулся над коленями своего пассажира и ткнул кулаком в дверцу кабины.

Нюма вылез из машины в мокрую тьму.

Приплясывая на колдобинах Крестовского проспекта, мусоровоз унес трепливого водилу, обиженного невниманием пассажира к проблемам уборочной техники.

Сырая доска на стене каменного сарая оповещала, что именно здесь и находится « 9-я Городская больница».

Ощущение тревоги возникло резко, как боль. Нюма разлепил веки, приподнялся и сел, свесив ноги с кровати. Ступни пронзил холод линолеума.

Правый бок подпирал какой-то жесткий ком. Нюма вслепую откинул рукой ком и скосил глаза. То был угол матраца... Только сейчас он осознал нелепость, а главное, тревогу своего пребывания в этом помещении.

– Ни хрена, себе, – пробормотал Нюма и огляделся.

Сизый свет раннего воскресного утра падал от окна на скудную утварь больничной палаты. На две кровати и тумбочку между ними. На одной кровати лежал свернутый в рулон матрац. На второй под солдатским суконным одеялом похрапывал человек. На третьей кровати, у стенки, сидел сейчас он, Нюма, и пытался восстановить в памяти события вчерашнего вечера...

«Приемный покой» он определил по двум машинам с крестами. Пожилая тетка, в платке поверх шапочки, с таким же крестиком, сидела за стеклянной перегородкой утлого закутка и базарила с какими-то мужиками в белых халатах. Те в ответ кричали, что сегодня суббота, приемный день «девятки» и пусть тетка не выкобенивается, вызывает дежурного врача. Иначе они свалят труп на дворе и сообщат в милицию. На что тетка сказала, что ей плевать на милицию, если они не смогли сохранить больного до больницы. Морг уже закрыт, а дежурный занят в реанимации, освободится –

придет. «Знаем, в какой он реанимации!» – сказали мужики и с матюгами ушли на улицу. А тетка еще долго ворчала в своем закутке.

Заметив Нюму, тетка пуще осатанела. Мало ей больных, так еще болельщики голову морочат. Особенно ее разозлила фамилия поступившего. «Понаехали тут всякие, своих укладывать некуда! А на рынках три шкуры с нас дерут, – бухтела она, уткнувшись в какую-то тетрадь. – В реанимации твой Самвел Акопян!» – «Ни в какой он не в реанимации. Там места не было, – послышался чей-то голос. – Его в двадцать шестую пока пристроили...» Нюма покинул «Приемный покой». Куда идти? Ночь, холодрыга. Безлюдный Крестовский, машин нет. А те, что появлялись, проносились, как оглашенные... Переждав минут десять и окончательно продрогнув, он побрел вдоль больницы. Увидел какую-то крашеную дверь. Толкнул и оказался в полутемном холле. Тишина. Ни души. Справа, за перегородкой, гардероб с голыми вешалками. Слева – лестница... Поднялся по лестнице и оказался в больничном коридоре. В распахнутых дверях он видел совершенно пустые палаты со свернутыми матрацами на кроватях. Словно больницу настигло какое-то бедствие. Заляпанный пятнами пол скрипел старым паркетом. От зеленых стен несло болотной сыростью. С потолка свисали струпья извести. Окна тут и там были заколочены фанерой...

Наконец в одной из палат он увидел две женские фигуры в домашних халатах. Решив, что попал в женское отделение, он спросил, как пройти в мужское. На что женщины ответили, что тут «смешанное», и поинтересовались, какую палату он ищет, – на многих дверях были сбиты номера. Услышав, что двадцать шестую, женщины решили, что это та палата, которая ря-

215

дом с туалетом. А туалет в конце коридора, «по запаху найдете»...

Самвела он определил сразу, как-то догадался – человек спал, отвернувшись к стене, на голом матраце под тонким суконным одеялом. Подошел ближе, всмотрелся – Самвел! А что потом? Потом он присел на пустующую кровать. Напряженное состояние прошло. Сознанием вновь овладело плывущее ощущение спокойствия и тихой радости легкого опьянения, с каким он подходил к своему дому на Бармалеевой. Ну, а потом, сбросив ботинки, он прилег на кровать и уснул...

– Ни хрена себе! – повторил Нюма, стараясь нащупать свои ботинки.

Один ботинок он нашел сразу, а второй, вероятно, попал под кровать. Нюма опустился на корточки и принялся шуровать рукой.

– Нюма?! – раздался удивленный голос Самвела. – Ты что там делаешь?

– Ботинок ищу! – буркнул Нюма.

– Почему здесь? Ты как сюда попал?

– Заблудился! – Нюма ухватил ботинок, поднялся с корточек, плюхнулся на кровать и, тяжело дыша, проговорил: – Зашел переночевать.

– Ты, Нюма, настоящий друг, – оценил Самвел.

– А ты как сюда попал?

– Сам не знаю. Пришел домой, вдруг спину так схватило, что потерял сознание. Очнулся только здесь. Сказали: почки виноваты.

– А где ты был?

– В одном месте, – замялся Самвел.

– Знаю, в каком месте, – Нюма принялся надевать ботинок, – шмендрик рассказал. Да и сам я видел.

Самвел молча оценивал услышанное.

– Ну и что?! – вопросил он с вызовом.

– Поэтому ты и здесь.

– Ара, при чем тут это, – вздохнул Самвел. – Наоборот...

– Ладно, ладно... Точка нашлась.

Самвел резко приподнялся и вновь завалился от боли. Нюма в растерянности вскочил на ноги – куда метнуться, кого позвать?!

Самвел слабо повел рукой... Переждал, раскрыл глаза и повернул голову в сторону Нюмы...

– Помнишь того типа, кто твою нацию задел? Ты тогда боднул его головой в морду? У скупки, на Большой Разночинной? – проговорил Нюма. – Так Точка, оказывается, у него. В плену... Его зовут Толян...

Едва Нюма принялся рассказывать о вчерашнем визите к Жене Роговицыной, как в палату заглянула сестра-хозяйка в неопрятном халате, накинутом на пальто.

– Ну?! – властно вопросила она. – Кто тут больной?

Нюма повел подбородком в сторону Самвела.

– А ты кто?

– Брат его, – замялся Нюма, – зашел проведать.

– Завтракать больной будет? Или свое принесли? – сестра-хозяйка обернулась в коридор, сняла с каталки алюминиевую миску, стакан с мутной жидкостью и водрузила все на тумбочку.

– А брат поест? – спросила она Нюму. – Каша, хоть и на воде, но горячая. И кисель.

Нюма не успел отказаться, как та поставила еще одну миску на тумбочку.

– В выходной день завсегда есть лишнее. Больных домой вытуривают, – добродушно пояснила сестра-хозяйка. – В выходной – ни больных, ни докторов. Жри – не хочу!

– Лучше бы простынь какую постелили, – буркнул Нюма.

– Какую принес, такую и стелют, – оживилась сестра-хозяйка. – Какое лекарство принес, таким и лечат. Выжил – хорошо, помер – еще лучше, при такой жизни. Сами себе хозяева. Доорались...

Последние ее слова доносились уже из коридора.

Нюма шагнул к Самвелу и наклонился над кроватью.

– Покормить тебя?

– Рассказывай про Точку.

– Буду кормить и рассказывать, – Нюма придвинул к кровати табурет.

– Ара, про Точку рассказывай! – Самвел решительно повел головой.

Он слушал Нюму, участливо жмуря глаза в знак особого внимания. И важность вопроса отражалась на его лице, тесня страдания, что причиняла болезнь. Действительно, что они могут поделать? Они даже не представляют, как выйти на этого Толяна. Даже если Сеид и знает, где живет Толян, то вряд ли станет делиться, связываться с этими бандюганами...

– Может, через скупку на Большой Разночинной что-нибудь узнать? – раздумывал Нюма.

– Ну и что? – проговорил Самвел. – Встретиться с Толяном, после того, что случилось между нами?

Нюма пожал плечами. Подобрал миску и в расстроенных мыслях понюхал содержимое. Мутное варево пахло ничем, как может пахнуть просто воздух.

Нюма оставил миску, взял кисель и сделал глоток.

– Будешь? – Он отстранил стакан ото рта. – Вообще-то, ничего.

– Давай, – соизволил Самвел и приподнял голову. – Вначале кашу. Горячая?

– Уже остыла. – Нюма для удобства подбил подушку под затылком Самвела, взял миску и ложку. – В туалет не хочешь?

– Ара, корми, да! – проговорил Самвел. – С тобой можно с голоду сдохнуть.

Нюме было, что ответить на несправедливый упрек. Но он сдержался...

Несколько минут он подносил ложку к покорному рту Самвела.

– Слушай, хорошая каша, клянусь... – Самвел запнулся, не зная, чем поклясться.

– Клянусь этой больницей! – подсказал Нюма.

– Ай джан! – согласился Самвел и с благодарностью тронул руку Нюмы.

Тоска, что владела Нюмой после памятной встречи с дочерью Фирой, вновь торкнулась в его сознание. Порыв, который привел его сюда, в больницу на Крестовском, был вызван не только потребностью немедленно сообщить Самвелу о месте пребывания собачки. И не только волнением о здоровье своего соседа. А еще и испытанием – к чему он, оказывается, не совсем готов, – испытанием новым одиночеством. Его пребывание в этой обшарпанной палате есть не что иное, как... репетиция предстоящей разлуки с человеком, который после смерти жены, стал ему самым близким. Ни существование родной дочери, ни Женя Роговицына не могли приглушить тоску одиночества от пропажи собачки и возможной потери этого, совершенно чужого человека...

– Слушай, Нюма, – произнес Самвел. – Поговори с дочкой... Столько в городе бандитов. Наверняка, в Смольном их знают, только глаза закрывают. Иначе как бы такая власть удержалась, сам подумай...

Нюма понуро молчал. Он, признаться, прикидывал подобный вариант. Только не хотелось чем-то быть обязанным Фире.

А Самвел продолжал:

– Люди думают: какая-никакая власть все же лучше, чем бандюганы... Понимаю, тебе неохота ее просить. Скажет: скорей выгоняй Самвела, оформляй на меня комнату. Что поделаешь – рано или поздно...

– Ладно, ладно. Подумаю, – прервал Нюма. – Есть зацепки, чтобы выйти на этого Толяна. Скупка на Разночинной или обменный пункт на рынке...

– Вот, вот. Подскажи своей Фире, – Самвел прикрыл глаза. – Теперь иди домой, Нюма. Я устал. Спать буду.

Нюма поднялся. Подобрал с кровати плащ, вытащил из-под подушки вязаную шапчонку. Надевать не стал.

– Завтра приду, принесу что-нибудь, – сказал Нюма.

– Ничего не надо. Завтра придет доктор, посмотрим, что решит, – проговорил Самвел. – Если позвонит Сережка из Америки, скажи, дядя сильно болеет. Пусть думает, как дяде помочь. У него один дядя. А то пока «бизнэс-мизнэс», дядя умрет... Вобщим, сам знаешь, что сказать, если позвонит. Иди, что стоишь?

Нюма медлил, перетаптываясь на месте. Самвел повернул голову и с нетерпением взглянул на приятеля.

– Ей сказать, что ты в больнице? – проговорил Нюма. – Зайду в сберкассу, скажу. Или через шмендрика передам.

– Ара, не надо, – помедлив, ответил Самвел.

– Не надо? Не надо! – Нюма натянул на голову шапчонку.

Самвел продолжал смотреть на Нюму в какой-то нерешительности.

– Хочешь еще сказать? – вопросил Нюма.

– Иди сюда, – проговорил Самвел. – Посиди минуту.

Нюма подошел к кровати и присел.

– Понимаешь... я долго думал. Ты, Нюма, самый близкий мне человек. Не потому, что мы соседи, а вообще, ты такой человек, – Самвел приподнял руку, упреждая реплику Нюмы. – Только тебе я скажу, дорогой... Когда я увидел ее, я почувствовал себя моложе, клянусь здоровьем. Встречал ее у сберкассы, ходил к нам, ходил к ней. Шмендрик иногда мешал. Или ты дома торчал, как участковый.

– Ну, извини, – Нюма развел руками. – Что мне делать на улице без Точки!

– Русская женщина, Нюма, это особая женщина, – продолжал Самвел. – У меня были разные женщины, ты знаешь. Армянка, казалось, все время что-то считает. Еврейка тоже что-то считает, правда, у меня была горская еврейка...

– По-твоему, нечего считать? – усмехнулся Нюма. – Всегда есть, что считать. И русской женщине тоже.

– Ладно, тебе! – отмахнулся Самвел. – Русская женщина... не каждая, понимаю... отдает мужчине все, без корысти, ничего не считает.

– Я помню, – не сдержался Нюма, – у нее был вкусный яблочный джем. И пирожки с картошкой... Все поставила на стол, без всякой корысти. Ни один пирожок не спрятала, как спрятала бы армянка или горская...

– Ара, с тобой трудно говорить, – вздохнул Самвел. – Ты все время шутишь...

– Почему шучу? – засмеялся Нюма. – Может, я ревную? Боюсь остаться один, как старая жена.

Он расстегнул верхнюю пуговицу плаща и смеялся, вскидывая голову. Самвел тоже подхихикивал, морщась и прижимая ладонь к груди...

– Ты в паспорт свой смотрел?! Жених... Самуил!

– Почему Самуил? – Самвел морщил лицо, стараясь сдержать смех.

– Потому! Самвел, это, оказывается, подпольный Самуил. Может быть, ты еще и обрезанный.

– Ара, ты что, совсем дурак?!

В палату заглянула сестра-хозяйка в замызганном халате.

– Чего ржете-то?! – она повела хитрым взглядом. – Анекдот какой?

– Еще какой анекдот, – не унимался Нюма. – Один приударил за молодухой, а в паспорт свой не посмотрел. И попал в больницу по «скорой».

– Ну и что? – сестра-хозяйка собрала с тумбочки миски и скосила глаз на Нюму. – Что смешного-то? Анекдот-то в чем?

– А то, что... его звали Самуил.

– Из этих, что ли? – догадливо вопросила сестра-хозяйка и улыбнулась. – Это они могут... Доктор у нас работал, Гершкович, пенсионер. Связался с одной сестричкой. Так она его подчистую обобрала, даже из квартиры выжила, курва. Он в больнице ночевал. Так и умер во время операции, только и успел больному рану заштопать.

Сестра-хозяйка собрала миски и стаканы, смахнула с тумбочки крошки и вышла в коридор.

– Видишь? А у тебя и поживиться нечем. Был один старинный кувшин и тот разбился, – Нюма тронул ладонью плечо Самвела и направился из палаты.

– Ара, не забудь, – вслед произнес Самвел. – Скажи своей Фире, может, выручим собачку.

– Ара, не забуду, – пообещал Нюма.

ЧАСТЬ ТРЕТЬЯ

Поздним вечером на Малую Садовую – что соединяет Невский проспект с улицей Ракова – съезжались автомобили. Кое-кто пытался припарковаться на Невском, перед подъездом «Астробанка». Милиция же, в ожидании высокого начальства, выставила ограждение и гнала водителей за угол, в снег, на Малую Садовую.

Фира хотела отпустить шофера на Невском, потом передумала и приказала сворачивать на Малую Садовую, как все.

– Так вас ждать, Ирина Наумовна? – уточнил шофер.

– Подождите минут двадцать. Если не появлюсь, уезжайте. Обратно я сама доберусь, – решила Фира, вылезая из машины.

– Слушаюсь, Ирина Наумовна, – кротко ответил шофер.

Фира «делала карьеру» и значилась среди сотрудников Управления по кадрам мэрии как специалист – Ирина Наумовна Бершадская. На всякий случай. Лишь старый приятель Зальцман звал ее Фирой. И то не при всех...

Фира бросила взгляд на скудную витрину Елисеевского магазина. В пыльном стекле отражалась эффект-

223

ная фигура молодой женщины на фоне банок морской капусты и маринованной свеклы. Она придержала шаг, поправила локон под козырьком шапочки и улыбнулась – сейчас она нравилась себе. Не то что днем, после визита к отцу. Тогда старый хрен, как говорится, достал ее своей нелепой просьбой...

Вообще, ее отношения с отцом сравнимы со спокойной морской гладью, на горизонте которой зарождался неумолимый смерч. С какой нежностью она обычно стремится в дом на Бармалееву. И не проходит и получаса, как из любящей дочери ее превращают в мегеру. Ну, мать понятно. У Розы был характер еще тот! А вот отец, отец... Это какой-то кошмар! С этим дурацким велосипедом, что висит на стене прихожей и никому не мешает. Не успеешь переступить порог, как начинается зудеж. Пожалуй, его накручивает квартирант. Да надо и свою голову иметь на плечах. Взял бы и выбросил чертов велосипед. Или сплетница-дворник, сколько нервов истрепала. Явно хотела прибрать старика к рукам... А сегодня?! Вызвал по телефону, чтобы устроить такой скандал?! Понятно, старики привязались к собачке. Собачка – милейшее существо. Но как можно заикаться о криминальных типах? Рисковать нарваться на шантаж при ее положении? Да еще Нюма вдруг принялся ее шантажировать разделом квартиры! Чем совершенно ее разозлил, старый хрен. И себя довел до истерики...

Фира миновала сиротский фасад Елисеевского магазина с двумя аншлагами дерзких афиш театра Комедии и подошла к бывшему Дому научно-технической пропаганды, где разместился «Астробанк». Милицейский майор из Смольнинского дивизиона заметил Фиру и взял под козырек с лукавой улыбкой на круглом лице.

– Добрый вечер, Ирина Наумовна, – поприветствовал майор. – Задерживаетесь?

– Дела все, дела, – доверительно произнесла Фира. – А что, все уже собрались?

– Не все, – ответил майор. – Главного нет. Ждем-с... Вот-вот должны прибыть-с.

– И не один?

– Это как получится, – майор развел руками. – То ли с княгиней Юсуповой, то ли с графом Шереметевым... Ренессанс, Ирина Наумовна!

Фира благосклонно кивнула майору, толкнула литую ручку кованой двери подъезда и прошла в помещение. Суровые молодые люди из охраны знали ее в лицо, как и милицейский майор. Искать ее в списках приглашенных было им неловко...

Белая лестница с дубовыми перилами вела на второй этаж. Мраморное личико богини Венеры с любопытством поглядывало из-под бронзового фонарика стенной ниши на запоздавшего специалиста отдела кадров мэрии... Фира ответно улыбнулась богине и поспешила навстречу сдержанному гулу, что падал со второго этажа.

Внезапно гул утих, и в ярко освященную тишину выплеснулись звуки скрипки. Фира придержала шаг. Неслышно преодолев последние ступеньки, она вошла в зал. Огромная центральная люстра опрокинула цветные хрустальные лепестки на людскую толпу, стоящую спиной к Фире. А там, куда было обращено внимание, стоял скрипач. Кончик смычка нервно метался над головами людей, покалывая плотный воздух праздничного зала. Вероятно, этот скрипач и был Владимир Спиваков, как объявлено в программе «Рождественских сезонов Астробанка».

Фира окинула взглядом кресла по периметру зала. Все они были заняты, как и места в простенках между креслами. Что ж, не надо было опаздывать. А все из-за отца, с его требованием помочь вызволить собачку из плена... Фира вытянула шею, пытаясь разглядеть известного скрипача из-за спин стоящих стеной гостей...

– Ирина Наумовна, – послышался шепоток чуть ли не в самое ухо, – садитесь, прошу вас...

Фира обернулась. Незнакомый мужчина с тонкой полоской подбритых усов над узкими губами, поводил подбородком в сторону кресел. Препираться и отказываться было неловко – и так уже кто-то оборачивался к ним с укоризной. Фира благодарно кивнула и направилась за незнакомцем. Какой-то спортивный молодой человек, по жесту мужчины, услужливо вскочил на ноги и освободил кресло. Фира села и оглянулась. Незнакомец затесался в толпе гостей. Своей внешностью он ничем не выделялся среди тех, кто какими-то путями проникает в служебные кабинеты комитета, несмотря на строгую охрану. Одни жалуются на несправедливый суд, другие на милицейское самоуправство, третьи на жестокое содержание близких в тюрьме. Однако сюда, на «Рождественские сезоны в Астробанке» посторонний человек вряд ли попадет...

Фира обводила взглядом тех, кто разместился вдоль стены зала. Примечая знакомых и незнакомых людей. Чудесные звуки скрипки погружали в спокойное, элегическое состояние. И если бы в памяти не всплывало обиженное и беззащитное лицо отца, настроение вообще было бы прекрасным. Звуки скрипки тогда еще тягостнее саднили душу. Ведь она любила отца. Какой-то жалостливой любовью любила. Возможно, еще и потому, что у нее не было своего ребенка. Ни ребенка, ни мужа. Хотя и то и другое она давно бы могла иметь. Взять того же Сашу Зальцмана. Интересный молодой человек. Из прекрасной семьи. Умница. С замечательной перспективой. И как мужчина на высоте, а она в этом уже кое-что соображала... Верен ей столько лет, как пес. Квартиру пробивает явно с надеждой... Она не понимала себя! Вероятно, живость натуры не позволяла смирять свои, часто необъяснимые, поступки. Как бывает у людей, которые не могут долго наслаждаться изумительным пейзажем. Пока не окажутся перед пропастью... Верно говорится: у кого есть ум, тому нужен еще больший ум, чтобы управлять тем умом. Как она, бывало, ненавидела себя. И судила себя гораздо строже, чем судили ее другие, да и тот же отец...

Фира вглядывалась в приглашенных. Откуда они?! Невероятно, чтобы в таком усталом, полуголодном городе, измученном, как и вся страна, сменой власти, появились такие люди. Изысканно одетые женщины, элегантные мужчины, с добрыми, умными лицами. Точно белоснежные гривы на поверхности черного штормового океана. Конечно, подобных типажей она встречала и на работе, и на улицах, и в филармонии, куда повадилась ходить с Зальцманом. И некоторым из них она знала цену – мерзавцы, каких еще поискать. Но сейчас, в этом зале, украшенном изысканным декором – мрамором с позолотой в старинном дворцовом стиле, – под мелодию Массне эти люди представлялись особым братством избранных. Тем самым «пилотным отрядом» деятелей новой формации, о каких самозабвенно рассуждали взявшие власть демократы. Люди, которые должны увлечь за собой других, тех, кто еще барахтается в обломках прошлого общества. Россия достойна жить своей жизнью. Какой?! Русской, но прибли́женной к Западу. Россия выстрадала эту жизнь. И возникшие «сезоны» были задуманы как пробный камень, запущенный нетерпеливой властью новых демократов. Такую идею вынашивало не только руководство города, а и некоторые молодые предприниматели, среди них и банкир Кирилл Смирнов. А то с чего бы ему выкладывать огромные деньжищи «Астробанка» на подобные тусовки! Приглашать знаменитых артистов – своих и зарубежных, множество гостей. Накрывать длиннющие столы, под приглядом лучших поваров. Фира предвидела, какие вкусности ждут ее в банкетном зале после концерта. Тут Кирилл особенно не скупился...

Когда он появлялся в Смольном, то исторические коридоры каким-то образом сужались из-за внешности банкира. Подобного толстяка Фире раньше не доводилось видеть. Наверняка он весил более ста пятидесяти килограмм. Зальцман, знакомя Фиру с Кириллом, сказал: «Ирина Наумовна, вот будущее России!» Фира тогда со значением оглядела фигуру толстяка. И Кирилл расхохотался, у него было чувство юмора... К своим тридцати пяти годам, физик по образованию, Кирилл Смирнов успел поучиться в Лондонской школе бизнеса – куда, в результате тестирования, его и тридцать одаренных россиян пригласили англичане.

Из единомышленников мэра Кирилл особо выделял Зальцмана. Да и тот относился с уважением к банкиру. Считал его «утопическим реалистом». А затею с «сезонами» пустой тратой средств, которым можно найти лучшее применение. В этом вопросе Зальцман расходился и с мэром. Тому по душе были подобные празднества. Держаться исключительно рационального пути было скучно. К тому же новоявленные руководители разных уровней всего лишь сменили свои комсомольские кабинеты. Они знали толк в праздниках с застольями. И, в пылу обсуждений, приводили в пример праздники на площадях Парижа времен Французской революции! «Правда, потом, – бурчал Зальцман, – на тех же площадях рубили головы друг другу». И к экспериментам «поверить алгебру гармонией» в России девяностых годов относился сдержанно. Хотя в банкетный зал после концерта хаживал не без удовольствия. Чем его и подковыривала Фира...

Когда раздался чарующий голос Любови Казарновской, Фира поднялась с места. Ей хотелось посмотреть, в чем была одета певица. В прошлый раз, на каком-то приеме, на Казарновской было открытое платье из серебристой парчи и соболья накидка. Но увидеть певицу не удалось – толпа оживленно загомонила и развернулась к широченным дверям...

Мэр города – Анатолий Собчак – входил в зал, как всегда, вдохновенно.

Высокий, стройный, в элегантном костюме. Гладкая темно-русая шевелюра венчала открытое лобастое лицо. Чуть косящие серо-голубые глаза и слегка вздернутый короткий нос в сочетании с изящным рисунком губ небольшого рта придавали облику мэра особый аристократический шарм. В прошлом юрист, профессор университета, он мастерски умел вызвать к себе симпатию не только эрудицией и ораторским искусством, а и особой привлекательностью порой несвоевременных идей. Не последнюю роль в этом обаянии играла и внешность мэра. Впервые за долгие годы во главе города находился человек, чей вид не оскорблял эстетический вкус петербуржцев. Особый ореол мужественности обрел образ мэра в драматические дни августа прошлого года. В дни государственного переворота. Именно тогда Сашка Зальцман и привлек внимание мэра. Как и кое-кто из тех молодых людей, что сопровождали сейчас мэра...

Тут был и высокий, сутуловатый финансовый начальник Алеша Кудрин. И его приятель-единомышленник Миша Маневич – черноволосый и усатый, точно цыган, он ведал сложнейшим комитетом по управлению городским имуществом (КУГИ). Был и Володя Путин, невысокого роста, молчаливый крепыш, с цепкими серыми глазами, смещенными к удлиненному носу – правая рука мэра. Он ведал внешними связями мэрии. Сорокалетний Володя был постарше большинства своих коллег, товарищей из «гнезда Собчакова», те пребывали в районе тридцати лет, в самом созидательном возрасте...

Когда Фире, в служебном порядке, приходилось обращаться к кому-нибудь из этих ребят по имени-отчеству, у нее словно деревенел язык. Особенно, к Александру Борисовичу Зальцману. Хотя многие знали об их отношениях...

Появление мэра со своей дружиной удачно совпало с паузой между романсами Казарновской. В услужливую воронку в плотном ряду гостей устремился мэр. А следом и дружина, которую замыкали Дима Мезенцев, глава Комитета по печати, и помощник мэра Зальцман. Глазастый Дима заметил Фиру и шепнул своему спутнику.

– Ирина Наумовна! – Зальцман шагнул к Фире, протянул руку и повлек ее за собой.

Узким проходом между стульями, они направлялись к первым, зарезервированным рядам. Мило бормоча извинения и приветствуя знакомых, мэр шел навстречу хозяину праздника, толстяку-банкиру, придерживая за локти статного пожилого мужчину и моложавую особу в темном платье и с крупными бусами на шее. Кирилл Смирнов с мягкой улыбкой покачал головой. Мол, понимаю, понимаю, государственные заботы...

– Но тем не менее половина вас уже здесь, – проговорил банкир, кивая в сторону семейства мэра – супруги и дочери.

– Не половина, а две трети, – подхватил мэр и потрепал дочь по льняной головке.

Та исподлобья стрельнула глазенками на отца, коря за опоздание...

– Извиняюсь, извиняюсь, – бормотал мэр, шутливо обращаясь к дочери, – дела, понимаешь.

В зале засмеялись. Жена мэра – в нарядном розовом платье и накинутой на плечи пелерине – наклонилась к дочери и что-то сказала. Девочка еще больше надулась и локотком ткнула бок матери. Та укоризненно покачала головой.

Фире нравилась супруга мэра своим независимым, порой дерзким поведением. Необычным гардеробом и особенно шляпками. «Она прониклась духом эксперимента с "пилотным отрядом": сбросить прошлое ханжество, – как-то заметил Зальцман. – У вас в характере много общего». Фира тогда молча согласилась и сейчас нет-нет да поглядывала на супругу мэра с заинтересованным любопытством...

Тем временем мэр, с подкупающей интеллигентной простотой, обратился к гостям праздника. Он говорил, что город, как и вся страна, переживает непростые дни – слишком тяжелое наследство оставил прежний строй. Особенно сложно с продовольствием. И сегодня на заседании правительства города было заслушано сообщение Комитета по внешним связям о достигнутом соглашении между Петербургом и рядом северных соседей о срочной поставке продовольствия. По бартеру. За лес, за нефтепродукты. А не за картины Эрмитажа, которыми торговал тот, чье имя некогда обвалилось на наш великий город. Так что голода, как пророчили коммунистические кликуши, не будет. Продовольствие начнет поступать уже на следующей неделе...

По залу прокатился вздох облегчения, словно каждый из присутствующих только вышел из Елисеевского магазина, заваленного одними банками с морской капустой...

– Когда тетя будет петь? – капризно спросила дочка мэра, пользуясь оживлением в зале.

Прославленная певица стояла у рояля, в смятении переглядываясь с концертмейстером. Она привыкла к поклонению слушателей, к восхищению ее замечательным сопрано. И вдруг, в самые минуты экстаза, ее отшвырнули, как девчонку из хора...

– Просим, просим! – выкрикнула Фира.

Зальцман с паническим порицанием взглянул на свою подругу. Но через мгновение толстяк-банкир, а следом и весь зал, поддержали Фиру в едином порыве...

– Трус! – тихо прошипела Фира, наклонясь к Зальцману. – Подхалим!

Зальцман ссутулился и втянул себя в глубину кресла.

Мэр подошел к певице, поцеловал ей руку, обнял за плечи и подвел к краю помоста. Вдвоем они смотрелись замечательно – красивая, молодая, в атласном концертном платье знаменитость, и мэр, стройный, моложавый, в безукоризненном костюме, с ярким галстуком на белоснежной сорочке. Даже не верилось, что он чуть ли не сутки прозаседал на совещании.

Зал зааплодировал... Мэр поднял руку, попросил еще минуту внимания и предоставил слово основоположнику первого коммерческого банка Петербурга. Кирилл вышел на помост, отчего просторный помост сразу просел и сузился до размеров мышеловки. Что вызвало веселье гостей... Банкир добродушно раскинул руки, мол, ничего не поделаешь – каков есть, таков есть. И, переждав, обратился к залу... «Согласно традиции "сезонов", – сказал он, – "Астробанк" приглашает в Петербург представителей знаменитых в прошлом фамилий России. Вот и сегодня мы рады видеть на своем празднике княгиню Ксению Николаевну Юсупову и графа Петра Петровича Шереметева...» И Кирилл с почтением пригласил гостей на помост.

Фира переводила взгляд с элегантной улыбчивой княгини и сухопарого, по-рыцарски стройного графа на певицу. Лицо Казарновской – с красиво прочерченными бровями и вздернутым носиком – выражало обиду и смятение. Вероятно, впервые за еще короткую, но блистательную карьеру она испытывала чувство, близкое к предательству по отношению к себе.

Граф сильным голосом поблагодарил за приглашение. И заговорил просто, но с затаенной важностью. Напомнил, что он Председатель Конгресса соотечественников за рубежом. Что тысячи людей мечтают вернуться в Россию без коммунистов. Встает вопрос о работе на родине, о зарплате, квартире, о социальных гарантиях. Чувствовалось, что граф собирается серьезно поговорить...

Фиру словно подмывало. Смятение певицы импульсивно передавалось ей, Фире Бершадской. Она так сжала пальцы, что скрипнули подлокотники кресла...

233

– Уймись! – прошептал Зальцман ей на ухо. – Успокойся!

Граф, собираясь с мыслями, поднес ко лбу платок. Этим мгновенно воспользовалась вторая гостья.

– Петр Петрович, дорогой, – всплеснула руками Ксения Юсупова, – мне дома, в Афинах, так и не удалось попасть на концерт Любови Юрьевны... Я прямо дрожу от нетерпения...

– Да, да, – по-детски, смутился граф. – Извините...

Княгиня шагнула к певице, обняла ее и поцеловала. Вдвоем, стоя рядом, они оказались удивительно похожими – стройностью фигур, цветом волос, прической, чертами лица. Даже как-то сгладилась разница в возрасте...

Фира окинула Зальцмана торжествующим взглядом.

– Общаться с тобой, Фирка, – буркнул Зальцман, – все равно что гулять в хорошую погоду... по минному полю.

Отделанные под мрамор стены банкетного зала, казалось, из последних сил сдерживали людское половодье. А гигантский П-образный стол виделся красочным плотом, что пытается всплыть над этим цветастым морем. Всплыть не удавалось – плот притапливали руки гостей, что тянулись к его манящему грузу, в центре которого возлежал, чуть ли не с метр, осетр. А вокруг его царственного лежбища роилось превеликое множество самой фантастической вкуснятины. От черной и красной икры до разнообразнейшей выпечки, название которой можно было восстановить лишь с помощью книженции «О вкусной и здоровой пищи» за 1953 год, с эпиграфом из самого Иосифа Сталина. И таких осетровых лежбищ Фира насчитала штук пять по периметру стола.

– Ничего себе! – сказала она Зальцману. – Только приняли решение о бартере со шведами и финнами, как уже...

Они стояли у входа в зал, примериваясь, как ловчее пристроиться к праздничному столу.

– Не надо было бегать звонить своему отцу, – Зальцман с досадой вглядывался в дальний конец зала.

Там стоял мэр в окружении гостей. И он, как советник мэра, должен бы быть поблизости.

– Не переживай, – проговорила Фира, – больше будут ценить.

Зальцман усмехнулся. Колкие слова Фиры были несправедливы. Кто, как не он, из ближайшего окружения мэра, вел себя независимо в принципиальных вопросах. Именно поэтому мэр держал его при себе, а не ставил во главе какого-нибудь комитета. С чем Зальцман, при своих способностях, наверняка бы неплохо справился. Но в данный момент он по служебному представлению обязан находиться в пределах досягаемости своего начальника, вне зависимости от обстоятельств. Еще он считал, что дерзкое поведение Фиры на людях порой выглядит неприлично. Неспроста мама говорила: «Ох, и натерпишься ты с ней, Шурик, помянешь мое слово». А отец поддерживающе помалкивал. Зальцман, признавая правоту родителей, ничего не мог с собой поделать. Еще со студенческой скамьи Фира овладела его мужской чувственностью, а это не подвластно сознанию...

Вот и сейчас. Он продирался за ней в людском месиве банкетного зала, будто влекомый магнитом: едва уловимым запахом тела, знакомого ему до мельчайших подробностей, звучанием голоса в минуты близости, так непохожим на интонации в обычном общении. Состояние, подобное властному наркотическому одурению. С того момента, когда на первом курсе «техноложки» Фира подошла к нему и спросила: «Слушай, Зальцман, наверное, ты и впрямь вундеркинд, если тебя сюда приняли?» – и он ей ответил тем же вопросом. С того момента он, долговязый очкарик и умница, оказался у нее в плену...

Фира прихватила чистую тарелку и двинулась вдоль плотной шеренги гостей, подыскивая местечко у стола. Ей повезло. Артист Илюша Олейников, ее давний знакомый, шагнул назад, увлекая за собой жену. Заметив Фиру, он забавно передернул пышными черными усами и указал на свободную брешь. Чем Фира и воспользовалась. Нашлась щель и для Зальцмана...

– Что тебе положить? – Фира окинула безбрежный стол.

– Не знаю, – промямлил Зальцман, – ничего неохота... Хорошая музыка.

Фира озадаченно подняла голову и взглянула на балкон, с которого квартет исполнял что-то тягучее.

– Попробуйте заливное из стерляди, Ирина Наумовна, – посоветовал вкрадчивый мужской голос справа, – пальчики оближете... Разрешите?!

Фира скосила глаза и узрела незнакомца, уступившего ей кресло в зале. Как он оказался сейчас соседом по столу, непонятно. Ведь рядом с четой Олейниковых стояла какая-то дама. Или Фире показалось... Мужчина властно заполучил ее тарелку, потянулся к середине стола и выудил бледно-розовое желе в золотистой формочке.

– Пальчики оближете, – повторил мужчина. – Еще советую пирожки с бараниной...

– А пальчики оближу? – уточнила Фира, принимая свою тарелку.

– Оближете, – мужчина потянулся к развороше́нному блюду с пирожками.

– А ты? Оближешь пальчики? – Фира обернулась к Зальцману. – Или будешь слушать музыку?

– Извини. Я пойду к ребятам, – буркнул Зальцман и направился в конец зала.

Фира пожала плечами. Желе со стерлядью действительно оказалось вкусным.

Нежно обволакивало горло прохладой. С горчинкой рыбного мяса и неожиданным привкусом имбиря. А пирожки с хрустящей корочкой вообще были великолепными...

– Представляете, Ирина Наумовна... если бы эти «Рождественские сезоны» показали по телевизору?! – общительно хохотнул мужчина. – Вряд ли бы ваш Смольный дотянул до Нового года. В кирпич разнесли бы! А между тем тут пасутся ребята из телевидения, сам видел.

Фира молча собрала в тарелку еще немного еды и отошла от стола к подоконнику.

Из людской мешанины взгляд выхватывал знакомые лица. Известные артисты, журналисты... Даже священник, как есть – в мантии, с тяжелым крестом на груди, разговаривает с пожилой дамой. Кто-то из знакомых кланялся Фире подчеркнуто дружелюбно, кто-то отводил глаза, словно стесняясь за роскошь зала. Да и сама Фира, признаться, испытывала неловкость...

Боковым зрением она заметила своего соседа по столу, с двумя бокалами в руках. Тот явно направлялся к ней. Это уже раздражало...

– Не желаете ополоснуть горло, Ирина Наумовна, – проговорил мужчина, – замечательный коньячок. Французский. Из подвалов королей.

– Ну уж, слишком, – сухо ответила Фира.

– Я не шучу. Вот написано, правда, по-французски, – явно ерничал незнакомец. Тонкая полоска седых усиков растягивалась над узкими губами.

– Не люблю коньяк, – без улыбки ответила Фира и, как обычно, добавила без обиняков: – Скажите, подобная галантность – ваша натура? Или вы на что-то рассчитываете?!

Смуглое лицо незнакомца отразило растерянность. На мгновение...

– Что вы, что вы... – произнес он.

– Я всего лишь мелкая сошка из Управления по кадрам. Имею власть только над уборщицами и над...

– Александром Борисовичем, – вставил незнакомец, обретя самообладание. И, достойно выдержав изумленный взгляд черных Фириных глаз, добавил: – Жаль, что он ушел. У меня есть к нему одно неплохое предложение. Кстати, оно может заинтересовать и вас, Ирина Наумовна... Меня зовут Станислав Алексеевич.

Он повертел пальцами ножку бокала и поставил его на подоконник. Пригубил коньяк из второго бокала и оглянулся. И Фира, невольно оглянувшись, заметила поблизости двоих рослых парней, один из которых уступил ей кресло. Парни как-то оттесняли ближайших гостей...

– Мальчики со мной, – обронил Станислав Алексеевич. – Так вот, Ирина Наумовна... В Забайкалье есть богатейшие залежи меди и других ископаемых. Так называемое Удоканское месторождение. Многие разработки позакрывались, рабочие разбежались, держится только администрация. И то не везде...

– Не понимаю, о чем вы, – сдерживалась Фира.

– Появился шанс неплохо вложить деньги, – продолжал Станислав Алексеевич. – Я, на правах концессии, прикупил две трети одного перспективного участка.

Вернул рабочих, наладил производство... Могу предложить концессию на треть этого участка за весьма скромную сумму.

– Кому? Мне?! – Фира обескураженно пожала плечами.

– Или, скажем, Зальцману, – Станислав Алексеевич пригубил коньяк. – На мой взгляд, Александр Борисович неплохая кандидатура. Теневая, не очень публичная персона. Умница. Со связями... Молодой... Самое его время... Собственно говоря, я и пришел на этот «пир во время чумы» из-за Александра Борисовича, поговорить в неформальной обстановке. А потом решил – лучше через вас... Да и деньги-то нужны смешные. Тысяч пятнадцать–двадцать долларов.

– Это... смешные? – не удержалась Фира.

– Могу даже одолжить ему, – продолжал Станислав Алексеевич, – раскрутится, вернет.

– Так и купите сами всю концессию.

– Мог бы. Да не хочу, – усмехнулся Станислав Алексеевич. – Как говорят в определенных кругах: «Жадность фраера сгубила».

– А вы, что... из этих... кругов? – дерзко вопросила Фира.

В плывущих светлых глазах Станислава Алексеевича на мгновение сверкнули искорки.

– Что вы, Ирина Наумовна, – засмеялся он, – избежал. Хотя полстраны вращается в этих кругах... Но, не скрою, некоторый вес имею. По старой профессии, в так называемой, пенитенциарной системе...

Фира не знала точно, что обозначает это заковыристое слово, но звучало солидно. И вызывало уважение. Да и на вид он человек солидный, в возрасте.

– А по новой профессии? – она потянулась к подоконнику и взяла бокал.

– По новой? – усмехнулся Станислав Алексеевич, – скажем, предприниматель.

Фира была уверена, что Зальцман не только отвергнет предложение Станислава Алексеевича, но и будет резко недоволен. Зальцман избегал даже слабого подозрения в каких-то знакомствах со «второй властью» города.

– И, значит, вы многое можете? – Фира поднесла ко рту коньяк и, не без кокетства, смотрела на Станислава Алексеевича поверх кромки бокала.

– Не все, но кое-что могу, – ответил Станислав Алексеевич.

– А можете, к примеру, вызволить собачку из плена?

– Не понял, – растерялся Станислав Алексеевич.

– Ну... собачку. Дворнягу. По имени Точка. Ее украл какой-то Толян. Хозяин скупки на Большой Разночинной улице.

– И что? – все не мог понять Станислав Алексеевич.

– Собачку надо вернуть, – хмыкнула Фира и тронула коньяк кончиком языка. – Если вы многое можете – верните собачку на Сытный рынок. В чайную... Что же касается вашего предложения, я передам Александру Борисовичу...

– Я не держу визиток. Сам позвоню Зальцману. Просто, чтобы он был в курсе дела, – Станислав Алексеевич засмеялся. – Какая-то собачка... Ха-ха... Точка... Удоканское месторождение меди, олова и молибдена... Многие в этом зале ухватились бы за мое предложение. Но не многим бы я предложил... А тут, собачка по имени Точка...

Одиночество требует самообладания. Если его нет, жизнь превращается в пытку. А самообладание, это искусство занять чем-нибудь свои мысли. Собственно, одиночество категория не столько физическая, столько метафизическая. Можно одному, в пустыне, не чувствовать себя одиноким и, наоборот, в толпе ощущать безвыходное одиночество и тоску... Самое острое одиночество Нюма ощущал на фронте, во время атаки. Тогда, как ни странно, не было никаких мыслей, даже мыслей выжить. Лишь полуосознанное механическое действие. Стоило в такие минуты вернуть сознание, как ты превращаешься в существо, желающее одного – выжить. Зарыться в любую дыру, но выжить... Начальство на фронте неизменно ставило Бершадского в пример как храброго воина. Только офицер Бершадский знал, что во время атаки он ощущал смертельное одиночество. И ни о чем не думал – ни о присяге, ни о собственной жизни. Он, как под гипнозом, бежал на пули. И пули от него шарахались. За все годы войны одна контузия...

Такие соображения Нюма сейчас и высказывал своему соседу. Как мог, своими словами. Через паузы, сопенье и покашливание...

Было воскресенье. Самвел вернулся из больницы вчера, в субботу. Хотя формально его выписали еще во вторник, вернули одежду, документы.

Не в пример другим, что рвутся из больницы, едва заполучив разрешение, Самвелу не хотелось возвращаться домой, заботиться о еде и иных бытовых проблемах. А в больнице можно ухитриться и забраться в душевую, под слабую струйку теплой воды, а не греть воду в кастрюле, как на Бармалеевой улице. Хотя в палате было холодно, на соседних кроватях валялись одеяла и толстые наматрасники, их тоже можно использовать. Врач в палату не заходил. Новые больные не поступали, потому как «девятка» работала по «скорой» только в субботу. Нюме он сообщил, что необходимо дополнительное обследование. И просил не приходить в больницу, мол, объявлен карантин по гриппу. Когда снимут карантин, он сообщит...

Сердобольная сестра-хозяйка, по причине всеобщего бардака, разносила еду без всякой разнарядки. Да и что там за еда, так, одно название. Самвел на это внимания не обращал, накатывались первые волны депрессии. Сестра-хозяйка это заметила. Так и сказала впрямую: «Один старик тут лежал, домой возвращаться не хотел. Потом повесился ночью, в гардеробной». Чем бы закончилось такое состояние, неизвестно. Только утром, в субботу, в палату доставили какого-то больного, закинули на соседнюю кровать. Больной стонал и мекал, точно козел. Похоже, маму вспоминал: «Мэ – мэ...» Можно было бы перебраться в соседнюю палату, пустую. Но Самвел вытянул из-под матраца свою одежду и ушел из больницы. Сел в автобус и поехал домой.

Вот и сидел сейчас, уставившись в слепое снежное стекло окна. Его состояние озадачивало Нюму. Со вчерашнего дня Самвел едва произнес десяток слов.

– О чем ты думаешь? Сидишь, как куль, – проговорил Нюма.

– Ара, так, сижу себе. Отдыхаю, – нехотя ответил Самвел.

– Что, в больнице не отдохнул? – проворчал Нюма.

Самвел приподнял и опустил плечи, словно обозначил глупость заданного вопроса. Помолчал и, вдогонку размышлениям соседа, вяло добавил:

– Человек тогда одинокий, когда самые близкие люди на него плевать хотели, я так думаю.

Нюма с досадой махнул руками и поспешил в свою комнату. Вскоре вернулся с каким-то листочком.

– Забыл тебе сообщить. Вот! Еще на той неделе получил. Извещение на твое имя, может, от племянника... Я ходил на почту. Сказали: без паспорта не отдадут. А паспорт был с тобой, в больнице.

Самвел повертел извещение и спросил:

– Снег идет?

– Не знаю, не выходил, – ответил Нюма. – На почту собрался? Сегодня же выходной.

– Ах да, – вздохнул Самвел. – А он сам не звонил? Из Калифорнии.

– Звонил бы, я б тебе передал.

– Может быть, и забыл, – упрекнул Самвел. – Как с этим извещением.

Нюма промолчал. О чем еще с соседом говорить? Намыкался Самвел в своей больнице, потрепал нервы. У Нюмы самого столько дней сердце ноет. То стучит еле-еле, то вдруг взбрыкнет и начинает колошматить, словно хочет вырваться наружу. И внезапно пульс пропадает. После смерти Розы сердце его особенно не беспокоило. Врачи говорили, что такое иногда бывает: при сильном нервном стрессе пропадают некоторые болезни. И в особых ситуациях. К примеру, в блокаду не только не проявлял себя диабет – что было понятно, – а и болезни сосудов отступали. Или в тюрьме. Иной годами сидит, мается. А выходит, и здоровее прежнего... Главное, чтобы сердце не болело посреди груди, под ложечкой. А сбоку, не обращай особого внимания, это от нервов. Ни хрена себе, не обращай внимания, когда сердце ноет, словно просится наружу. Да и с той, старой своей хворью, обострение возникло, ни один сон толком не разглядеть, а Нюма любил сны свои рассматривать. Правда, редко когда запоминал...

– Как ты там, в больнице... Вставал по ночам? – спросил Нюма.

– Вставал, – вяло ответил Самвел. – Хотел урологу показаться. Сказали, нет у них уролога.

– Мне тоже надо бы показаться. И сердце проверить... После того, как пропала собачка...

– Конечно. Каждый день с ней гуляли... Ты Фире говорил?

– Говорил.

– А она что? – Самвел обернулся и посмотрел на соседа.

– Крик подняла: «Думала, ты меня позвал из-за документов на квартиру. А ты?! Какая, к черту, собачка?! Люди пропадают, найти не могут! Кругом банды! В городе две власти. Мэр без телохранителей ни шагу. А вы с Самвелкой всех хотите на уши поставить из-за своей собачки?!» Хлопнула дверью и убежала... Вся в покойную мать.

– Ара, женщина, да, – вздохнул Самвел. – Эта тоже говорит...

– Кассирша? – с подковыром уточнил Нюма.

– Вера Михайловна, – раздраженно осадил Самвел. – Говорит: «Почему так переживаешь? Береги нервы. Ведь Димка нашел вам другую собаку!»

– Видишь, какая о тебе забота? – вставил Нюма. – Наверное, и в больницу наведывалась?

– Ты говорил ей про больницу?

– Боже упаси! Ты же не разрешил... Хотел сказать, когда пришел в сберкассу, за пенсией. Но промолчал. И она не спросила... Вы что, поругались?

– Ара, тебе какое дело?!

– Могла бы и проведать, – не унимался Нюма. – Ты ведь из-за нее попал в больницу. Перенапрягся. Со своей спиной.

– Глупости говоришь, Нюма. Диабетическая кома случилась. Сахар в крови упал. Поэтому я сознание и потерял. А не то, что ты думаешь...

– С чего бы ему падать, твоему сахару?

– Понервничал сильно. Оказывается, у меня еще и диабет есть, а я не знал. Думал, опять из-за спины в больницу попал.

– А что ты так нервничал? Из-за собачки?

– Ара, из-за всего, – Самвел переждал, вздохнул и проговорил: – Она меня Сашей стала называть, а иногда – Шуриком. Ара, какой я Саша? А тем более – Шурик! Ты что смеешься?

Нюма смеялся, с удивленным удовольствием глядя на соседа, и вопрошал сквозь смех: «Как, как?! Шуриком? Тебя?!»

– Я спрашиваю: ара, какой я Шурик, дура?! – серьезно говорил Самвел. – Я – Самвел! Меня родители назвали Самвелом! А она все: «Саша-Шурик!» И шмендрик меня стал называть: «Дядя Шурик!» Сукин сын! Еще тот типчик!

– Но почему?! – сквозь смех выговорил Нюма.

– Ей так удобнее. У них сроду не было никаких Самвелов! Как она скажет своим?! Стыдно!

– Ну так пусть Саша, пусть Шурик! Подумаешь! Зато какие у нее сиськи! Из-за них всегда очередь в кассу мужики притормаживали. Только у дворника Гали сиськи пышнее. И то, вряд ли.

– Ара, ты о чем говоришь?! Я – Самвел! Это вы, как что, меняете свое имя.

– Ну и что? – без обиды произнес Нюма. – И меняем! Зато четыре тысячи лет продержались.

– Ара, мы тоже не меньше продержались. Не приспосабливались, имя свое не меняли.

– А зачем вам менять?! Если с давних пор взяли у нас и на свой лад перелицевали?! – Нюма заметался по комнате, натыкаясь на стулья, на углы стола, выжимая скрип старого паркета. – Самуил Рубенович! Ха-ха! Рубен, тоже наверняка от нашего Рувима пошел.

– Ара, ты еще помнишь эту глупость?! – Самвел в ярости откинул голову на спинку кресла. Побелевшие в гневе губы выпускали звуки, подобные перекатам галечника на берегу штормового моря. – Старый дурак! Клянусь, чем хочешь, старый дурак!

– Шюрик! – с гримасой на лице, Нюма выскочил из комнаты.

– И борщ свой дурацкий не давай мне! – выкрикнул вдогонку Самвел. – Все равно кушать не буду!

Нюма выключил телевизор. Он надеялся, что Самвел заглянет хотя бы на «Вечерние новости». Но Самвел так и не появился. Ни во время хоккея, ни во время новостей. Может, Самвел ушел к той кассирше, а он не слышал из-за телевизора? Вряд ли. Самвел еще не оклемался от больницы. В плотной сыроватой тишине позднего зимнего вечера было тихо, как под водой...

Нюму волновали такие минуты спокойного созерцания комнаты. Казалось, вещи оживали и безмолвно переговаривались между собой, словно немые, только их жесты были застывшие. И Нюму они приглашали поговорить, поразмышлять, вспомнить...

С чего он так утром сцепился с Самвелом? Помнится, заговорили об одиночестве. Самвел сказал, что одиночество мужчины начинается с того, что ему не хочется даже видеть женщину. А Нюма, наоборот, утверждал, что одиночество мужчины начинается тогда, когда женщина перестает видеть в нем мужчину. Особенно к старости. Когда одиночество требует особого самообладания, чтобы жизнь не превратилась в пытку. Вспоминал войну. А голова была занята одним вопросом: что значит... самообладание? Власть конкретного дела, ради которого все остальное становится второстепенным? Победа над женщиной. Несмотря на почтенный свой возраст. Что влекло Самвела к «маме-бабушке» мальчика Димы? Бегство от одиночества? Тогда почему Самвел с ней расстался?! Из-за условности, связанной с именем? Чепуха да и только! Ведь имя всего лишь пароль, отличающий одного человека от другого. Неужели из-за верности этому паролю можно вернуться в одиночество?! Или одиночество обладает особым магнетизмом и затягивает в себя, точно воронка морской пучины? За безоглядной верностью своему паролю стоит верность своей стае, своей нации. Ее основой служит заблуждение – национальная избранность. Сила, которая не только сплачивает, а и разрушает стаю. Жизнь, с момента зарождения, обреченно идет к Смерти. Бог знал, что даже Он, Всемогущий, не может нарушить эту поступь. Хотя сам ее и предопределил, разрушив Вавилонскую башню. Не дано человеку понять замысел Божий! Чем Он испытывает любовь к Себе своего стада? Только разрушив башню, Он разбросал бездомных по всему миру, полагая, что даровал человекам свободу. Однако, оказавшись лицом к лицу с природой, человеки возопили к Нему о помощи, на кой ляд им такая свобода?! Поняв, что погорячился, Он распихал их по стаям-нациям, вручив каждой стае свой язык, свой пароль. И тут Господь опять дал маху, не все просчитал. Взаимное непризнание человеками чужих паролей породило спесь и как следствие вражду до полного самоуничтожения. В основе которого зарыта глупость человеков, сбившихся в стаи. Вот глупость-то, как и ее подельницу – спесь, Он и не отнял, прозевал...

Нюма водил взглядом по комнатной утвари, размышляя не столько о поступке соседа, сколько о своей судьбе. Нюма сопоставлял два одиночества. Мог бы он из-за какого-то условного пароля остаться в своем одиночестве? В этой жуткой и в то же время сладостной воронке морской пучины? Конечно, Самвел сказал тогда сгоряча, что мы «как что, меняем свое имя». Если было бы так, люди давно забыли бы про нас. Именно наша тысячелетняя упертость вызывает негодование и гнев.

Но, признаться, тогда, у ювелирного магазина на Ленина, так нежно прозвучал его пароль в устах Жени Роговицыной. Тот пароль – Наум, которым его пометили родители еще в тысяча девятьсот двадцать пятом году. И который, на много лет, отняла у него жена, привязав, как бирку к ноге покойника, сусальную кличку «Нюма».

Он вспомнил Женю Роговицыну. Ее голос с волнующей хрипотцой завзятой курильщицы и трогательные возрастные морщинки вокруг серых глаз. А как она обворожительно выглядела в том бирюзовом платье! Рядом с ней он, в школьном костюме с хлястиком на пиджаке, наверняка смотрелся беспомощным чурбаном. Такая беспомощность человека, в которого она когда-то была влюблена, явно ее чем-то умиляла, Нюма это чувствовал...

Будущее их отношений виделось сейчас Нюме, как загадочные декорации театрального спектакля, скрытые до поры сценическим занавесом. Это будоражило, сбивало дыхание, ускоряло биение сердца...

Интересно, если бы он сейчас, безо всякого телефонного звонка, пришел к ней в дом... Да еще в том же костюме с хлястиком... А что?! В дерзком порыве Нюма приподнялся с кресла. И, недолго продержав себя в этой позе, нехотя вернулся на продавленное кожаное сиденье. Вспомнил, как Женя была чем-то недовольна при его появлении в прошлый раз, упрекнула за опоздание. И потом они славно посидели с ее квартирантами из Еревана.

Пианистка Лаура была несколько криклива, а вот ее муж, Сеид, рыночный меняла, оказался вполне симпатичным человеком. Особенно после рассказа о собачке... Трепетная надежда вернуть Точку в свой дом, на Бармалееву, растаяла после визита Фиры.

Казалось, он за долгие годы уже мог бы привыкнуть к такому обращению с собой, но с каждым разом ее тон становился все жестче, грубее. И Нюму охватывало ощущение голого человека, выставленного на обозрение толпы. Время, когда он не видел дочь воочию, пробуждало в памяти нежные и трогательные отцовские чувства. А едва дочь появлялась на пороге, едва произносила первые фразы, как Нюма чувствовал нервную, неуправляемую дрожь. Ему передавалось ее возбуждение, придиристость к малейшим пустякам...

Взять последний ее визит... Едва он заикнулся о помощи в вызволении Точки из плена, как Фирка подняла крик. И мгновенно вывела его из себя. Вынудила сказать нелестные слова о нынешней власти. Дескать, под шумок протырились туда типчики, которые имеют связь с бандюганами. Тут и началось! Видно, Фирка восприняла «типчиков», как прямой намек в свой адрес. Ну и правильно! Что она собой представляет, если говорить честно?! Ну, Зальцман, еще куда ни шло. Может, в башке у него что-то и фурычит. Но Фирка?!

Нюма, в полусне, не открывая глаз, прижал ладонями уши – голос дочери, казалось, впивается ему в мозг. А когда открыл глаза, понял, что лежит в своей кровати, под одеялом. Размытые утренней сутемью контуры предметов оповещали, что время, по зиме, довольно позднее. Пожалуй, около одиннадцати часов... Как он очутился в кровати, Нюма сообразить не мог. Вроде бы только вышел из комнаты Самвела после малоприятного разговора, поужинал, сел у телевизора и – на тебе! Ночь прошла как не было... Даже в туалет ни разу не потянуло, а обычно по два-три раза вскакивал, ломал сон...

– Не спишь? – раздался из приоткрытой двери голос Самвела.

– Ара, нет! – благодушно ответил Нюма. – Заходи!

От фигуры соседа пахнуло свежестью улицы. В руках он держал объемистый конверт.

– На почту ходил... – Самвел положил конверт на одеяло. – Что скажешь?

– Дай очки, – попросил Нюма. – На столе поищи.

– Возьми мои, – Самвел раскрыл очечник, выудил очки и протянул соседу.

– От Сережки? Опять придумал тебе бизнес? Мало мы натерпелись с его фантазией. – Нюма включил торшер. – Столько своих денег ухлопали.

– Какой Сережка?! Из Москвы документы. Из Американского посольства.

Нюма окинул соседа недоверчивым взглядом и полез в конверт. Плотная на ощупь бумага вызывала уважение.

– О чем это? – боязливо спросил Нюма.

– Разверни, прочти, – нетерпеливо поторопил Самвел. – Предлагают заполнить какие-то анкеты... Ну прочти, не бойся.

Текст, напечатанный на нескольких страницах убористым шрифтом, под шапкой с гербом Америки, требовал неторопливого и внимательного чтения.

К чему Нюма, лежа под одеялом, сейчас был не очень готов. И, вообще, он старался избегать чтения пространных канцелярских текстов. Он заранее знал, что ничего не поймет...

– Короче! – Нюма решительно вернул бумаги соседу. – Что они хотят?!

– Сам не знаю, – Самвел взял бумаги. – Написано: просим заполнить петицию для воссоединения семьи.

– Какой семьи? – Нюма откинул одеяло и сел, опустив ноги.

– Этот баламут Сережка что-то замастырил... Хочет меня в Америку взять, – Самвел уложил бумаги в конверт. – Еще просят удостоверить подлинность моего с ним родства.

– Ну... удостоверь.

– Ара, как «удостоверь»? Все бумаги в Баку остались. А кто меня туда пустит? Ты газеты читаешь? Вот-вот там война начнется из-за Карабаха... К тому же я не хочу воссоединяться. Тем более с этим баламутом, сыном своего отца-фармазона.

– Сын за отца не ответчик, как сказал другой фармазон. Воссоединяйся!

– А тебе что?

– Потом меня позовешь. Как соседа.

– Соседа нельзя, – серьезно ответил Самвел. – Тем более тебя.

– Почему нельзя? Бывает, сосед ближе родственника. – Нюму эта серьезность обескуражила. – Интересно, чем я так тебя обидел?

– Ара, не обидел. Просто надоел, – Самвел сунул конверт в карман. – Даже не знаю, когда твоя дочка отберет комнату, выгонит меня из дома.

Нюма с оторопью смотрел на соседа. Шутит тот или говорит серьезно? Если шутит, то шутка не очень удачная...

– Не шучу я, не шучу, – ответил Самвел на его недоуменный взгляд. – Я даже из больницы не очень торопился... Надоел ты мне... Раньше хотя бы собачка была... Потом кассирша эта появилась... Теперь ничего нет.

Самвел вышел из комнаты и силой хлопнул за собой дверью.

Нюма сидел с выпростанными из-под одеяла ногами. Тело налилось свинцом.

«Ничего себе начинается денек», – подумал Нюма и провел пальцем по зубам. Вчера, перед сном, он забыл снять протез, что случалось довольно редко. И очень удачно, что забыл. Иначе бы шепелявил в разговоре с соседом, а это как-то сковывает...

Он просидел еще минуты две. Нащупал комнатные туфли, продел ноги, поднялся. Накинул халат и вышел в коридор.

Нюма давно замечал за собой особую вялость и нерешительность после сна.

То ли умыться и привести себя в порядок, то ли сразу направиться в кухню, заняться завтраком, предварительно заправив себя горстью лекарств. И нужных, и ненужных... Это наполнит его энергией для каких-то дел. К примеру, нужно проверить почтовый ящик. Раньше каждая задержка газеты вызывала у Нюмы гнев, побуждала к действию. Он отправлялся на почту, дожидался почтальона Люсю, выяснял, негодовал. Глядишь, и провел половину дня. А там наступало время телевизора... Теперь же газетные новости стали ему неинтересны. А после пропажи собачки он вообще словно впал в летаргический сон. И день наполнялся апатией...

Да, скучен путь к вечному покою под конец жизни. Неинтересен и уныл. Возможно, и здесь промысел Божий. Господь нарочно складывал судьбу простого человека так, чтобы не очень было обидно покидать этот мир. Какая разница – жить так дальше или помереть?! Мысль эта, как ни странно, успокаивала, даже придавала всему смысл. Но иногда прошлая жизнь экспедитора Торгового порта, вдруг врывалась в память, и Нюма брал себя в руки. Выпрямлял спину, поднимал голову, не шаркал подошвами... Память хранила вчерашний порыв наведаться к Жене Роговицыной без звонка. Купить цветы и наведаться. В прошлый раз они так и не поговорили... о своем. Во время завтрака решительность все более ослабевала. Когда, после гречневой каши, Нюма приступил к чаю, от затеи осталось лишь желание только позвонить. Он сложил в миску чайную кружку, ложку, нож и вилку, собрал хлебные крошки. Поднялся из-за стола и шагнул к раковине.

– Слушай, я оставил у тебя очки, – раздался за спиной голос Самвела.

От неожиданности миска выскользнула из рук Нюмы и брякнулась о дно раковины.

– Черт, чуть не разбил! – воскликнул Нюма. – Подкрался, как шпион.

– Ара, кто подкрался?! Шел, как всегда. Ты совсем глухой стал!

– Хорошо, что надо?

– Очки у тебя оставил.

– Иди и возьми.

– Пошли вместе. Что-нибудь пропадет, на меня скажешь.

– Ты что?! Совсем чокнулся в больнице? – Нюма, исподлобья посмотрел на соседа.

Тот хмурил редкие брови и жевал губы.

– Ара, мне очки нужны, – буркнул Самвел.

– Свою «петицию» будешь писать? – не сдержал ехидство Нюма. – Меня на Америку поменяешь?

Самвел молчал, выжидательно глядя в кухонное окно. Он хотел что-то сказать Нюме, возможно, извиниться за хамство. А вместо этого – как бывает с упрямцами – насупился.

– Хочешь, покушай борщ. Я вчера сварил. Из пакета, – спокойно проговорил Нюма. – Назавтра борщ всегда вкуснее. И каша осталась, гречневая.

Нюма вытер руки о полотенце и, демонстративно обойдя соседа, направился в свою комнату. Очки и очечник лежали на тумбе. Подобрав их, Нюма шагнул было к порогу, как его задержал звонок телефона. В те секунды, когда Нюма снимал с рычагов трубку телефона, он определенно знал, кто ему звонит. И удивлялся совпадению их желаний... Разговор был недолгим и, судя по улыбке, плавающей на широком лице Нюмы, весьма приятным для него. Пообещав, что он и его сосед «Самуил» непременно воспользуются приглашением, Нюма повесил трубку.

Самвел стоял на том же месте, упираясь спиной в простенок и сунув руки в карманы брюк.

– Вот твои очки, – Нюма положил очечник на стол, – хотел тебе в комнату занести, но подумал: не дай бог, что-нибудь пропадет...

254

– Правильно подумал, – возникшая дрязга несла Самвела, подобно щепке в потоке воды.

Он шагнул к столу, пихнул очечник в карман штанов и пробормотал что-то на своем языке. Тощий, небритый, со всклокоченными волосами. Из растянутого ворота старого свитера тянулась шея, покрытая мелкими пупырышками дряблой кожи, как у ощипанного петушка... Таким Самвел предстал перед семейством Бершадских в январе восемьдесят девятого года. Правда, на нем была шляпа. На улице мороз, градусов под двадцать, а он в шляпе и ратиновом пальто, из-под которого виднелся тот же свитер с растянутым воротом. Его привела Фирка.

– Где твоя шляпа? – Нюма сел за стол и уперся подбородком на сцепленные замком пальцы. – Шляпа, в которой ты появился в этом доме. Где?

– Не знаю, – Самвел развел руками. – Наверное, моль съела.

– Жаль. Хорошая была шляпа. Из настоящего велюра.

– Ара, при чем тут шляпа?

– Ты в ней выглядел, как лорд! Может, валяется на антресолях?

– Отстань! – буркнул Самвел. – Тоже, вспомнил...

– Звонила моя старая знакомая. Пригласила на рождественский обед, – пояснил Нюма. – Вместе с тобой.

– А я при чем? – замешался Самвел.

– У нее живут беженцы с Кавказа... Хочет вас познакомить.

– Армяне?

– Кажется. Женщину зовут Лаура.

– Лаура? Наверно, армянка. Наши любят такие имена. Мою сестру звали Офеля. А ее мужа – Генрих...

– Вот-вот. Поэтому и хотел, чтобы ты выглядел, как лорд. В шляпе.

– Ты когда-нибудь видел лорда?

– Видел. В бане, на Пушкарской. Года четыре назад, еще при Советской власти. Мы спины терли друг другу. Его фамилия было Лордкипанидзе. Спина, как у обезьяны, вся волосатая. Правда, и ты у нас не лысый...

Желтый лист сидел на кончике осиротевшей ветки. Неделю Евгения Фоминична наблюдала за ним сквозь окно гостиной. И удивлялась: вторая половина декабря, снег завалил крышу соседнего дома, зашпаклевал улицу, а лист, точно околдованная бабочка, не слетал с ветки. Последний, из великолепной шевелюры старого тополя. Порой ветер сотрясал оконную раму, а лист все не оставлял своего дежурства.

– Такой же упрямый, как мой Сеид, – сказала Лаура в ответ на удивление хозяйки. – Я ему говорю: Сеид, дорогой, ты живешь в России. Почему со мной говоришь на улице по-азербайджански? Ведь в Ереване ты всегда со всеми говорил по-русски...

– Ну и что? – Евгения Фоминична отошла от окна.

– Как, что?! – Лаура всплеснула руками. – Посмотрите вокруг. Люди ходят голодные, злые. В магазинах пусто, в карманах пусто. Одна спичка – и начнется такой же пожар, как в Баку и в Ереване. Зачем злить людей чужим языком? А он упрямый, как баран. Говорит, если они меня пометили, я и буду таким. Отрастил усы, разговаривает со мной по-азербайджански. А ведь я их язык плохо знаю. Вы бы ему сказали, он вас уважает.

– Боюсь, это впустую, – Евгения Фоминична выбила из пачки сигарету и взяла зажигалку. – После истории на заводе, это впустую.

Дело давнее. На заводе, куда она устроила инженера Сеида Касумова, прошла волна увольнений. Уволили и

Сеида, хотя он себя проявил весьма толковым специалистом. Причины увольнения были объективные – тяжелое экономическое положение завода. А были и субъективные. И Сеид это чувствовал: ведь оставили на заводе куда менее квалифицированных специалистов, с «правильными» фамилиями. Сеид ходил в дирекцию, скандалил. И Евгения Фоминична хлопотала. Ей так и сказали: мол, свои маются без работы, а тут...

Сеид хотел уехать из Ленинграда. Но куда? В Баку? Его жену-армянку из аэропорта не выпустят. В Ереван? Его, азербайджанца, самого из аэропорта не выпустят. В Прибалтику? Там никаких знакомых, да и свой национализм, как и в Азии... Сеид замкнулся, целыми днями искал работу. Обращался в Землячество, о чем потом жалел. Говорил, что эти «шакалы» погрязли в коррупции и вымогательстве у своих бесправных земляков, приехавших в Россию от нищеты и безработицы на родине. И попавших во власть уже ленинградских обдирал – милиции и чиновников, с которыми у Землячества наверняка был общий карман. А что им взять от Сеида? К тому же для них он был не совсем свой, он был «ераз» – ереванский азербайджанец. Из тех бедолаг, что бежали на родину от гонений в Ереване... Евгения Фоминична о многом и понятия не имела. К примеру, что Сеид встретился с Илюшей-чайханщиком. И тот пристроил его менялой валюты к браткам, «крышевавшим» Сытный рынок. О чем ему не хотелось говорить хозяйке... Только Евгения Фоминична приметила: воспрял Сеид. Вновь стал оплачивать проживание, приносить в дом продукты. Да и Лаура пристроилась. Где-то, на квартире, давала детям уроки музыки...

Честно говоря, присутствие посторонних людей в квартире стало тяготить Евгению Фоминичну. Четвертый год живут под ее крышей. Стеснять они ее не стесняли, квартира трехкомнатная. И все же люди чужие... И дочь Анна перестала навещать мать, ссылаясь, что и без нее есть кому за матерью приглядывать. Что же касалось внука Володьки, тот вообще заявил, что не выносит «чурок», они, дескать, в армии у него поперек горла стояли. После срочной службы Володька объявил себя поэтом, якшался с такими же патлатыми оболтусами, повесил на грудь крест. Хотя не верил ни в Бога, ни в черта. Попрекал бабку, что она не увезла его и маму в Париж к родственникам.

И все боялся – не прикарманят ли «чурки» квартиру, если вдруг преставится бабка? Подмажут кого надо, и прикарманят. А то и помогут преставиться, бабка, поди, к семидесяти подгребает. Постепенно Володька внушил свои опасения матери. Та принялась названивать Евгении Фоминичне. С каждым разом их разговор становился все более непростым. А последний раз Евгения Фоминична даже бросила трубку. С чего этой дуре-дочери беспокоиться?! Квартира приватизирована, а Анька и Володька прямые наследники. Чем вызвана такая настырность, полное безразличие к одиночеству матери?! Только эгоизмом! Каким-то зоологическим эгоизмом?! Слепой жадностью, сметающей даже собственную выгоду – кому, как не им, выгодна опека над старой матерью в такие трудные времена...

Тем не менее настойчивость дочери заронила определенное сомнение в сознание Евгении Фоминичны. Хотелось с кем-то поделиться. Близких подруг у нее не было. Кто умер, кто уехал. Да и были ли они, близкие подруги? Пожалуй, кроме покойной Розы, так никого и не было. Да и то в далекие времена, до появления в их жизни Наума... Вот с кем поговорить бы, с Наумом. Тем более и у него судьба сложилась таким же образом, с баламутной дочкой Фирой и квартирантом-горемыкой...

Схожесть судеб ее и Наума Бершадского встряхнула Евгению Фоминичну. «Раз он Наум, значит, есть у него и ум, – взбодрилась она. – К тому же он старше меня на целых десять лет».

Решение частично переложить свой тяжкий груз на плечи Бершадского обрадовало Евгению Фоминичну. Ее мысли потянулись в другую даль, таинственную и трепетную. А почему бы им вообще не связать свои жизни! Вопреки здравому смыслу, всем условностям и даже вопреки закону природы. Подчиняясь единственному инстинкту – бегству от тоски одиночества. Когда не испытываешь сладость той тоски, какую испытывают монахи в своих кельях, они одиночества не замечают – с Богом общаются. Или с Мыслью. А она обыкновенная женщина, не верящая в Бога и не отягощенная размышлениями о сути жизни. О том, как отнесется к ее затее сам Наум Бершадский, ей и в голову не приходило, сказывался волевой характер бывшего главного специалиста «Союзспецавтоприбора»...

И сегодня, накануне Рождественских предновогодних дней, она остро ощутила стремительность, с которой укорачивается жизнь... Возможно, к этому подвигнул вид желтого листочка за окном, цепко державшегося на острие студеной ветки.

Евгения Фоминична отошла от окна и направилась на лестничную площадку курить...

Дворник Галина черпала из ведра песок и метала на снежный наст двора. Утром кто-то из жильцов поскользнулся, расквасил нос и наябедничал начальнице Маргарите Витальевне. Та устроила дворнику выволочку.

Мол, Галина больше хреначит в антикварном магазине на Ленина, чем во дворе своего дома на Бармалеевой. И если так будет продолжаться, то пробкой от шампанского вылетит из ведомственной комнаты. Сейчас толпами шастают люди с Кавказа, согласные на любую работу, да еще с жильем.

Конечно, Маргарита сволочь. Галина пять лет вкалывала в жилконторе и почти не имела нареканий. А тут какой-то хмырь поскользнулся. Может быть, он просто упал, ослаб от недоедания?! Или свалился от испуга: опять где-то недалеко стреляли. Под утро. Как раз Галина вышла на работу. Была сплошная темень. Жутковатое впечатление – глухая тишина, и вдруг несколько выстрелов. И не в первый раз. Видно, какие-то разборки бандюганов, на Подковырова. Или на Плуталова. Дело уже привычное...

Что же касается приработка в антикварном магазине, так ты проживи на дворницкое жалованье! Сама, небось, свой доход имеет от ремонтников за выгодный заказ, от мухлежа со стройматериалами, от фальшивых визиток на продукты... За одно оформление справок на «прописку-выписку» можно неплохие деньги поиметь. Вон народ как ломанул из страны... А взять старика Нюму Бершадского! Который раз заходит в контору за справкой. И все от ворот поворот. То с печатью какие-то проблемы, то в архиве кто-то приболел. А дал бы Маргарите на лапу, давно бы к своим еврейцам умотал. Галина даже перестала называть его Нюмой, перешла на официальный тон, по фамилии. Правда, потом узнала, что старик никуда не намылился, у него возникла тяжба с дочерью. Эта лахудра хочет комнату у отца отсудить...

Честно говоря, Галина после смерти Розы сама имела виды на Бершадского. И вовсе не из-за жилплощади. Жаль было его. Еще крепкий мужик, а какой-то неприкаянный. Ну, старше лет на двадцать пять. Так что с того?! У татар подобное сплошь и рядом! Родной отец Галии – как ее звали по-татарски – был старше матери на тридцать шесть лет, а двоих детей сделать успел. И жилплощадь Галине устроил на Охте, квартиру однокомнатную. Она, по душевной доброте, отдала свою «хрущевку» брату, тот вернулся после армии, женился. Теперь и мыкается сама, терпит эту курву Маргариту Витальевну из-за жилья. А брат, как в воду канул. Ни с Новрузом, ни с Курбан-байрамом не поздравляет. Интересно, на Новый год проявится или нет?!

Впрочем, возможно брат сиганул в Польшу. Или в Турцию. Многие сейчас туда едут за товаром. Привозят мешки с барахлом – джинсами, куртками, обувью. Весь Сытный рынок забит мешочниками. Люди выкручиваются. Работа тяжелая, опасная. Но не более тяжелая, чем дворникова. Может, и ей туда податься? Лучше, чем собачиться с Маргаритой. А еще женщины, говорят, вербуются в ту же Турцию или в Израиль на другие заработки. Конечно, она уже старовата, но, если честно, еще все при ней, мужики заглядываются. Даже старый хрен Бершадский косится. Не говоря о его соседе-армяне. Тот вообще слюну пускал... Теперь у него зазноба появилась, кассирша из сберкассы. Может, он из-за нее тогда в больницу угодил, перенапрягся, поди не мальчик... Мысли эти роились в многодумной голове дворника, чередуясь с проклятиями в адрес зимней стужи, смерзшегося песка, конторщиков из жилконторы и проклятой Маргариты Витальевны, шофера мусоровоза Виктора, бандюганов ближайших улиц и мудаков, из-за которых старик Самвел расквасил нос на снежной наледи. Всем попало!

Сгоряча Галина даже участкового Митрофанова не сразу заметила.

– Что, Галина, не у вас тут пуляли? – поинтересовался Митрофанов.

– У нас, – Галина обернулась. – Жилец из второй квартиры. В уборной.

– Нюма, что ли? – поддержал шутку Митрофанов.

– Может, его квартирант. Наелся в больнице гороха и пуляет.

– Все знаешь! – чему-то разозлился Митрофанов. – Сплетница ты, Галя.

– Так тебе в помощь! – отрезала Галина. – На Плуталова не ходишь. Или на Подковырова. Боишься. А тут, если что, вроде провел дознание... Ты вот скажи, Митрофанов, известно же, что пацаны с тех улиц, на всю Петроградскую шорох наводят. И квартиры известны, где открытые бардаки. А толку?

На круглом лице Митрофанова всплыла виноватая улыбка. В своем вохровском тулупе участковый походил на безбородого Деда Мороза. Еще деревенские валенки в галошах. Где он все это разыскал?!

– Что толку, когда везде бардак, – без обиды вздохнул Митрофанов. – А так, может, перестреляют друг дружку.

Участковый направился к арке двора, озираясь по сторонам, словно опасаясь подвоха. Что не осталось незамеченным Галиной. Выкрикнув что-то по-татарски вслед Митрофанову, она поставила ведро на крыльцо подъезда. И, как назло, в этот момент дверь отворилась, и ведро плюхнулось вниз, вывалив в снег остатки песка. Из подъезда вышел Самвел, а следом и Нюма. Вопль дворника, казалось, загонит соседей обратно. Во всяком случае, Нюма предусмотрительно отступил и

262

высунул голову в дверной проем. Дворник выдернула ведро из сугроба и жалостливо заглянула в его ржавое нутро.

– Ара, что случилось, женщина?! – воспрял Самвел. – Ребенок в колодец упал? Одно ведро перевернулось!

– Это вам, ведро перевернулось! – не унималась Галина. – А ты попробуй наскреби песок из замерзшей кучи! Посмотрю на тебя.

Самвел развел руками и спустился с крыльца. За ним проследовал Нюма.

В серых плащах с накинутыми капюшонами они походили на подросших гномов.

– Самвел, эта женщина тебя спасла, – сказал Нюма и подмигнул дворнику.

Его круглое лицо под капюшоном стало похожим на забавную маску. Галина засмеялась и покачала головой. Самвел оглядел соседа, чем это он так рассмешил дворника?

– Она вызвала тебе «скорую помощь», – пояснил Нюма. – Ты должен как-то отблагодарить.

– Летом, летом, – Самвел нетерпеливо пританцовывал, словно давно уже мерзнет. – Пошли давай...

– Куда собрались? – общительно вопросила Галина. – Ведь стреляют.

– Как стреляют? – удивился Нюма.

– Где-то там стреляли. Утром. – Галина махнула варежкой в сторону улицы. – Митрофанов пошел выяснять.

– Клянусь... Это уже Ленин в Октябре, – буркнул Самвел.

– Точно! – поддержал Нюма. – Куда бежать, к кому бежать?!

– В Крым! – Самвел принялся натягивать перчатки. – А там на пароход, и в Константинополь.

– К туркам? Тебя турки не впустят, – Нюма покачал головой. – У тебя одна дорога, в Америку, к племяннику.

Они вышли из-под арки дома и свернули направо, где в зеве между домами стыл в морозном мареве Малый проспект. Льдистый тротуар тормозил движение, приходилось приноравливаться к каждой неровности.

– Еще ноги переломаю, – ворчал Самвел. – Мне это надо?

– Зато хорошо покушаешь. Долму, люля-кебаб. Женя так и сказала, будет долма. Ты хочешь долму? – Нюма старался ступать след в след за Самвелом. – Кстати, ты сигареты не забыл? Подарок.

– Четыре пачки взял. «Прима». И пятую, правда, начатую. Кто курил, не знаю, – ответил Самвел.

– Наверное, Точка, – Нюма с удовольствием назвал имя своей любимицы.

Они договорились не вспоминать собачку, не расстраиваться. И Самвел, не оборачиваясь, отмахнулся...

Стянутый морозом Кировский проспект подрезал улицу Скороходова, куда и направлялись в гости Нюма и Самвел. На автобусной остановке топтались двое.

– Давно ждете? – общительно спросил Нюма и, переждав суровое молчание, обернулся к Самвелу: – Наверное, партизаны.

– Да ладно тебе, дед, – зло отозвался парень. – Завернулся в куль. А тут язык примерз.

– Возможно, где-то авария, – подхватила женщина, едва просунув острый носик в щель шарфа. – На этом маршруте постоянные истории.

– Что ж вы ждете? – не унимался Нюма.

– А тебе что?! – взорвался парень. – Может, игра такая!

– Приткнись, Костя! Постыдился бы. Не тигр, небось! – Женщина обратила носик к Нюме: – Может, все же придет. Нам без автобуса никак.

Самвел потянул Нюму за рукав. Им-то идти недалеко. Да и цветочки можно купить у метро. Неловко как-то приходить только с сигаретами. Евгения Фоминична, хоть и курильщица, как-никак женщина...

Нюма с доводом согласился и купил у метро три гвоздики. Красные, пушистые, как три маленьких взрыва...

Что бы ни случилось в этой стране, а цветы купить можно, хоть и дороговато. Об этом они обменялись мнениями по пути к улице Скороходова. «Как в Париже. Я так полагаю», – отметил Самвел и добавил не без важности, что сигаретам Евгения Фоминична обрадуется больше... Как раз они проходили мимо табачного магазина, на дверях которого висел замок, похожий на большое ухо. Нюма спросил, не здесь ли Самвел купил свои сигареты. Самвел ответил, что брал их в Елисеевском магазине. Давно. Когда озверевшие курильщики перекрыли Невский, и власть, с перепугу, выбросила в открытую продажу сигареты, спички и водку. Без визиток.

– А чья тогда была власть? – поинтересовался Нюма. – Коммунистов или уже демократов?

– Ара, не помню, – запнулся Самвел. – Горбачев был точно, но уже шатался. Ельцин уже тоже был. С Гейдаром.

– Гайдаром, – поправил Нюма.

Он и сам помнил ту историю, времени минуло всего ничего. Тогда газета «Смена» вышла с чистой полосой, что плешью разместилась среди густой сыпи букв. Говорили, цензура запретила печатать статью о «табачном бунте». Чего доброго и весь Ленсовет пойдет под раскур, вместе со Смольным. А газета специально оставила место на странице лысым, с намеком на рассыпанный набор статьи. На следующий год Нюма газет не выписывал. Достаточно вестей и по телику, чтобы вконец испортить настроение. От одних «600 секунд» с черноволосым журналюгой в кожаной куртке хочется попросить убежище в сумасшедшем доме. И так тошно, а тут он, хитрожопый, со своей правдой. Взять последний репортаж. О дохлых свиньях, из которых будто делали колбасу...

– Ара, специальный заказ, – решил Самвел. – Чтобы люди не бегали по городу за колбасой.

Нюма согласно кивнул. И заметил, что пар от его дыхания на морозе гораздо гуще, чем у Самвела.

Самвел остановился.

– Наверное, я скоро умру, – сказал он. – Кончается дыхание.

– Наоборот, – серьезно ответил Нюма, – это значит, больница тебе помогла, организм работает без напряжения.

Они заговорили о ногах. «Старость начинается с ног», – заметил Нюма. Самвел согласился. И добавил, что от ночных судорог в ногах свекла незаменима, ему об этом сказала сестра-хозяйка в больнице. В свекле много железа и магния, есть такой минерал, в аптеках продают. Относительно аптек Нюма хотел поспорить, но удержался и отметил, что на улицах совершенно не видно общегородских новогодних елок. На этот раз промолчал Самвел, его новогодние елки мало интересовали. В связи с Новым годом вспомнил баню на Большой Разночинной. Неплохо бы попариться как следует...

Под полуслепыми уличными фонарями, замерзший Кировский проспект наконец подтянул к ним улицу Скороходова.

Вскоре они уже поднимались на лифте. Что, в свою очередь, вызвало удивление Самвела. На Бармалеевой лифт поржавел, хотя плату за него взимали исправно даже с жильцов первого этажа. Известно, что лифты города раскурочены охотниками за медью, она особенно ценится в пунктах приема металлолома. Их в городе развелось великое множество. И народ истово курочил все, что имело хоть признак меди или прочих цветных металлов. Попустительство властей к совершенно легальному бизнесу сборщиков металлолома вызывала оторопь любого здравомыслящего человека, как самое наглое проявление коррупции...

Обитая «под кожу» дверь на площадке пятого этажа вызывала уважение. И прежде чем нажать кнопку звонка, Нюма оглядел себя и Самвела.

– Откинь капюшон, – посоветовал Нюма. – На бандита похож!

– Ара, на себя посмотри, – Самвел стянул с головы капюшон. – Скажи честно: меня приглашали?

– Теперь поздно говорить, – Нюма откинул свой капюшон и нажал кнопку звонка.

В стеклышке дверного глазка мелькнула тень, и после продолжительного грохота запоров дверь распахнулась.

– Заходите! – приветливо воскликнула Лаура. – Побыстрее заходите, а то холодно.

Нюма подтолкнул замешкавшегося Самвела.

– Это совершенно замечательный человек. Он сейчас снимет пальто и развяжет шарф, – представил Нюма. – Самвел Рубенович Акопян,

– Барев тзес! – воскликнула Лаура.

– Асцу барев! – не без удовольствия ответил Самвел и принялся освобождать себя от верхней одежды, словно лук от кожуры. Под плотным плащом с капюшоном на нем была какая-то кацавейка на искусственном меху, под ней шерстяной жилет и лишь потом, уже далеко не новый, костюм вполне современного покроя. А не такой, «школьный», с хлястиком, как у Нюмы. Костюм и кацавейку Самвелу вручили летом, после очередного прихода в Петербург баржи «Анна Каренина» из Гамбурга с дарственными вещами. Известная актриса-немка организовала благотворительный фонд помощи армянам после трагических событий в Сумгаите. Вещи раздавали на Васильевском острове, в церкви Святой Екатерины. Тогда Самвел, кроме костюма, прихватил два теплых плаща с капюшонами – себе и Нюме... Размотав кашне, они сунули их в рукава плащей, скинули обувь и продели ноги в предложенные домашние тапки.

Спохватившись, Самвел вытащил из кармана плаща пакет с сигаретами. Нюма положил на тумбу газетный кулек с гвоздиками...

– Проходите в комнату, – Лаура толкнула дверь гостиной и прошла вперед, зазывая. – Наум Маркович, вы же знаете. Располагайтесь.

– Сука ты, а не Наум, – прошипел Самвел в ухо соседа. – Ведь меня не приглашали...

– Одевайся, иди домой, – подавил смех Нюма. – Приглашали, приглашали, клянусь твоим здоровьем.

Самвел приободрился, хотя его не покидало сомнение до тех пор, пока в гостиную не вышла Евгения Фоминична. В сиреневом костюме и пушистом голубом шарфе, она выглядела куда моложе своих лет. Широкая лента стягивала платинового цвета волосы надо лбом, придавая острым чертам лица интеллигентное обаяние. А в поблекших, суженных возрастом глазах всплыл голубой оттенок, знакомый Нюме с давних пор.

Гостеприимно раскинув руки, она шагнула к Самвелу и проговорила какие-то слова по-армянски. Самвел ответил с нескрываемым изумлением.

– Не обольщайтесь, я кроме этого ничего не знаю, – улыбнулась Евгения Фоминична. – Я часто ездила в Ереван в командировки и нахваталась.

– Но произношение! – польстил Самвел.

– У нее музыкальный слух, – вставила Лаура.

– Не язык, а камнепад, – всплеснула руками Евгения Фоминична. – Мне нравятся такие звуки. Как галечник под береговой волной.

– Древний народ! – важно произнес Самвел.

– Вот еще один наш древний народ! – Евгения Фоминична поцеловала Нюму.

– Мы-то что, – пробухтел Нюма, – мы так... огородами, огородами...

– Во всяком случае, по стажу нашего знакомства, Наум, ты самый древний. И по шевелюре тоже. Бриться надо. К даме идешь, – засмеялась Евгения Фоминична. – Я рада вашему приходу, мальчики! Все же, Рождество. Надо отметить...

– А как мы рады, девочки! – не удержался Самвел и, вспомнив, протянул хозяйке сигареты. – Вот... подарок. Сигареты.

– О! «Прима»! Наконец-то! – обрадовалась Евгения Фоминична. – А то Сеид приносит мне «Мальборо», не сигареты, а поцелуй младенца. То ли «Прима»!

– А где Сеид? – Нюма все потирал свои щеки.

Замечание Жени его смутило. Это ж надо, вроде старательно брился. Даже дольше обычного. Конечно, старенькая уже электробритва, ножи поистерлись, вроде еще тянула...

– Сеид должен подойти, – проговорила Лаура. – Звонил, спрашивал, пришли ли вы.

Евгения Фоминична согласно кивнула и предложила гостям сесть. Признаться, ее тоже озадачила настойчивость, с которой Сеид просил пригласить в гости Нюму с его квартирантом. Именно сегодня! Мол, Рождество, есть повод...

И днем звонил, переспрашивал, придут ли гости. Странно как-то. Еще вчера вечером ни слова не было сказано об этом, никакого намека. И вдруг позвонил с работы...

– Еще и цветы принесли, – спохватилась Лаура и метнулась в прихожую.

– Ну?! – воскликнула Евгения Фоминична. – Наверное, Наум? И забыл?

– Забудешь тут! Небритый, – смутился Нюма.

– Ты мне нравишься всякий, – Евгения Фоминична взяла внесенные Лаурой цветы, полюбовалась и попросила куда-нибудь пристроить.

– Счас! – ответила Лаура. – Пойду на кухню, посмотрю, как мясо.

– Можно я с вами пойду? – не удержался Самвел. – Поговорим обо всем.

– Гнанг, – по-армянски разрешила Лаура. – Ховеит аймарт, поговорим обо всем.

Самвел поднялся. На мгновение его лицо исказила гримаса, видимо, от спинной боли. Преодолев ее, Самвел поспешил за Лаурой.

– Опасный мужчина, – пошутил вслед Нюма. – Захотелось поговорить на своем языке... Наверное, это такая сладость.

– Тебе ли не знать? Наум! – с намеком воскликнула Евгения Фоминична.

– А мне-то откуда знать? – пожал плечами Нюма. – Лично для меня язык моего народа давно пропал. Я человек русский. Во всем. И даже, простите...

– Не обрезанный, – захохотала Евгения Фоминична.

– Представь себе! – в запале кивнул Нюма. – И, кстати, никогда не чувствовал себя иным, как русским. Что на фронте, что на работе. Все делил со всеми поровну... Даже имя свое отдал! Был наречен гордым библейским именем, а стал для всех каким-то... непонятным Нюмой. Скоро восемьдесят стукнет, а все...

– Почему?! Для меня ты – Наум.

– Только что для тебя, – вздохнул Нюма. – Представляю, как сладко поговорить на своем родном языке. Когда я случайно слышу, что кто-то разговаривает по-еврейски, у меня перехватывает дыхание. И я пытаюсь вспомнить хоть слово, а вспоминаю только какие-то ругательства...

– Ругательства? Я слышала, что у вас в языке нет грубых ругательств.

– Грубых, может, и нет. Но для евреев и те, что есть, звучат так же, как для русских свои.

– Голубая кровь?

– Голубая не голубая, за нее достается, словно и впрямь голубая... Приходится выкручиваться.

– Уехал бы в Израиль, – не сдержалась Евгения Фоминична. – Такая страна, такой климат...

– Ты с ума сошла! – отмахнулся Нюма. – Жить среди одних евреев?! Все равно что жить в Совете министров, где каждый председатель. Сумасшедший дом! Ты слышала притчу о Вечном жиде? Он столько лет шлялся по свету. А ведь был неглупый мужик. Понимал – хочешь долго жить, береги нервы и вали от своих, таких же умников. Мотайся по свету, плати глупцам за постой

271

своей мудростью. Тогда еще можно как-то выкрутиться. Иначе, полная хана...

– В таком случае, зачем жить? Иной раз мне кажется, что я стою на месте, а жизнь тянется мимо меня...

– Не понимаю, – вскинул брови Нюма.

– Как во много раз виденном кинофильме, – голос Евгении Фоминичны сейчас прозвучал с особенной хрипотцой. – Да, ладно! Вот что, Наум... Вы где встречаете Новый год, с Самвелом?

Нюма пожал плечами. Он уже и не помнил, чтобы встречал Новый год где-нибудь вне дома. И при Розе, а тем более после ее смерти...

– Поехали ко мне на дачу, в Комарово. Протопим печку, у меня много дров. На участке растут елочки, нарядим одну... Поехали... Сеид здорово делает шашлыки... Комнат целых шесть. Разместимся. У меня там и телевизор есть. Покойный муж такую антенну соорудил, что запросто заграницу ловит...

Нюма улыбнулся и повернул лицо к зеркалу, что просторным овалом распласталось на стене, в перекрученной массивной раме. Он увидел свое широкое лицо, в неглубоких, сглаженных морщинках. При улыбке его глаза втягивались в глубину глазниц. Словно он не смотрит, а подглядывает из щелок. А лицо становилось простодушно хитроватым и... ласковым. Нюма знал, таким он нравится женщинам. Правда, это было так давно, что кажется и не было вовсе... Мысль о том, что его смутное желание как-то приблизиться к жизни Жени, высказала сама Женя, вогнала душу Нюмы в трепет. Тактично, ненавязчиво и вполне достойно для их возраста – встретить за городом Новый год, всей компанией. А слова «покойный муж» в устах Жени прозвучали с таким спокойствием и уважением к своей минувшей жизни, что сразу отсекали любые пересуды о прошлом. У каждого из них была своя история, которая принадлежит лично им и хранится, как в сейфе. А все надо начинать с чистого листа, отстранив прожитые годы... Да, он согласен. И он, и наверняка Самвел...

Едва Нюма собрался ответить, как услышал какую-то возню в прихожей. Голоса, а главное – собачий лай. Такой знакомый – заливистый...

И в следующее мгновение, опережая на долю секунды воображение, в гостиную ворвалась Точка. Чуть ли не с порога кинула свое белое, снежно-холодное тельце на колени Нюмы и, поскуливая, с пулеметной скоростью принялась лизать розовым язычком лицо Нюмы...

– Точка, Точенька моя, – лепетал ошарашенный счастьем Нюма. – Где ты пропадала, моя жизнь...

Оставив без ответа лепет одного хозяина, Точка соскочила на пол и бросилась к вросшему столбом в дверном проеме Самвелу. Тот поднял собачку за передние лапы и, держа на весу, поцеловал розовый животик.

– Штэхыс илял, – гортанно проговорил Самвел и, опустив собачку на пол, добавил по-русски, специально для уха собачки. – Ах ты, сукина дочь, где ты так долго шлялась? А?!

Обалдев от счастья, Точка пробежала круг по просторной гостиной, тормознула напротив Сеида, два раза пролаяла и, побежав дальше, вскочила на колени Евгении Фоминичны. И потянулась с поцелуями...

– Не надо, не надо! – со смехом запротестовала Евгения Фоминична, отстраняя подбородок. – И не плачь, пожалуйста.

– Она не плачет, – вступился Нюма. – У нее такие пятнышки под глазами.

– При чем тут эти пятнышки? Она по-настоящему плачет.

– Де?! – Нюма шагнул к собачке и обхватил руками ее мордочку. – Смотри! И вправду, плачет...

«Ну, Нюмка, ну, старый болван! – в свое оправдание тявкнула Точка, моргая рыжими ресничками. – Это же с мороза глаза слезятся, не понимаешь?!» Вытянув мордочку из ладоней Нюмы, Точка спрыгнула с коленей хозяйки квартиры и побежала обнюхивать углы гостиной...

Сеид, не прерывая рассказа, принялся стаскивать с плеч прошитый ромбами просторный пуховик. Покашливая от морозного воздуха, он рассказывал, как днем приехали на Сытный рынок какие-то парни, явные бандюганы. Вынесли из машины собачку. Безо всяких слов перенесли в чайную. Привязали поводок к столику. И так же молча уехали...

– Этот тоже был с ними? Толян? – спросил Нюма.

– Не знаю, – Сеид передал пуховик Лауре. – Я не видел. Мне чайханщик рассказал... Еще они просили чайханщика передать привет какому-то Станиславу Алексеевичу...

Сеид вопросительно взглянул на Нюму. Тот озадаченно пожал плечами и посмотрел на Самвела. Впрочем, откуда Самвелу, приезжему человеку, знать какого-то Станислава Алексеевича, вроде бы, совсем неоткуда.

– Слушай, Нюма, может, твоя дочка что-то провернула? – осенило Самвела. – Все же, около власти крутится...

Честно говоря, и у Нюмы мелькнула такая мысль. Но что-то не верилось. Уж слишком взъярилась тогда Фирка. Будто отец виноват в том, что жилконтора волынила с нужными документами. Что он больше думает о своей паскудной собачонке, чем о судьбе дочери. Они же так тогда разругались, что Нюма даже хотел вызвать «скорую» после ее ухода...

– Давайте кушать, – вмешалась Лаура, – у меня суп-лапша. И котлеты с пюре. Сеид, мой руки. Собаке тоже дам.

Точка, умница, пытливо взглянула на Лауру и побежала следом, увернувшись от протянутых к ней рук Нюмы.

«Что ты, Нюмка, на самом деле?! – бросила она косой взгляд на хозяина. – Тут серьезное предложение, а ты лезешь со своими нежностями». Одобрительно помахивая хвостиком, Точка зацокала коготками о паркет по дороге на кухню.

По предложению хозяйки, Нюма и сама Евгения Фоминична расположились во главе стола, Самвел и Сеид сели напротив друг друга, а дальний край заняла Лаура, ей было удобнее, ближе к кухне.... Точке поставили миску у стены, в поле зрения Нюмы. Да и Самвел мог поглядывать без помех на собачку. Судя по всему, Лаура так подкормила ее на кухне, что косточка, торчащая из миски, Точку не очень сейчас привлекала. Однако из уважения к косточке собачка разлеглась у миски и, положив голову на вытянутые лапки, поглядывала на людей в полусонной истоме.

Все, что произошло с ней сегодня, казалось каким-то сном. Не всякая, даже взрослая, собака перенесла бы спокойно подобное... Нельзя сказать, что после истории на Сытном рынке у нее наступила собачья жизнь, похожая на ту, что была под настилом у пивной точки на Бармалеевой. Наоборот! Тот грубый мужчина, которого звали Толян, обращался с ней довольно прилично. А его толстозадый сынишка вообще души не чаял в

Точке. И гулял с ней, и кормил, и даже спал... Постепенно образы чудаков, Нюмы и Самвела – с их постоянной гречневой кашей с запахом тушенки, – выветрились из памяти, когда в миску шмякался приличный шмат вкуснятины, с непременным куском мяса. В конце концов, к хорошему привыкаешь быстро.

Все бы так и продолжалось, если бы сегодня утром к Толяну не пришли два прилично одетых господина. Из тех, кого и облаять на улице риск. Был случай, у Московского вокзала. Слишком понимающий о себе пес облаял за что-то такого господина. И тот, не долго думая, достал пистоль и грохнул скандалиста. Средь бела дня. Даже газеты писали, какие, мол, нынче нервные люди... Словом, те двое поговорили о чем-то с Толяном и ушли. А Толян и его приятели сели в автомобиль, усадили между собой Точку и привезли, как знаменитую Маргарет Тэтчер, на Сытный рынок. По дороге кто-то из друзей Толяна выразил желание набить морду чайханщику и второму «черножопому» за доносительство.

Но Толян не разрешил, сказал, что связываться с людьми Станислава Алексеевича не время. Надо сделать вид, что ничего не случилось. Со Станиславом Алексеевичем, с его бензиновым бизнесом, нефтеналивным причалом и прочим, включая связи с «волосатыми руками» во власти, устраивать базар из-за собачки, даже такой смышленой, как Точка, будет себе дороже. Взорвут Сытный рынок, со всеми их «крышованными» лохами, и глазом не моргнут. И скупку на Разночинной прихватят...

Да, денек лихой сложился. Сейчас бы поспать в теплой тишине, так нет, люди за столом что-то громко обсуждали. Правда, не сразу. Евгения Фоминична произнесла тост за Рождество, за грядущий Новый, девяносто третий год, до которого осталась неделя...

– Не торопись Женя, – поправил Нюма. – Каждый день теперь на счету.

Все согласились. Чокнулись. Выпили водки и закусили отварной картошкой с селедкой.

Точка, не открывая глаз, скукожила кончик носа. Она не выносила запаха водки. Как-то этот дебил Толян решил пошутить и насильно влил ей в горло ложечку водки. Точка забилась под кровать и сидела там, чихая и кашляя. Все семейство всполошилось. Молоком отпаивали собачку... А если говорить начистоту, однажды Точка попробовала и коньяк. Пятно на полу вылизала...

Точка открыла глаза и, приподняв голову, посмотрела на стол. Нет, коньяком не пахло, только водкой. Зевнув, Точка вновь уложила голову на вытянутые лапы. А в голову полезли разные мысли. Вспомнила сынишку Толяна, толстозадого второклассника, тот частенько выгуливал ее после занятий. Прикармливал припрятанным школьным завтраком. Он был добрым мальчиком и нередко отпускал Точку гулять без поводка вдоль лужи, рядом с зоопарком. Под вой голодного зверья, чей рацион без совести урезали служители. А еще – ловили кошек и собак и скармливали хищникам. Это показывали по телевизору, в передаче «600 секунд»... Но однажды... Точка хорошо запомнила ту историю. В зарослях осоки, что лепилась к берегам Кронверкской лужи, она повстречала старого знакомого, черного пса. С ошейником. Того самого, что когда-то спас ее от разъяренных собак у пивной точки на Бармалеевой. Пес совсем не изменился, только очень уж отощал. И пес признал Точку. Разговорились. Точка хотела узнать судьбу тех шавок, которые как-то облаяли ее на Большом проспекте, у мясного ларя. Но пес был неразговорчив, пока не обнюхал Точку. Потом поскучнел, черные его глаза поплыли. И безо всякого предупреждения залез на нее, целиком подавив своим хоть и тощим, но тяжелым телом. Сперва Точка решила, что это какая-то особая ласковая игра. Она даже повернула мордочку, желая лизнуть своего старого приятеля. И почувствовала резкую боль. В страхе попыталась вырваться, но пес, дрожа и дергаясь всем телом, крепко держал ее передними лапами, прикусив ухо. Вскоре боль утихла и наступило блаженное состояние, сравнимое со вкусом сладковатой говяжьей печенки, что иногда ей перепадала со стола семейства Толяна... Пес ослабил объятия, слез с Точки, посапывая, опустил нос к земле и, обежав собачку кругом, сиганул в заросли осоки. Даже как-то обидно, хотя бы пролаял на прощанье. Да и Точка, признаться, не долго его помнила. Побежала навстречу тревожному зову маленького хозяина...

Точка была готова еще кое-что вспомнить, ее воспоминания прервал новый вкусный запах. Точка подняла голову и увидела, как Лаура внесла исходящую паром фарфоровую супницу. Поставила на краю стола и принялась разливать суп по тарелкам под одобрительный гомон...

Гости, продолжая разговор, принялись есть. Нюма сказал, что суп с лапшой на курином бульоне возвращает его в одесское детство. Сеид обещал съесть такой суп вместе с тарелкой. Самвел понюхал суп и молча прикрыл в блаженстве глаза. А Евгения Фоминична объявила, что в Рождество подобная еда обращает ее к Богу, потому как, глядя на происходящее в стране, она подумывала о промысле Дьявола...

– Я четыре года так думаю! – воскликнула Лаура, возвращаясь к тому разговору, который Точка, вероятно, упустила, пока дремала. – Был бы Сталин, разве такое могло бы произойти?! Он бы всех этих вождей, что в Ереване, что в Баку, в трубке своей раскурил, клянусь здоровьем...

Точка поудобнее улеглась и положила голову между лапами. Кто такой Сталин, она не знала. А Лауре поверила, Лаура ей нравилась. У Лауры над губой пробивались усики, что как-то сближало Точку и эту добрую женщину, которая расставляет на столе такую вкусную еду. Возможно, и у того Сталина были усики, а то с чего бы Лауре его поминать. Только уж очень громко она кричит...

– Если разобраться – кто эти сегодняшние демократы-либералы? Горбачев, Ельцин и другие... Такие же слюнтяи, с которыми Сталин разобрался после революции. Если бы они взяли тогда власть, сегодняшний кошмар в Азербайджане и в Армении случился бы еще в двадцатые-тридцатые годы. Я уже не говорю о том, что случилось в пятнадцатом году, когда турки и курды нас резали, как баранов. Пока царь наконец разрешил открыть для армян границу и спасти хотя бы часть населения от турецких палачей. А почему сразу было не открыть границу и спасти полтора миллиона таких же христиан? Потому, что царь был такая же баба в брюках. А не Сталин.

– Ара, какой царь? Какой Сталин?! – не удержался Сеид. – Я сижу напротив Самвела. Я – мусульманин из Армении, он – христианин из Азербайджана. Что мы делаем? Убиваем друг друга? Мы кушаем, пьем, разговариваем...

Сеид резко умолк. Он хорошо знал свою жену. И боялся, чтобы ей не попала вожжа под хвост. Он уже видел, каким пунцовым цветом покрылись щеки жены.

Наступает момент, когда она становится совершенно бешеной. Как тогда, во дворе их ереванского дома. Когда влепила пощечину соседу Гранту...

— Ты кушаешь-пьешь с Самвелом, — тоном, предвещающим бурю, произнесла Лаура. — А ты спроси его, кто ему покалечил спину в Баку? Он мне рассказал на кухне, я даже заплакала. Спроси, как армян выбрасывали из окон высоких этажей! Как обливали керосином и жгли людей. Как насиловали девочек на глазах родителей. Как выбрасывали в море тех, кто пытался уплыть на пароходе в Красноводск. А моряки попрятались, говорили, нет приказа вмешиваться, а на самом деле боялись этих зверей.

— Хватит, женщина! — Сеид хлопнул ладонью по столу. — Сколько можно?! — и он еще раз хлопнул ладонью по столу.

Звякнули тарелки, ложка свалилась на пол. Точка испуганно вскочила. «Во, блин, начинается! И вроде выпили-то немного. Это Толян, осушив целый пузырь, бузил и раздавал подзатыльники домашним, — подумала собачка. — И, главное, кто? Сеидка! А с виду вроде интеллигентный мужик».

Гости изумленно смотрели на Сеида.

— Что с вами, Сеид Курбанович? — произнесла хозяйка. — Как-то...

— Извините, Евгения Фоминична, — Сеид наклонился и подобрал с пола ложку. — Только это не совсем справедливо... Извините...

— Что несправедливо?! — оправилась от изумления Лаура. — Что с тобой?

— Почему ты не вспоминаешь, как меня вышвырнули из страны, для которой я сделал столько хорошего? — сдерживая голос, проговорил Сеид.

– Я не вспоминаю?! – Лаура посмотрела на Евгению Фоминичну. – Нет, вы слышали, Женя? Я не вспоминаю!

– Почему ты не говоришь, как культурные люди, твои сородичи, вышвыривали людей из домов и больниц только потому, что они азербайджанцы или курды. Требуя вернуть этот несчастный Карабах, который лежит на совсем чужой территории! Гнали людей через горный перевал. Зимой! Без одежды, в домашних тапочках. Женщин, детей и стариков. Из Кафанской долины... Об этом ни строчки в газетах, ни звука! Лишь после того, как обезумев от гнева, люди устроили погром в Сумгаите, только тогда завопили во всем мире, выставив мой народ зверьми. А громче всех кричали те, кто и заварил эту кровавую кашу. Московские армяне, близкие к власти. Всякие академики и журналисты. Решили – страна распадается, самое время отдать Карабах Армении...

Сеид умолк, налил себе полстакана водки и залпом выпил. Острый кадык, казалось, прорвет кожу шеи, покрытую колкими цыпками.

Лаура придвинула ему тарелку с маринованным чесноком. Вспомнив о чем-то, вышла из гостиной. В полной тишине. Когда она вернулась с двумя кастрюлями в руках, ее вновь встретила тишина. Если не считать легкое, стеснительное поскуливание.

– Тебе тоже дам, – пообещала Лаура собачке. – Главней тебя сидят и молчат.

В одной кастрюле было пюре, посыпанное рыжим сумахом, в другой пухлые котлеты в золотистых лепестках жареного лука.

Нюма взглянул на хмурое лицо Самвела, на стоящую перед ним тарелку с пюре и котлетой. Взглянул как-то механически, под впечатлением того, что поведал Сеид...

– Хотела сделать долму, – проговорила Лаура. – Не успела. Сеид позвонил, попросил вас срочно позвать...

«Сеидка, вообще... – подумала Точка. – Все сидели, разговаривали. А он?! Испортил людям настроение. Ну и тип! Что Лаура в нем нашла? Побегу хотя бы облаю его как следует, если другие стесняются...» Точка подбежала к стулу, на котором сидел Сеид, присела на задние лапы и залаяла, вскидывая мордочку.

Однако Сеид ее не так понял. Он переломил котлету и бросил половинку на пол. Запах котлеты – чеснока, жареного лука, парной говядины и свиного жира – мгновенно смыл благородный порыв собачки. Она расправилась с котлетой и, облизывая губы, вновь тявкнула, надеясь и на вторую половинку...

Но впустую. О собачке забыли... Лишь добрая Лаура, стараясь не мешать пустяками серьезному разговору, мягко ступая, направилась с кастрюлей к собачьей миске, увлекая за собой Точку...

Евгения Фоминична поднялась, подошла к шкафу. Высокий дубовый шкаф с резными балясинами взглянул на хозяйку мутным оком овального зеркала. Он видел худощавую пожилую женщину, в давно вышедшем из моды сиреневом костюмчике. С нелепыми подставными плечами на пиджачке. Подслеповатое стекло зеркала затемняло складки шеи, контрастируя с крупными ядрами голубых бус. Евгения Фоминична не любила себя в зеркале шкафа. И давно помышляла избавиться от него, неизменно откладывала свое намерение. Поджав губы, она отворила мстительно скрипучую дверцу. В ворохе тряпья разыскала старый, траченный молью платок и, ничуть не заботясь о своем виде, набросила платок на плечи. У Евгении Фоминичны испортилось настроение. За время проживания у нее Лауры и Сеида она не раз слышала эту драматическую историю распри двух таких близких народов.

– Веселенькое у нас Рождество, – Евгения Фоминична подошла к окну.

На черном стекле ее сухонькая фигура рисовалась бабочкой, зябко опустившей крылья. Нюма отодвинул стул, поднялся и, стараясь унять слабое похмелье, приблизился к окну.

– Тебе холодно? – Нюма тронул ладонью колючий ворс старенького платка.

– Нет, нет. Что ты. Платок как-то успокаивает, мама в нем пережила блокаду, – Евгения Фоминична повернула голову и спросила: – Лаура, чай будет?

– А как же?! С пахлавой, – живо отозвалась Лаура. – Сеид принес настоящую пахлаву...

– Бакинскую, – уточнил хмельной голос Сеида.

– Хорошо, бакинскую, – согласилась Лаура и буркнула: – Как будто ереванская хуже...

Все засмеялись. Как люди, которые рады уйти от какой-то неловкости, прикрываясь непринужденностью хмельного застолья. И Точка присоединилась радостным лаем.

– Ты еще тут! – прикрикнула Лаура. – Обрадовалась, запела.

– А что? – подхватил Нюма. – Может, споем? Все же праздник. Рождество.

– Что-нибудь нейтральное, – улыбнулась Евгения Фоминична. – Сулико!

– Так уж и нейтральное, – проворчал Сеид. – Грузины христиане, такие же как и армяне...

– Зато в Баку нефть, – не удержался Самвел. – За нефть можно и в ислам перейти... Между прочим, в начале советской власти весь Карабах отдали Армении, потому что там проживало девяносто процентов армян. А потом Сталин подумал и передал его Азербайджану. Из-за нефти. Подарок! Как Хрущев подарил Крым Украине, по блату...

– Господи, как стыдно у нас жить, – прошептала Евгения Фоминична. – Ничтожества, о которых забудут через десяток лет...

– Что делать, Женя. Живем как-то, – согласился Нюма. – И радости есть. Вот собачка наша отыскалась.

Они всматривались в темень Рождественской ночи. Словно стояли над форштевнем плывущего корабля, а со спины доносился негромкий рокот волн, полупьяных голосов Сеида и Самвела. Говорили о том, что Карабах, со своим сепаратно избранным управлением, уже фактически стал армянским. Надо ждать прямой войны между выпавшими из дырявого мешка, под названием СССР, двумя республиками... Да и Грузия, с президентом Гамсахурдия, с его лозунгом «Грузия для грузин», считай, выпала из той же дыры. Вместе со всем Кавказом – Чечней, Дагестаном, Ингушетией... Ждали момент. И что самое невероятное – сама Россия выпала из дыры, потому как это был не мешок, а воздушный пузырь, надутый причудами истории до бессмысленных размеров, от Балтики до Тихого океана. Набитый разноязычным народом, охмуренным гипнозом иллюзий и страха... Весь этот гигантский пузырь вот-вот официально перестанет существовать. И только чудо поможет избежать гражданской войны, в сравнении с которой все гражданские и прочие войны покажутся забавой... Трудно объяснить степень взаимной неприязни членов вчерашней «братской семьи». А религия, призванная к примирению людей, лишь подыгрывала спектаклю, где пьеса призывает к наивной толерантности. Однако зритель, покидая театр, вновь становится самим собой. Проявляя инстинктивное, подкорковое упоение ненавистью...

Все это Самвел, Сеид и Лаура обсуждали с темпераментом, присущим их горячим натурам. Перебивая друг друга, то и дело переходя на свой язык, жестикулируя, вскрикивая и беспрестанно чем-нибудь клянясь. Каждому из них было все ясно. И даже Точка приняла участие в «малой карабахской войне». Она металась между спорщиками, внося и свою лепту громким, визгливым лаем. Особенно собачка почему-то раздухарилась, когда помянули турок с их Османской империей. Это они, еще в прошлом веке, под знаменем защиты ислама от неверных пытались раздвинуть свои границы на Кавказе... Ни Самвел, ни Сеид ничего толком не знали о многовековой запутанной истории могущественных империй прошлого. Все так! Понаслышке! Из трепотни за шашлыком и чаем. И сейчас, подвыпив, выковыривали из памяти лоскутную информацию, азартно что-то доказывая друг другу. Точка бегала от Самвела к Сеиду, пряталась в ногах Нюмы и, передохнув, вновь бросалась к спорщикам со своим мнением. О нерадостной судьбе собак и кошек, лишенных крова в эпоху великих изгнаний народов.

Но люди, занятые собой, ее не слушали...

– Ара, думай, что говоришь! – горячился Самвел. – С тех времен, во всем Карабахе стоят три мечети. Три! А армянских церквей больше чем двести! Так чья эта земля?

– Вы еще хачкар вспомните! – возмутился Сеид.

– Что такое хачкар? – прорвался от окна Нюма.

– Христианский крест из камня, – проговорила Евгения Фоминична. – У меня есть из туфа, маленький. Сувенирный.

– Его вырубают из камня только армяне! – со значением поднял палец Самвел. – Между прочим, и это придумали армяне.

– Клянусь, вас послушать, порох тоже придумали армяне. И телефон! И лампочку Ильича. И самого Бога, – засмеялся Сеид.

– Нет. Бога придумали евреи, – уступил Самвел. – А хачкар придумали армяне.

– Тогда что придумали азербайджанцы? – не отвязывался Сеид.

– Азербайджанцы? Они придумали, что Карабах именно их, – Самвел озорно подмигнул и добавил: – У меня есть тост!

– Нет, это какой-то сумасшедший дом, – лепетала Евгения Фоминична. – Лаура, ты хотя бы...

– Все, все! Только чай, – Лаура принялась разливать по стаканам коричневую густую заварку. – Садитесь, Самвел Рубенович! Евгения Фоминична, Наум Маркович... Собачку не приглашаю, сама придет.

«Ну, Лаурка, ну дура, – Точка тяжело дышала. – Еще меня унижает! Да! Мы приходим сами, мы не гордые. Поэтому и уживаемся со всеми... Думает, я не поняла, о чем она разговаривала с Самвелкой на кухне по-армянски? Мы, собаки, понимаем язык всех людей на земле. Это людям нередко нужны переводчики. За исключением тех случаев, когда они собачатся между собой. А нам, собакам, переводчики не нужны... Конечно, маленькую собачку каждый может унизить! А сама? Каждый день испытывает унижение. Учит азербайджанских детей музыке и боится признаться, что армянка. Родители знают, что она армянка, и делают вид, что не знают. Именно это ее унижает... Конечно, я подойду к их столу. Хотя, признаться, бакинская пахлава меня не прельщает...»

Самвел прислонил к стене ноющую спину и поднял рюмку с водкой, в ожидания к себе внимания.

— Ара, хватит! Уже с ног падаете! Садитесь, пейте чай! — сердилась Лаура.

— Без тоста не сяду! — упрямился Самвел. — Хочу сказать за себя и за Наума Марковича...

Нюма вскинул брови. Его мягкий лоб собрал глубокие морщины, а глаза забавно забегали, придавая лицу наивное удивление.

— ...за Нюму Бершадского, — поправился Самвел. — У человека... если он не совсем дурак, в жизни мало радостей. А у пожилого человека, и того меньше — день прожил, уже радость...

— Самвел Рубенович! Я тоже немолода. Но моя жизнь сплошная радость, — Евгения Фоминична повела головой. — Надеюсь, я вас не обидела?

— Вы?! Боже упаси! — Самвел запнулся. — Даже обратись вы ко мне «Самуил Рувимович», я бы не обиделся.

Евгения Фоминична обернулась к Нюме и укоризненно погрозила пальцем. Нюма пожал плечами и развел руки, такой, мол, человек этот Самвел...

— У армян болезненное самолюбие, — не удержался Сеид.

— А ты молчи! — прикрикнула Лаура. — Мы будем, наконец, пить чай?

«Вот именно! — тявкнула Точка. — А главное, чем Самвелка будет закусывать?!»

— Нет, я все же скажу! — не сдавался Самвел. — От своего и Нюминого имени! Дорогой Сеид! Радость, которую ты доставил нам с Нюмой, можно сопоставить только с радостью армян от победы Суворова над турками под Измаилом.

– Молодец! – приободрился Нюма. – Но почему армян? Вся Россия радовалась.

– Потому, что знаменитый Суворов был наполовину армянин. Его мама носила чисто армянскую фамилию Манукова! – важно пояснил Самвел.

– Ара, хватит, вы тоже, честное слово, – не выдержала Лаура. – Опять начинаете?! Суворов-Муровов... Чай совсем остыл.

– Подожди, женщина! – осадил Сеид. – Обо мне тост! Говорите, Самвел.

– Я что хочу сказать, – Самвел посмотрел на рюмку, перевел взгляд на Точку и вздохнул. – У нас с Нюмой была одна радость... Эта собачка! Клянусь, была бы она человек, я бы на ней женился...

– Я бы тоже! – Нюма поддержал общий смех.

«Нужны вы мне, старые клячи! – Точка присела от неожиданного внимания к себе. – Может, этой сучке, моей маме Джильде, вы бы еще и подошли, но мне?! С вашей гречневой кашей на воде! Извините!»

Волоча по паркету хвостик, собачка заползла под стол и затаилась, как разборчивая невеста...

Самвел поднял руку, призывая к тишине.

– Когда собачка пропала, мы с Нюмой думали, сойдем с ума от горя, – продолжил Самвел. – Но ты, дорогой Сеид... Не знаю, каким образом... Вернул нас к жизни. И несмотря на сегодняшний, не рождественский спор, ты, Сеид, навсегда занял место в моем сердце. Как и многие твои единоверцы в Баку, которые помогали нам выбраться из того ада...

– Сеид! – громко вскрикнула Лаура, упреждая порыв мужа восстановить справедливость...

Неожиданно Самвел всхлипнул, пытаясь сдержать слезы. Стекло дробно зацокало о зубы. Все, и Точка со всеми, одобрительно наблюдали, как светлела боковина рюмки, избавляясь от содержимого...

Точка обегала подтаявшую наледь и останавливалась, в ожидании, когда Нюма и Самвел последуют ее путем... «Ах, умница, ах молодец!», – бормотали подвыпившие соседи, радуясь надежности своего проводника. Пролаяв раз, другой, собачка устремлялась дальше...

– Слушай, ты веришь? – вопросил Нюма.

– Не-а, – ответил Самвел, стараясь ступать тверже. – У меня даже спина ныть перестала, клянусь Точкой. Интересно, она сама найдет дорогу домой?

– Найдет, – проговорил Нюма. – Все собаки – просто собаки, а наша Точка – хо-о-орошая собака...

Так, лепеча разную чепуху, они перебирали ногами снежные катыши, слепо следуя за своим поводырем.

– Знаешь, – Нюма взял Самвела под руку, – я вот, думаю... Всё на свете рано или поздно погибает. Даже камни превращаются в песок. Так и люди. Мало того, что человек умирает, обращаясь в прах. Все человечество к этому идет. Людей разделили на разные нации с одной целью – чтобы они уничтожили друг друга. Сами! Без атомной бомбы и разных катастроф, от которых есть еще шанс кому-то где-то выжить. А если «сами» – всем конец! В итоге! Все предопределено. Пусть люди придумывают разные космические штуки, разные искусственные планеты. Все равно им не выкрутиться. Если люди не поймут, что нет никаких наций, никаких разных религий, а есть одна семья... Как ты думаешь?

– Ара, я давно предполагал, что ты дурак, Нюма, – ответил Самвел.

– Почему?! – Нюма выдернул руку из-под мышки соседа.

– Ты слишком добрый. Это первый признак глупости. Все тебя обманывают, оставляют в дураках. А ты не замечаешь, потому что ты и есть дурак. Это во-первых! Во-вторых, ты стараешься никого не обидеть, всех помирить. Это еще один признак глупости...

– Например?! – нервно выкрикнул Нюма и остановился.

Остановилась и Точка. Обернулась с упреком в глазах – такая студеная ночь, а вы, алкаши, едва плететесь по Кировскому проспекту...

– Например?! – еще громче выкрикнул Нюма.

– Зачем ты стал всех уговаривать поехать в Комарово встречать Новый год? Ведь Евгения Фоминична хочет быть там только с тобой...

– Как?! Она сама предложила отметить Новый год вместе, на даче, – растерялся Нюма.

– Она тактичная женщина, – Самвел покачал головой, упрятанной в капюшон. – Ей чужие люди во как надоели! Она хочет побыть именно с тобой. Хотя бы под Новый год. А ты?! Стоишь в прихожей, в этом капюшоне, как «Ку-клукс-клан», и требуешь дать слово поехать в Комарово! Ну?! Не дурак ты, со своей добротой? У Лауры чуть обморок не случился, клянусь Точкой!

«Хватит мной клясться, старые костыли! – пролаяла Точка. – Лучше бы дверной замок дома починили, опять сбегу куда-нибудь, будете знать. А то клянутся мной, а беречь не берегут!»

Пользуясь моментом, Точка присела по-бабьи и прыснула в снег короткой струйкой. В холод особенно тянет облегчиться, ничего тут стыдного нет.

Самвел и Нюма, отвернувшись к стене дома, в котором когда-то жил пламенный большевик Сергей Миронович Киров, последовали ее примеру. Благо проспект был пуст, а единственный подслеповатый автомобиль тормознул на перекрестке у кровавого глаза светофора.

Нюма привел себя в порядок, затянул змейку плаща и проговорил:

– Почему ты меня обижаешь? И тогда, после возвращения из больницы, вдруг наговорил мне гадости. И сейчас.

Самвел также привел себя в порядок, поправил сползший капюшон и ответил:

– Потому, что я умный армянин. Еще в больнице... я старался продержаться подольше. «Карантин-шмарантин». Никакого карантина не было... Хотел, чтобы ты от меня отвык. И сейчас тоже. Чтобы ты на меня очень разозлился...

– Почему? – Нюма вновь остановился.

– Когда меня выгонят из комнаты в твоей квартире... И я уйду... Не знаю куда – в Америку или в другое место... Я хочу, чтобы ты сказал: «Очень хорошо! Этот Самвел – неблагодарный сукин сын». И тебе будет легче на душе... Потому, что я тебя люблю.

Самвел провел кулаком по щеке. Нюма сделал несколько шагов вперед, обернулся, посмотрел на Самвела.

– Первый раз тебя вижу пьяным, – проговорил Нюма.

– Ара, на себя посмотри! – буркнул Самвел. – Еще упадешь...

Всю дорогу они молчали и только сопели. Каждый на свой лад. Нюма сопел громко, временами что-то бормоча. Самвел несколько тише, с присвистом, о чем-то размышляя... Временами они разом умолкали. И Точка оборачивалась, не угодили ли старики в какой-нибудь сугроб? Уж очень плохо убирали улицы от снега...

Единственную фразу бросил Самвел уже у самого дома, на Бармалеевой:

– Смотри, нашла все-таки...

– Все собаки, – просто собаки, а Точка – хо-о-орошая собака, – похвалил Нюма.

Двор был пуст. Точка вбежала на крыльцо подъезда в ожидании, когда подтянутся хозяева и, поскуливая, сучила лапами.

В прихожей она заметалась, обнюхала забытые углы и опрометью бросилась в глубину квартиры.

– Чай будешь пить? – спросил Нюма, расправляясь со своим плащом.

– Какой чай? Половина первого ночи! – Самвел повесил на крючок одежду, привычно ругнул висящий на стене велосипед и ушел в свою комнату.

– Как хочешь. Я выпью кружку, – вслед проговорил Нюма и, выйдя на кухню, зажег под чайником конфорку.

Налил в миску воду и размешал ложку сгущенки для особого удовольствия. Едва он задвинул миску под раковину, как на кухню стремительно вернулся Самвел. К его тощему носатому лицу прилипла хмельная растерянная улыбка.

– Слушай, она что сделала! – покачал головой Самвел. – Взяла мой тапок и отнесла в твою комнату.

– Как?! – удивился Нюма. – В мою комнату?

– Один отнести успела. Я застал, когда несла второй... Видишь, уже меня из комнаты выселяют... А ты все бегаешь в жилконтору за справками. – Самвел махнул ладонью. – Ладно, налей мне тоже. Заодно.

Нюма сдвинул с конфорки прокопченный щекастый чайник. Поискал глазами, во что налить чай соседу.

– Счас, счас, – Самвел достал с полки синюю кружку с надписью «Привет из Цхалтубо» и придвинул под мятое горлышко чайника. – Лей сюда.

Прихватив причудливо изогнутое ушко посудины, Самвел подсел к своему столику, что притулился к окну на «восточной» стороне кухни. Нюма остался сидеть на своей, «западной» части кухни, некогда условно разграниченной баламутной дочерью Фирой...

– Я все хочу тебя спросить: где этот Цхалтубо? – проговорил Нюма.

– А черт его знает. Кажется, где-то в Грузии. Курорт. Грязями лечат. Я там не был.

– Хорошо было бы тебе, для спины.

– Теперь все накрылось медным тазом, – вздохнул Самвел.

Несколько минут они нежили руки, обхватив ладонями горячее тельце своих кружек, устремив взор в пространство.

– Интересно, что она там делает? – Нюма кивнул в глубь квартиры.

– Наверно, мою мебель к тебе перетаскивает, – мрачно пошутил Самвел.

– Точка, Точка! – позвал Нюма. – Иди сюда, собачка...

Раздался частый цокот коготков о линолеум, и из дверного проема высунулась проказливая мордочка.

– Слушай, что ты все: «собачка да собачка»? – проговорил Самвел. – Она уже взрослая дама... Сколько ей было, когда появился тот шмендрик? Да и мы ее держим чуть ли не год...

– Для родителей, она всегда будет ребенком, – ответил Нюма.

«Два старых болвана, – подумала Точка. – Знали бы вы того черного пса при ошейнике, с которым я снюхалась осенью в зарослях у Зоопарка. Представляю ваши физиономии через несколько недель. Особенно твою, Нюмка. Все ждешь внуков от своей блудливой Фирки. Вот и дождешься. Мы, собаки, абортов не делаем».

Точка подошла к миске и принялась торопливо лакать вкусное питье розовым язычком, свернутым в ковшик. Выражая удовольствие дрожью кончика хвоста. Осушив миску, она провела язычком по губам и опустилась на свою лежанку из старого паласа. Подняла голову, посмотрела на Нюму, потом на Самвела – не пора ли им гасить свет и разойтись по комнатам...

– Ладно, ладно. Явилась хозяйка, – Самвел верно оценил ее взгляд. – Пошли спать, сосед, пора.

Нюма сделал несколько глотков и отодвинул кружку.

– Знаешь... только не обижайся, – он искоса взглянул на Самвела. – Хорошо?

– Хорошо, не обижусь, – кивнул Самвел. – Что еще?

– Я как-то смотрел карту... В Азербайджане есть такая область. Со столицей Нахичевань...

– Ну, есть, – удивился Самвел. – Тебе, что?

– Она на самой границе с Арменией. Не так, как этот Карабах. Да?

– Предположим, – настороженно произнес Самвел. – Дальше, что?

– Если всех азербайджанцев переселить в Карабах, а всем армянам переехать в Нахичевань. И отдать эту Нахичевань Армении, а Карабах оставить Азербайджану... Что скажешь?

Самвел проглотил слюну. Он лишился дара речи и смотрел с изумлением на соседа...

– А что?! – с еще большим воодушевлением продолжал Нюма. – Тихо, без ваших погромов. Цивилизованно. Как братья. Так на так!

– Так на так, говоришь?! – Самвел овладел собой и гневно, сухо сплюнул в сторону. – Ты лучше своему Израилю давай совет! Как им разобраться с арабами! Куда кого переселять, так на так. Что за люди?! Всем они дают совет. Как будто мы глупее их! Между прочим, мы на много древнее вас! Когда мы спустились с Арарата, вы еще сидели в кармане фараона, в Египте, а ваш Моисей бегал пацаном. И он еще дает нам совет: «так на так»! Клянусь...

Самвел запнулся в лихорадочном поиске достойного образа для столь ответственной клятвы. И, не найдя, бросился вон из кухни, опрокинув по пути табурет. Точка вскочила на ноги и с визгливым лаем кинулась вдогонку. Но вскоре вернулась и вновь улеглась на место...

– А еще обещал не обижаться, – пробухтел Нюма и выключил свет...

...Тьма, окружавшая Точку, просветлялась. Отчетливее проявляя раму окна, за стеклом которого хмурилась зимняя ночь...

«Странно – падает снег, а небо усыпано звездами, – думала Точка. – Наверное, это не снежинки, а звездочки. Просто их плохо закрепили, вот они и падают...» Элегические мысли теснили сон, пробуждая иные воспоминания. Не столько о прошлом, сколько о будущем. Такое свойственно не только людям-ясновидцам, а и животным, благодаря природному обонянию...

Точка лежала на паласе, ощущая непривычное состояние своего тела. Волнующее и спокойное. Так она себя чувствовала, когда второклассник, сын Толяна, читал ей вслух «Каштанку», писателя Чехова. А Толян ругал сына, мол, не каждый человек понимает писателя Чехова, а собаки тем более. Толян тогда еще не знал, что через год его пристрелят другие бандюганы на Стрелке Васильевского острова. И скупка на Большой Разночинной, как и обменный пункт в бывшем киоске «Союзпечать» на Сытном рынке, прекратят свое существование. Но не потому, что меняла Сеид был как-то связан с братками Толяна, нет. Просто Сеид и его пианистка-жена, эмигрируют в Аргентину.

В те годы многие, пользуясь эйфорией демократической власти, уедут из России. Тот же Самвел! Оформит документы на воссоединение с семьей своего племянника Сережки и укатит в Америку, после октябрьских событий девяносто третьего года... Тогда его будут провожать двое – Нюма и она, Точка. А когда Самвел, попрощавшись, уйдет на регистрацию, Нюма поднимет на руки собачку. И Точка еще некоторое время будет видеть с высоты дурацкую шляпу нового американца, слизывая соленые слезы со щеки Нюмы. Пожалуй, Нюма уже тогда чувствовал, что Самвел в той Америке умрет. Как подтвердит по телефону Сережка – «от опухоли позвоночника». А лично она, Точка, предвидит – лежа сейчас на паласе под раковиной, – что Самвел умрет не только от злосчастной опухоли в возрасте семидесяти девяти лет. Хватит у больного, старого человека и других причин для смерти. Самой последней из которых будет выселение из комнаты. Правда, Нюма уступит ему свою, а сам переедет к Евгении Фоминичне. И Точка так и будет жить то на Бармалеевой, то на Скороходова. Как живут дети, когда распадаются семьи. Правда, не долго, до отъезда Самвела в ту самую Америку...

Кстати, у нее, еще до этих событий, родятся три малыша. Два мальчика и девочка. Девочку Евгения Фоминична оставит в семье и назовет Запятая. Так они и будут вместе бегать по даче в Комарово – Точка и Запятая. А мальчиков – одного возьмет дворник Галина, которая пошлет «на хрен» начальницу Маргариту и выйдет замуж за участкового Митрофанова. Тот бросит «участок» и будет на пару с Галиной возить из Польши товар на продажу – джинсы и дубленки. Как они назовут щенка, Точка пока не знает. А вот второго мальчика, очень похожего на черного пса с ошейником, возьмут себе Фирка и тот Зальцман. В свою большую квартиру на углу Литейного проспекта и улицы Жуковского. И назовут его Либерал. Они так полюбят Либерала, что прихватят с собой в Москву, куда Зальцмана пригласят на работу каким-то советником. Возможно, он со своей Фиркой, пардон – Ириной Наумовной, что-нибудь и насоветует. Во всяком случае, в Комарово появятся роскошные дома и будут ездить дорогущие автомобили, за рулем которых рассядутся не только солидные люди, а и пацаны с девчонками.

«Под такой автомобиль, – пророчествовала Точка, – меня и угораздит попасть. Позже, в начале нового века. И по собственной глупости. Я, сослепу, облаю человека, который будет что-то искать в мусорном баке. И тот человек чем-то запустит в меня. Я, от испуга, выбегу на дорогу, где, по дряхлости, не смогу увернуться и попаду под роскошный автомобиль. Хорошо, что это произойдет через два года после смерти Нюмы. Или, как его называла Евгения Фоминична – Наума... Он умрет во сне, на даче в Комарово, в возрасте восьмидесяти двух лет. И старенькая Евгения Фоминична, вместе со мной и моей дочкой Запятой, почти весь день будет ждать какой-то «Спецтранспорт». Те приедут аж к вечеру. Им будет не до усопшего Наума Марковича Бершадского.

Потому как вся страна в тот день, августа девяносто восьмого года, будет потрясена каким-то «дефолтом» и работники «Спецтранспорта» ринутся в банки, чтобы вернуть свои, хоть какие-нибудь, собственные деньги. Как закончится жизнь добрейшей Евгении Фоминичны, не знаю, это случится после меня. Надеюсь, мне поведает Запятая, когда мы встретимся с ней там, где мерцают зимние звездочки, что сейчас падают снежинками за окном...»

Точка удобнее положила голову на лапы и прикрыла глаза. Видения таяли во сне. Последнее, что она различила сквозь дребезжащий с посвистом храп Самвела, это приглушенные коридором слова Нюмы: «Все собаки – просто собаки, а Точка – хо-о-орошая собака».

2010 год, январь. Санкт-Петербург

СОДЕРЖАНИЕ

Илья Петрович Штемлер
НЮМА, САМВЕЛ И СОБАЧКА ТОЧКА

Редактор И. Кузьмичев. Художествен-
ный редактор А. Веселов. Корректор
Е. Дружинина. Компьютерная верстка
О. Леоновой.

Подписано в печать 09.11.11. Формат
60 x 88 $^1/_{16}$. Бумага офсетная. Гарнитура
NewBaskerville. Печать офсетная. Усл.
печ. л. 19. Тираж 3000 экз. Заказ 5438.

ООО ТД «Современная интеллектуальная книга». 190005, Санкт-Петербург, Измайловский пр., 14. Тел./факс
575-09-63.

Отпечатано по технологии СТР в ИПК
ООО «Ленинградское издательство».
194044, Санкт-Петербург, ул. Менделеев-
ская, д. 9. Тел/факс: (812) 495-56-10.

Книги
Ильи Штемлера

ДЕНЬ БЛАГОДАРЕНИЯ

ИСТОРИЯ ОДНОЙ СУДЬБЫ

День Благодарения – национальный праздник Америки, проводимый ежегодно в ноябре, – один из самых почитаемых праздников американцев. Зажженные свечи, тыквенный пирог, индейка с брусничным муссом – традиционные символы праздника, собирающего за вечерним столом близких людей, благодарных судьбе за то, что они живут в этой стране. Герой дилогии «День Благодарения» – эмигрант из Одессы, – пройдя извилистую дорогу жизни, стал одним из тех, кто проникся значением этого праздника.

Книги
Ильи Штемлера

BREAKFAST
ЗИМОЙ В ПЯТЬ УТРА

Повесть-документ "Breakfast зимой в пять утра" вобрала в себя впечатления автора от поездки по Северной Америке – от Нью-Йорка до Калифорнии. На страницах книги описаны встречи с пассажирами поезда американской компании "Амтрак", переплетенные с эпизодами из личной жизни автора, а также рассказывается об удивительных судьбах эмигрантов из России. В наши дни, когда россияне обрели свободу передвижения, эмиграция стала острой проблемой. Возможно, непростые судьбы эмигрантов, описанные в этой книге, многим читателям покажутся не только занимательными, но и поучительными.

Книги
Ильи Штемлера

СЕЗОН ДОЖДЕЙ

Однажды утром соседский пес во время прогулки нашел во дворе дома, где жил известный журналист Евсей Дубровский, труп младенца. Начинается расследование, к журналисту обращается милицейский дознаватель. Однако неожиданным образом по ходу дела Дубровский из свидетеля становится подозреваемым... Об этом, а также о страстях библиофилов, о любви и ненависти, о долге и чести, о вечных темах русской литературы читайте в романе Ильи Штемлера «Сезон дождей».